In Eminenti

Les mystères du Carla

ISBN : 978-2-36652-219-8

Couverture : @ Casimir Ferrer.

Claude Rey

In Eminenti

Les mystères du Carla

Collection Poche

Préface

L'expérience de cette aventure m'a conduit à une nouvelle manière de penser. L'Histoire ne peut nous être imposée par quiconque. Chacun de nous a le devoir de construire son propre cheminement et sa propre interprétation. Bien sûr, nous sommes tous influencés par la foi, par des convictions, mais l'histoire de notre patrimoine appartient à chacun de nous, hier, aujourd'hui, et demain pour les générations futures. Les secrets révélés dans cet ouvrage sont venus sans que j'aie eu besoin de les chercher. Comme un clin d'œil du destin.

Prêter du plaisir aux initiés et susciter la curiosité des novices, tel fut le fil conducteur de ce roman. In fine, si ce cheminement apporte quelques instants de bonheur à des enfants, à qui une partie des droits de ce livre sera reversée, mon rêve, et celui que j'ai pu partager avec mes amis, sera pleinement réalisé.

Claude Rey, mai 2011

Prologue

Vol Le Caire – Paris, 16h05

Le front plaqué contre le hublot, Roc, comme son ancien camarade le surnommait affectueusement, se laissait bercer par le paysage vu du ciel. Assis confortablement sur son siège, il profitait de ce moment privilégié sans en perdre une miette. Dehors, la lourdeur suffocante de l'air semblait vouloir accabler les millions de visiteurs. Chaque parcelle de cet immense plateau, chaque grain de sable, demeurait irrémédiablement à la merci des puissants rayons du soleil. En quittant le pays, il réalisait que plus jamais il ne serait le même. En un jour et une nuit, sa vie venait de basculer.

— Puis-je vous proposer une boisson fraîche, monsieur ?

La voix caressante de l'hôtesse le fit émerger de sa rêverie. Il ne put que rougir face au sourire parfait qu'affichait la jeune femme.

— Oui, un soda suffira, mademoiselle, merci beaucoup, bafouilla-t-il.

À peine l'eut-elle servi qu'elle passa au passager suivant comme si l'archéologue n'avait jamais existé, proposant le même service, le même sourire, le même ton. Il se demanda un instant si ce genre de femme pouvait parfois cesser d'afficher cette perfection pour devenir naturelle, peut-être même grossière et sortir de ce moule. Le temps d'entamer sa boisson et les nuages recouvraient le panorama. Quand il déposerait à nouveau un pied sur le sol français, il devrait assumer la promesse la plus difficile qu'il n'avait jamais faite. Il ferma lentement les yeux. Aussitôt, le tourment pesant de ses dernières heures sur les terres d'Égypte remonta à la surface.

La veille, la lente progression de sa felouque l'avait mené tout droit vers son ami Léo. Roc l'avait reconnu au premier coup d'œil. Toujours aussi mal vêtu, sans dégaine, chétif, cet ancien camarade de classe ne se souciait pas de son apparence. Ce trentenaire s'était construit une solide réputation parmi les égyptologues les plus éminents. Depuis qu'il avait obtenu son diplôme, il avait appris malgré lui que le soleil frappait violemment et rendait fous ceux qui déniaient prendre quelques précautions. Le jour où on lui offrit le privilège de diriger une équipe de professionnels sur le chantier de

Gizeh, ses nuits blanches à dévorer les manuels de mythologie égyptienne prirent fin, pour se nourrir enfin de concret. Souvent la cible de moqueries de la part de ses camarades de classe, il préférait, à un poster d'Éric Cantona, afficher au-dessus de son lit la reproduction d'une statue de Napoléon Bonaparte. L'empereur était représenté seul face au mythique Sphinx. Ce curieux tableau dévoilait la sculpture telle que la Grande Armée l'avait découverte à son arrivée sur le plateau, ensablée jusqu'au cou et dominée par la vanité du futur empereur. Léo se plaisait à croire en cette légende, qui racontait que le *Petit Caporal* aurait un jour posé ses oreilles sur les lèvres du Sphinx, pour que lui soient dévoilés les secrets des temps anciens. Roc savait tout cela, il ne cessait de taquiner son camarade à l'époque de leurs études, mais il respectait profondément le talent de ce génie.

La felouque accosta enfin et l'enthousiasme de son occupant le plus vigoureux força Léo à contracter son corps maigrelet pour résister à sa frappe amicale sur l'épaule :

— Cher Léo, comment vas-tu depuis toutes ces années ? Encore la tête ensablée dans tes poussiéreuses pyramides !

— Roc… je vois que tu te portes toujours aussi bien…

— Certes ! Comme tu peux l'apprécier, les confits de canards ne manquent pas dans mon bon sud-ouest ! Mais le soleil n'a pas l'air d'avoir que des effets revigorants sur toi, lâcha-t-il avec un brin d'ironie.

Le premier coup d'œil ne trompa pas le Tarnais qui observa une mine fatiguée chez son ami.

— Ne t'inquiète pas, je vais bien, je réalise mon rêve, ici. Ne perdons pas de temps. Si je t'ai fait venir, c'est pour une raison bien précise, mais nous devons aller vite !

Cette raison, le spécialiste de l'Égypte l'avait évoquée dans un courrier envoyé une quinzaine de jours auparavant. À aucun moment il n'avait expliqué de quoi il s'agissait, aucun détail, aucune précision. Léo avait simplement ajouté que son avenir se trouvait désormais entre les mains de son camarade, et que sa venue dans les plus brefs délais était indispensable. Voilà comment, quelques jours plus tard, le solide albigeois foulait le désert égyptien pour la première fois.

Léo avait financé l'intégralité du séjour, justifié dans son lourd budget comme une intervention professionnelle. Ensemble, ils prirent donc la direction du site où logeait toute l'équipe. Il ne leur fallut qu'une dizaine de minutes pour rejoindre le célébrissime plateau de Gizeh. Quand il aperçut au loin les trois grandes pyramides, Roc interrompit subitement le monologue qu'il avait entamé au bord du Nil :

— Nom de dieu !

Au volant de son 4x4, Léo esquissa discrètement son premier sourire depuis des semaines. Pendant de longues minutes, son invité resta sans voix, émerveillé, subjugué, par le spectacle qui se dressait face à lui. Plus le véhicule s'approchait, plus ses yeux, braqués intensément sur ce paysage immobile, s'écarquillaient…

— Tout va bien, monsieur ?

La douce voix de l'hôtesse résonna. Cette fois, elle ne s'était concentrée que sur sa seule personne, à moins que ses pensées n'aient emmené Roc à ne pas faire attention à ceux qui l'entouraient. Il acquiesça poliment et se replongea dans ses inquiétantes réflexions.

— Léo, si tu m'assures que je suis sur le plus ancien site de l'histoire de l'humanité encore debout, je crois que c'est aussi le plus beau !

Cette réponse combla l'égyptologue qui rendit un sourire sincère à son ami.

— Si tu es certain qu'il est le plus beau, tu n'imagines pas un instant, je pense, à quel point il peut être ancien, pas une seconde… Suis-moi !

Sensibles aux moindres épisodes de recherches

sur le site, les autorités avaient accordé exceptionnellement et pour la première fois dans l'histoire, la possibilité à une équipe d'archéologues de creuser à quelques mètres à peine du Sphinx. Il leur fallait mettre un terme aux spéculations pressantes de certaines études fantaisistes. Les données sismiques avaient déjà émis l'idée qu'une cavité existait sous une des deux pattes du monstre fabuleux une décennie plus tôt, ce qui avait déclenché à l'époque les hypothèses les plus farfelues. Mais Léo était allé au-delà de la mission que l'État lui avait confiée. Sa curiosité l'avait poussé à enfreindre les accords décidés avec le gouvernement. Il risquait une condamnation qui pourrait le conduire tout droit en prison. Armé d'un casque de chantier et de sa torche, il savait qu'il menait son camarade vers une impasse bien embarrassante. Se sentant menacé, partager son secret avec une personne extérieure qu'il ne côtoyait plus semblait être la meilleure solution. Mais s'il l'avait fait venir, c'était surtout parce que son camarade avait la réponse à une question qu'il n'allait pas tarder à lui poser.

— À qui appartient le visage sculpté sur le Sphinx ? demanda Roc comme un touriste assoiffé.

— Les égyptologues pensent que sa construction fut achevée aux alentours de l'an 2500 avant Jésus-Christ. Ce visage serait celui du pharaon Kephren, posé sur le corps d'un lion. La force animale alliée à l'intelligence humaine. Il est aussi considéré comme un gardien, vraisemblablement celui d'un temple situé près de Khéops.

— Peut-être... Tu en doutes ? s'interrogea Roc.

— C'est justement pour cela que je t'ai fait venir. Tu vas voir !

Léo avança prudemment dans la pure noirceur d'une galerie récemment creusée. Cette salle n'avait absolument rien de commun avec les chambres funéraires connues traditionnellement au cœur des pyramides. Elle portait les caractéristiques d'un temple solaire rigoureusement orienté, habitant la mémoire d'un peuple inconnu de l'homme moderne. Sa lampe torche dirigée droit devant lui, il aperçut quelques mètres plus bas le fond du tunnel.

— Nous y sommes.

Sans que son camarade ait besoin de le lui annoncer, Roc réalisa soudain qu'il se trouvait à l'entrée d'un tombeau. L'adrénaline lui fit échapper un cri d'engouement :

— Extraordinaire, tu as découvert un...

— Silence ! lui ordonna sèchement Léo. Nous devons être discrets.

L'ambiance devint tout à coup glaciale. En pénétrant dans les lieux, Roc prit conscience de l'ampleur du chantier. Mais son enthousiasme ne semblait pas vraiment réciproque. Frappé quotidiennement d'insomnie, ce n'était pas cette incroyable découverte qui rongeait son ami, mais ses conséquences :

— Ce que tu vas voir ici n'est comparable avec rien de ce que tu as pu voir jusqu'à aujourd'hui. Ni toi, ni moi, ni aucun scientifique sur terre n'est capable d'expliquer ce qu'abrite ce tombeau. Tout le monde s'est trompé, lança-t-il d'un air grave.

Confortablement enfoncé dans son siège de première classe, l'archéologue ne cessait de ressasser les arguments imposés par son ami. Le Sphinx serait donc la seule trace d'un monde ignoré de tous ?

— Le Sphinx est rongé par l'érosion, dit Léo. Problème : la pluie ne tombe plus ici depuis près de huit mille ans. Et puis, pourquoi selon toi la tête du Sphinx semble si « fraîche » par rapport au reste de la sculpture ? Le visage de Kephren est postérieur à la construction du corps, c'est une évidence.

— Mais ce ne serait donc pas les pharaons qui…

— Pourquoi son orientation n'a-t-elle aucun rapport avec celle des trois pyramides ? enchaîna l'égyptologue. Et pourquoi le Sphinx serait le gardien de Khéops, avec qui il ne présente aucune similitude ? C'est un gardien en effet, mais de son propre temple !

Sentant qu'il venait de semer le trouble dans l'esprit de son ami, l'égyptologue s'avança d'une dizaine de mètres pour activer les projecteurs récemment installés. Ébloui par la clarté soudaine, Roc, par réflexe, se frotta les yeux. Quand il les rouvrit, il recula instinctivement d'un pas, puis de deux. Il tenta d'analyser scrupuleusement chacun des éléments qui l'encerclaient. Plus les secondes défilaient, plus Léo voyait le visage de son ami se décomposer. Le Tarnais était accablé par un questionnement sans réponse, déboussolé, comme si sa matière cérébrale l'avait tout à coup abandonné. La gorge sèche, il tenta de trouver un peu de réconfort dans les yeux de Léo, qui le devança dans sa réflexion :

— Voilà pourquoi je ne peux croire que le Sphinx soit l'œuvre d'un pharaon…

Hagard, l'archéologue perdit sa verve habituelle, incapable de trouver les mots justes. Léo attira son attention vers un ultime détail, le seul qui lui permettrait peut-être d'en savoir plus sur cette mystérieuse salle. Il ne pourrait pas échapper au spécialiste de l'archéologie occitane.

— Un cercueil ?

— Oui. Tu es le seul mec que je connaisse capable de m'expliquer comment celui qui est là a pu pénétrer dans ce temple, à une époque où le

Sphinx était abandonné des hommes et ensablé jusqu'au cou !

— Comment peux-tu connaître la date de son inhumation ? Et qu'est-ce que tu attends de moi ?

En baissant les yeux, Léo invita son camarade à suivre son regard. Une plaque permettait d'identifier son occupant, un homme qui ne pouvait laisser Roc indifférent :

JACQUES DE MAZIÈRES 1194 – 1283

Gardian del Carla e Aléthéia en Occitania catara

Cette fois, un éclair lui traversa le corps ! Léo se dressa devant lui et, dans un ton inhabituellement solennel, lui dévoila les raisons de sa venue ici.

— Cet homme est mort en 1283. Il est le contemporain d'un peuple d'hérétiques que tu connais parfaitement : les Cathares…

Chapitre I

Paris, 9 septembre 2009…

Le vieux radio-réveil retentit bruyamment dans les tympans du policier pour le sortir du lit, il affichait déjà midi. Adolescent, Axel détestait cette machine à briser les rêves et se promettait chaque matin de le détruire. Le temps d'émerger, un mauvais pressentiment s'empara de lui. En jetant un coup d'œil à son téléphone, une série de douze appels confirma son inquiétude. Le nom de son supérieur hiérarchique le ramena à la triste réalité. Merde ! il devait être au bureau à huit heures… Frappé par une grosse gueule de bois, son périple dans le royaume des rêves venait prématurément de se briser, le cauchemar de son quotidien ne s'estompait jamais bien longtemps. Le téléphone vibra une treizième fois, c'était la bonne pour Firelli, redoutable commissaire à la carrière bien remplie :

— Axel ? Mais enfin où es-tu ? J'essaye de te joindre depuis quatre heures ! Qu'est-ce qui t'arrive ? Ça ne va pas ?

— Pas très fort non, répondit Axel sans conviction.

Firelli affichait une rigueur perceptible au premier regard. Axel plaisantait souvent à son sujet, en prétendant que même la mort s'inclinerait devant lui, tellement sa posture glaçante déstabilisait ses interlocuteurs.

— Bon OK, j'ai compris, je ne vais pas t'accabler… Il me semble que tu as besoin d'une cure de soleil, tu nous couves une déprime. Pourquoi ne pas aller te ressourcer ? Il te reste quelques congés à prendre, tu vas te tuer à la tâche si tu t'entêtes à ne pas vouloir sortir de la cuvette parisienne.

— Patron, j'ai pris la responsabilité de l'enquête sur l'Ukrainien, je n'ai pas le droit de laisser tomber…

— Laisser tomber quoi ? Tu crois que je veux des hommes à bout de forces pour résoudre mes enquêtes ? Ton collègue Jouber s'est accordé un mois de vacances, onze jours de paternité et une opération du genou cet été ! Il s'en chargera, de ton enquête. Considère que tu es en repos jusqu'au sept du mois prochain, et que ce n'est pas négociable ; tu as intérêt à revenir en forme !

L'ordre ne méritait aucune tentative de discussion, le quinquagénaire détestait parler dans le vide.

— Bien patron… merci.

Le remerciement d'Axel réchauffa la conversation, le respect que les deux hommes se portaient ne s'appréhendait pas dans les mots, mais dans d'éphémères moments de silence.

— Ne me remercie pas, les congés payés ce n'est pas moi qui les ai votés, bonnes vacances !

Stimulé par l'adrénaline des premières années, le travail quotidien était devenu peu à peu une course à la survie. L'honneur de la génération Mesrine semblait bien loin et le respect mutuel des deux camps ne se percevait plus, avec nostalgie, que dans les vieux « Belmondo ». Ce changement de programme allait lui permettre d'aller respirer un peu. Il enfila les vêtements de la veille pour descendre se gorger de caféine chez « Jojo », son troquet favori. Il attrapa son trousseau de clés et s'arrêta devant la photo de Lucie.

Partagé entre son entêtement professionnel et sa vie intime, Axel se remémora ce jour douloureux où la jeune femme avait subitement décidé d'abandonner le navire avant de sombrer définitivement avec lui. Pourtant, un autre temps avait vu ce fier Tarnais faire valser sa compagne par son ambition, ses espoirs, sa fougue permanente, une personnalité hors du commun sur laquelle elle avait craqué. Peu à peu, le sentant s'enfoncer dans un conformisme quotidien, elle se rendit plus malheureuse qu'amoureuse. Convaincue que cet enfant, devenu adulte malgré lui, ne pourrait jamais assumer ce qu'il refusait d'être, elle s'en alla.

Une gorgée de salive plus tard, il trouva la force de franchir le palier pour mélanger sa gueule de bois au grouillement parisien. Son appartement, au cœur de Pigalle, semblait être sa plus grande satisfaction. Axel ne sortait jamais sans jeter un œil sur sa façade favorite, celle de l'Élysée Montmartre. Un vague souvenir de la veille vint d'ailleurs atténuer son mal de tête. Enivré dans cette salle de concert, il s'était laissé absorber par du french-cancan, des tableaux de Toulouse-Lautrec et la plume assommante d'Émile Zola. Ce quartier ardent apportait un bol d'air revigorant à cet homme englué dans le bitume irrespirable de son quotidien parisien.

Accompagné de son ordinateur, le policier s'installa incognito à la terrasse de chez « Jojo », qui le salua d'un hochement de tête. La jeune serveuse n'eut pas besoin de prendre la commande, le café serré de l'habitué était déjà prêt. Axel démarra sa machine pour consulter sa messagerie, les vacances ne l'empêcheraient pas de rester joignable. Comme à son habitude, la première gorgée déclencha chez lui une amère grimace.

La base de données de votre ordinateur est mise à jour.

Une voix assourdissante attira l'attention des touristes installés tout près. Les haut-parleurs de son PC venaient de résonner de toute leur force, pour sortir définitivement Axel de sa léthargie prolongée. Axel s'empressa de remettre le volume au minimum, gêné de s'être fait remarquer. Puis l'écran signala un message à consulter.

La lenteur de la machine lui offrit une évasion de quelques secondes. Engagé comme physionomiste, il avait acquis dans le métier une redoutable réputation. Quelques secondes suffisaient au policier pour déshabiller du regard un individu : nationalité, classe sociale, influence politique… Il pouvait tout déceler, jusqu'à ses intentions immédiates. Assis dans l'axe de la rue Steinkerque, il assista au dépouillement touristique des joueurs de bonneteau. Évidemment, manipulateurs et complices formaient une redoutable équipe contre les braves provinciaux – dont il faisait encore partie quelques années auparavant.

Le message affiché l'interpella. Le nom de l'expéditeur s'avérait tellement improbable qu'il dut s'y reprendre à deux fois pour le lire. Presque une décennie que tous les deux ne s'étaient pas vus, et voilà qu'il réapparaissait subitement. À peine avait-il terminé sa tasse qu'Axel en commanda une seconde. Les yeux rivés sur l'écran, sourcils froncés, il se demandait bien quelle raison poussait Eddie à reprendre contact. S'il paraissait si troublé, c'était parce que ce personnage, qu'on surnommait le « Roc », avait été son ami le plus cher quelques années plus tôt. Leur passion commune du mystère, la curiosité, l'envie de toujours toucher du doigt les sommets des sciences humaines, les avait rapprochés.

La serveuse fit sursauter le policier en voulant poser sa tasse discrètement. Dans le même temps, la fratrie des arnaqueurs de rue tomba sur un os. Une bande de jeunes rugbymen provinciaux s'était massée autour de la table de jeu pour exprimer son mécontentement. Convaincus qu'ils n'étaient que trois ou quatre, les bonneteurs pensèrent comme d'habitude faire le poids en cas de litige. Visiblement, ils avaient dû négliger la quinzaine qui flânait aux alentours. Les solides Bigourdans ne s'embarrassèrent pas de longs discours, une bagarre générale éclata. Tranquillement assis, le policier assista au spectacle qui lui rappelait ses jeunes années d'ovalie. Il en connaissait déjà l'issue. Les tables improvisées et les jeux de cartes valsèrent, suivis de près par leurs propriétaires. Les Bigourdans venaient de marquer le territoire francilien.

L'animation matinale n'effaçait pas pour autant le souci du policier. Comment Eddie avait-il pu connaître son adresse professionnelle ? Et sa surprise ne s'arrêtait pas là : rien dans le corps du message. Juste un hyperlien. Alex sortit son paquet de cigarettes et en cala une, éteinte, entre ses lèvres. Il cliqua sur le lien et une image apparut, occupant pratiquement l'intégralité de l'écran. Axel se redressa, pensif, continuant à jouer avec cette cigarette qu'il hésitait à allumer…

Il referma brusquement le capot de son ordinateur, jeta un billet de cinq euros et quitta la table sans perdre de temps. Un tourbillon de questions l'assaillait. En entrant dans son appartement, il se jeta sur son vieux matelas. Les yeux rivés vers le ciel, il tenta, à travers sa fenêtre, de percer l'épaisse masse nuageuse pour trouver un échantillon bleuté, si rare dans la capitale. Jamais depuis huit ans il ne s'était replongé dans les souvenirs de cet âge d'or. Comment avait-il pu vivre ainsi depuis tout ce temps ? Cette pensée lui souffla l'odeur des livres amassés dans sa rustique bibliothèque qu'il chérissait tant autrefois. Le regard de ses ouvrages, rancuniers d'être laissés à l'abandon, le fit frémir. Depuis trop de temps il n'avait pas puisé dans un de ces bouquins, ni dans aucun autre, d'ailleurs. Se replonger dans cette époque révolue le ramena à la réalité. Une idée évidente le frappa soudain. Non, jamais Eddie n'aurait entrepris une telle démarche sans une volonté bien établie. Ce n'était pas un jeu. Autre chose avait motivé son acte. Cette mystérieuse photo ne quittait plus son esprit, un détail lui avait forcément échappé ! Il se leva brutalement pour ouvrir l'ordinateur et éclaircir ses doutes. La photographie s'ouvrit à nouveau quand il la sélectionna. Aucun sujet, aucun message, aucun titre… Axel avait l'intime conviction de passer à côté de quelque chose. Il déplaça le curseur et cliqua sur le zoom. Penché à quelques centimètres de l'écran, ses yeux s'écarquillèrent de stupeur : *incroyable !*

Ses doutes se confirmèrent instantanément. Ce vieux cercueil dissimulait un message exactement en son centre, invisible à l'œil nu. Axel n'aurait pas besoin de le relire deux fois. Les mots, les dates, le nom de ce mystérieux personnage : le message tout entier symbolisait ce qu'il avait brusquement abandonné une dizaine d'années auparavant.

JACQUES DE MAZIÈRES 1194 – 1283

Gardian del Carla e Aléthéia en Occitania catara.

Jacques de Mazières avait cessé de hanter les nuits du policier depuis qu'il avait quitté sa province natale. Le passé venait de le rattraper. Il allait devoir se résoudre à l'affronter à nouveau…

Chapitre II

Quelques secondes suffirent pour que tout remonte à la surface. Cette partie révolue de sa vie venait de le cogner en pleine face alors qu'il pensait l'avoir enfouie. Lucide, le policier tenta de raisonner, faisant des cercles interminables dans son appartement. Il savait déjà qu'il ne pourrait résister à l'envie de terminer ce qui demeurait inachevé. *J'ai quitté les miens, fait une croix sur le passé, mais ce village me hantera-t-il donc éternellement ?* Le nom de Mazières n'avait plus retenti dans son esprit depuis presque dix ans. Il constituait à lui seul les meilleurs et les pires moments de son existence. Figé devant son écran, il hésitait. D'un simple clic, sa vie venait peut-être de basculer. Avait-il le pouvoir d'y remédier ? Avant de prendre une quelconque décision à la hâte, il fallait en savoir plus. Il opta pour la solution la plus sage : répondre à son ami. À peine avait-il pressé, non sans fébrilité, la touche « Entrée », qu'un surprenant message lui revint dans la foulée :

Delivering to the following recipient failed.

L'adresse de son expéditeur ne correspondait à aucun mail existant. Il s'acharna et renouvela sa tentative. Rien à faire, c'était peine perdue, ce message venait de nulle part. Le cœur du policier commença à palpiter. Sa simple inquiétude devint de l'angoisse. Axel s'enfonça à nouveau dans son fauteuil pour réfléchir à la situation. Il ouvrit le répertoire pour y chercher vainement un numéro de téléphone… L'utilisation des mobiles n'était peut-être même pas démocratisée à l'époque de leur séparation… Que faire ? Les yeux rivés sur le téléviseur qu'il venait d'allumer, il s'attarda sur la chaîne musicale qui passait un hommage au groupe de rock Metallica. À vrai dire, il voyait sans regarder, entendait sans écouter… et le voile se levait peu à peu. Le *Memory Remains* du refrain le fit tiquer : *la mémoire subsiste.* L'évidence de cette coïncidence lyrique lui souffla la direction à prendre, lointaine mais inévitable. Si cette mémoire subsistait, il refusait de se laisser dominer par le doute. Une seule certitude le foudroya alors : prendre la route pour Albi !

Il secoua la tête comme pour se sermonner d'avoir tant attendu avant de prendre cette décision. Juste le temps de remplir un sac de vêtements choisis de manière aléatoire, et il sauta dans son véhicule pour un trajet qu'il connaissait presque par cœur.

Le policier jongla entre la conduite et son téléphone tactile pour prévenir Lucie de son départ, une manière de respecter leur choix provisoire de prendre quelques distances. Leurs pudeurs respectives les empêchaient de communiquer de vive voix, le message fut bref, mais clair :

Parti pour Mazières, à bientôt j'espère…

Si elle envisageait de la chercher, Lucie ne trouverait nulle part dans le sud de la France une commune du nom de Mazières. Mais la jeune femme connaissait son histoire, elle le connaissait, lui, et comprendrait aisément.

L'horloge électronique affichait 14h07 quand il quitta la ceinture parisienne. Inutile de s'embarrasser avec un GPS, Axel connaissait la route par cœur. Albi pointerait le bout de son nez aux alentours de vingt et une heures. Après l'ultime précaution prise en faveur de Lucie, il éteignit son portable pour une durée indéterminée. Il n'avait désormais qu'une idée en tête : retrouver Eddie !

En quittant la grande couronne, un air de liberté embauma ses narines, une odeur apaisante de ruralité à quelques minutes à peine de Paris. Le volume de l'autoradio à la limite de la saturation, il s'amusa comme un enfant à laisser échapper son bras de la fenêtre pour résister au vent. Le véhicule fonçait droit vers le sud.

Axel leva le pied de l'accélérateur quand il aperçut au loin la grande cathédrale gothique d'Orléans. Ses études l'avaient amené à en souligner un détail, maléfique pour les plus pieux : une coïncidence étrange avec la cathédrale Sainte-Cécile d'Albi. Les deux avaient été la proie d'incendies ravageurs, l'un en 666, l'autre en 999… La comparaison s'arrêtait là pour lui. Si Eddie se plaisait à exploiter ce genre de détails, Axel évitait d'entretenir des hypothèses fantaisistes. Cette paisible autoroute qui partageait la France en deux tenta plusieurs fois le policier par ses longues lignes droites souvent désertées par les usagers. Respectueux des limitations au départ, il frôla le 160 km/h de moyenne ensuite, emporté par le panache vintage de son disque de Brel, qu'il imitait par des gestes cocasses. Il se surprit, en arrivant à Caussade, de klaxonner une dame qui tarda à démarrer au feu tricolore. Était-il vraiment devenu parisien ?

Le fabuleux panorama offert par la cité médiévale de Cordes-sur-Ciel illumina son regard. Cela faisait plus de six heures qu'il roulait et l'émotion de renouer avec les paysages de son enfance l'éprouva soudain. Il pénétrait dans son territoire, le pays de ses premières âneries, exploits et déceptions. Albi était à moins d'une demi-heure… Le tableau était parfait, il eut du mal à savoir d'où venait son malaise. Une sensation de lourdeur… Comme le poids de l'histoire sur cette région. On pouvait encore déceler quelques commanderies dans le coin, symbole de la domination de l'ordre des Pauvres Chevaliers du Christ.

La dernière ligne droite de cette longue journée fut la plus agréable, surprenante même, quand il aperçut sur les hauteurs de la route de Cordes la belle Sainte-Cécile d'Albi. La plus grande cathédrale de briques au monde selon la légende, bâtie pour écraser définitivement la tentative d'émancipation cathare. Cette prouesse en faisait le joyau de la préfecture du Tarn.

Il était presque vingt et une heures, Axel débarquait incognito chez lui. Quoique fébrile, il ne fallait pas pour autant se détourner de la raison qui l'avait mené jusqu'ici : retrouver son ami. Dépourvu du moindre indice concernant la nouvelle vie d'Eddie, son premier réflexe fut d'aller sonner à la porte de l'appartement qu'il occupait à l'époque, dans le *Vieil Alby*. Quoi de plus logique après tout pour un archéologue que de vivre au cœur de la cité ! En sortant de son véhicule, Axel s'arrêta quelques instants au début de la rue Sainte-Cécile qui se présentait devant lui.

Étrangement déserte pour un soir de septembre, le malaise ressenti un peu plus tôt revint et s'accentua à la vue de cette artère pavée, nourrie de briques rouges et de vieux lampadaires jaunis. En jetant son regard au loin, un spectre se transforma en une curieuse silhouette voilée qui s'approcha.

Une puanteur salissait ses narines, la rue jusque-là fréquentable s'assombrit. En point de mire, cette silhouette se précisait peu à peu pour devenir presque visible. L'écho du fer contre les pavés sonna plus clair, et l'inquiétant hennissement fit soudain comprendre à Axel que l'homme qui fonçait droit sur lui était un chevalier. Désorienté, il se retourna pour échapper à la folie de cet azimuté qui encourageait le canasson à coups de fouet. Mais la place Sainte-Cécile telle qui la connaissait présentait désormais un amas de constructions en perdition. L'homme n'était plus qu'à quelques mètres. Désemparé, le policier crut à un mauvais rêve. Le chevalier tira son épée dont la pointe scintilla. Axel était perdu… quand brusquement il reçut un puissant coup de pied sur le flanc qui le projeta hors de danger. La scène ne dura que quelques secondes, il eut à peine le temps de reprendre ses esprits. En se relevant, il aperçut l'homme gisant dans une flaque de sang, lais-

sant l'animal continuer sa course au loin. Son sauveur s'était évaporé.

— Monsieur, monsieur ? Tout va bien ?

Le cadavre de l'homme n'était plus là. La place Sainte-Cécile venait de retrouver son espace et l'odeur nauséabonde n'infestait plus la rue.

— Oui ça va, je crois que j'ai dû faire un léger malaise, six heures de route, ça épuise !

— Vous êtes certain que vous ne voulez pas que…

— Oui, merci, ça va aller.

Le jeune homme qui passait par là ne posa pas plus de questions et continua sa promenade nocturne. Axel se releva et secoua vigoureusement la tête pour reprendre ses esprits. Son diagnostic était déjà établi : la fatigue accumulée venait de le plonger dans un micro sommeil bien dérangeant. L'unique adresse qu'il connaissait à Eddie n'était plus qu'à quelques mètres…

La sonnette n'affichait aucun nom, comme depuis toujours. C'était bon signe. Ce fut une voix féminine qui répondit :

— Oui ?

— Bonjour madame, dit-il hésitant, je suis bien chez Édouard Millas ?

— Puis-je savoir à qui ai-je l'honneur ?

— Axel Clervoix.

Un silence inquiétant interrompit les présentations. Tout à coup, l'ouverture automatique se déclencha :

— Vous connaissez l'étage, je vous attends…

— Comment ça vous m'attendez ? demanda-t-il hébété.

Mais qui était cette dame qui ouvrait sans plus de précision ? Au premier étage, elle l'accueillit sans qu'il ait le temps de frapper à la porte. Nez à nez avec un petit bout de femme d'une trentaine d'années, Axel ne resta pas insensible à sa coquetterie. Dévisageant son invité « surprise », elle exprima franchement ses premières impressions :

— C'est donc vous, monsieur Clervoix ? Plutôt bel homme… je vous attends depuis presque quatre ans !

— Comment ? Hier encore je ne savais pas que…

— Rassurez-vous, je ne suis pas voyante, l'ancien propriétaire des lieux m'avait demandé de donner cette enveloppe à la personne qui se présenterait un jour comme étant Axel Clervoix. C'est bien vous, non ?

— Oui… mais…

— Je n'en sais pas plus, il m'a juste expliqué que vous seriez susceptible de venir un jour ici, pour mon plus grand plaisir à ce que je vois…

Elle lui remit l'enveloppe qu'il ouvrit dans la foulée. Son contenu ne manqua pas de le réjouir :

— C'est Eddie ! Il savait que je viendrais sonner ici.

— Pardon ? Tout va bien ?

— Oui, très bien, mademoiselle, je ne pourrais aller mieux !

— Mais…

La jeune femme n'eut pas le temps de terminer son numéro de charme. Axel dévala les escaliers et l'abandonna sur le palier pour rejoindre sa voiture. Direction Castelnau-de-Lévis, un petit village situé à une dizaine de minutes à peine du centre-ville d'Albi. L'adresse indiquait un lieu-dit et, malgré la nuit tombante, il n'avait éprouvé aucune difficulté à dénicher la demeure de son ami. *Exactement là où j'aurais bâti ma propre maison.* Posée au sommet d'une butte, Eddie avait réalisé son rêve et celui d'Axel par la même occasion, une bâtisse surplombant la tour historique du château de Castelnau. Fébrile, le policier inspira une bouffée d'oxygène pour expirer sans retenue toute la pression accumulée ces dernières heures. Devant l'immense portail qui protégeait le domaine, il pressa le bouton de l'interphone. Un aboiement lui répondit. Tout était éteint. Au deuxième essai, le chien aboya toujours, mais personne ne semblait le sermonner. La chance lui avait souri jusque-là, mais il devait se résoudre à trouver une chambre d'hôtel s'il ne voulait pas passer la nuit dehors. Une envie l'emporta pourtant sur tout le reste : un détour inévitable sur le lieu qui avait tant influé sur son destin : la mystérieuse chapelle du Carla.

La première fois que son regard s'était posé sur ce modeste édifice à l'abandon, du haut d'une étroite route communale entre Gaillac et Albi, une mystérieuse sensation s'était emparée de lui. Cette bâtisse oubliée survivait là, au milieu de nulle part, indestructible comme le serait un sage immortel. Majestueuse et discrète, dotée d'un pouvoir d'attraction inqualifiable, tous ceux qui avaient un jour franchi le seuil de sa porte ne purent en ressortir indifférents. La chapelle ne prit sa forme actuelle que vers le XVe siècle. Armée de quatre solides contreforts, elle veillait sur cette étendue depuis les premiers moments d'occupation de la région albigeoise. Une vingtaine de stèles occupaient, éparses, l'ensemble du site très ancien qui enclavait la bâtisse, ce qui lui donnait un caractère encore plus mystique.

Fou amoureux du Carla, Axel en avait fait son lieu de pèlerinage les jours de réflexion intensive.

Parfois, quand il ne trouvait pas le sommeil, il venait s'entretenir avec la mémoire des âmes qui toléraient sa présence. Aucun endroit au monde ne le rendait aussi serein. Il avait tout naturellement décidé, à l'occasion de sa thèse d'histoire, de s'intéresser à cette chapelle et aux secrets qu'elle pouvait enfouir. Il se revit, jeune étudiant brillant, présenter son travail passionnant au jury de l'université Champollion d'Albi :

— *En réalité, un premier village avait été fondé par les Celtes au début de notre ère, avant que les Wisigoths, marchant massivement sur la région albigeoise, ne le réduisent en cendres. Vers le VI*e *siècle, et la prise de contrôle définitive des Francs, la vie renaissait à nouveau sur les ruines du site, nommé à juste titre Mazières, traduction littérale du latin « ruines ». S'organisa alors une véritable communauté prospère au bord du Tarn, à quelques kilomètres à peine de la ville fortifiée d'Albi. Mazières devint dès lors un lieu stratégique du mouvement religieux cathare.*

— *Poursuivez...*

— *Bizarrement, le modeste village de Mazières fut complément rasé, ses habitants assassinés, mais l'édifice lui, fut épargné. Plusieurs questions se posent : la violence de cette croisade, le choix de laisser arbitrairement la vie à certains, de raser des villages entiers, tout cela était-il justifié par une interprétation différente de la Bible par les Cathares, ou y avait-il autre chose ? L'Église aurait-elle imposé autant d'atrocités seulement pour quelques nuances bibliques ? Le village actuel de Castelnau-de-Lévis fut fondé en 1234 à quelques centaines de mètres de là, vingt-quatre ans plus tard, pour dit-on protéger les hameaux alentour des attaques ennemies. Mazières ne fut jamais reconstruit et sa miraculeuse église fut laissée à l'abandon pendant plusieurs siècles.*

— Ou voulez-vous en venir, jeune homme ?

— L'Histoire, telle qu'elle nous est rapportée dans les livres, laisse planer certains doutes. Connaissez-vous beaucoup d'églises sans le moindre village affilié ? Elles sont peu nombreuses et vous le concevrez, le Carla nous cache encore quelques-uns de ses secrets.

— Votre fantaisie est fort distrayante, jeune homme, mais la fiction n'a rien à faire dans une thèse. Merci, vous pouvez disposer.

La courte distance le mena à l'entrée du chemin tracé jusqu'à la chapelle. Il veilla à couper ses feux pour éviter d'alerter le voisinage. En marchant vers le cimetière, une appréhension désagréable lui tordit l'estomac. L'obscurité n'arrangeait rien, mais l'instinct du policier se réactiva : être le plus discret possible…

Son inspection semblait arriver à son terme… et le craquement d'une feuille morte attira son attention. Il jeta un regard furtif derrière lui. Aucun doute possible : une silhouette l'observait. Axel fit mine de l'ignorer et se déplaça naturellement derrière une stèle qui le cachait de son poursuivant. Leurré par la manœuvre, ce dernier, peu téméraire, rebroussa chemin. Axel se releva et se lança à sa poursuite, déclenchant la fuite de son ennemi. Le policier puisa dans ce qui lui restait d'énergie pour rattraper sa proie qui ne semblait guère affutée. Deux ou trois mètres à peine les séparaient quand, soudain, un violent plaquage latéral stoppa sa progression, l'écrasant sèchement contre le sol !

— Ne bouge pas, espèce de toxico. Depuis le temps que je te piste, tu vas passer un mauvais quart d'heure, mon gars ! lui ordonna une voix d'enragé.

Sonné par la charge, Axel n'eut même pas la force de lutter.

— Mais enfin, je n'ai rien à voir avec ça, je poursuivais…

Il interrompit soudainement sa phrase, cette voix lui semblait bien familière et le plaqueur se fit la même remarque :

— Axel ?

Cette fois, il ne pouvait y avoir aucun doute :

— Eddie ?

— Mon vieil Axel ! Qu'est-ce que tu fous là ? Un jogging ?

— Absolument pas, idiot, j'étais en train de poursuivre un type qui m'observait, ce n'était donc pas toi ?

— Négatif, et je n'ai vu que toi !

— Pourtant j'étais certain que…

L'archéologue lâcha les poignets de son ami et l'aida à se relever :

— Je ne pensais pas te retrouver avec un tel accueil ! Je suis venu dès que j'ai appris la nouvelle de ta découverte.

— Ma découverte ? s'interrogea l'archéologue.

— Oui, le cercueil sous le Sphinx de Gizeh, celui de Jacques de Mazières.

L'imposante stature de l'archéologue se figea dans la seconde ou son ami prononça sa phrase :

— Comment sais-tu que j'ai découvert ce tombeau ? questionna-t-il inquiet.

— Mais enfin, Eddie, tu m'as envoyé un mail avec la photographie en pièce jointe !

La grimace perplexe de l'archéologue ne rassura guère le policier. Sa voix rauque ne laissa rien augurer de positif :

— Personne n'est au courant de mon séjour en Égypte…

Les yeux ronds de son meilleur ami traduisirent

un étonnement inquiétant :

— Axel, je n'ai jamais eu ton adresse e-mail ! insista-t-il.

— Quoi ? Tu veux dire que…

— Que ce n'est pas moi qui t'ai envoyé ce cliché…

Chapitre III

Vicomté d'Albi, Occitanie, septembre 1209

Frère Jacques marchait depuis plusieurs jours, contraint de s'enfoncer dans la terrible forêt qui assombrissait la réputation de la montagne noire, au sud de la vicomté des Trencavel. Il avait dû emprunter les sentiers escarpés rendus glissant par la mousse abondante sur la roche, supporter les orages imprévisibles et la chaleur épuisante. Habité tout au long de son voyage par la sensation qu'il pourrait être happé par les entrailles de la nature sauvage, il s'efforçait de ne penser qu'à son but ultime : atteindre le village sacré au plus vite. Les treize heures de marche quotidienne ne semblaient pas entamer son courage ni sa force physique, et lui offraient l'opportunité de méditer à sa situation.

Depuis quelques mois, les tensions avec l'Église s'étaient accentuées. Les grands théologiens envoyés par le Pape n'avaient fait que tergiverser jusqu'à ce que son représentant direct, le légat Pierre de Castelnau, ne soit sauvagement assassiné. Le Roi de

France ne pouvait demeurer aveugle à un tel acte et se devait de répondre aux appels incessants du chef de l'Église. Une seule voix s'ouvrait au monarque désormais : punir l'hérésie qui frappait le sud du royaume, celle des Cathares !

Jacques n'était pas un simple pèlerin. Il était un messager. Dans sa besace il portait un objet qui avait le pouvoir de semer le chaos dans tout le royaume, voire sur la terre entière. Cette bombe à retardement si convoitée ne quittait plus ce jeune homme qui ignorait tout de sa puissance. Le cartulaire de la famille Trencavel contenait des archives qui, disait-on, remontaient à la nuit des temps. Il portait le secret qui hantait les couloirs du Vatican depuis quelques mois. Les Cathares auraient non seulement une interprétation différente de la Bible, mais pire, la confirmation de la justesse de leur croyance en un démon tout-puissant.

Parti sans se retourner, Jacques n'avait pas jeté un regard sur la cité. Il refusait d'assister au massacre des siens. Derrière lui, les croisés de Simon de Montfort ne tarderaient plus à tendre leurs arbalètes en direction de sa communauté, regroupée au cœur des imposantes fortifications de Carcassonne. C'était en connaissance de cause que le Vicomte Trencavel s'était empressé de nommer son plus fidèle soldat, pour que le cartulaire ne tombe pas aux mains de l'ennemi. Protéger sa mémoire et celle de ses ancêtres devenait son principal objectif. Simon pouvait détruire la cité, il ne mettrait jamais la main sur le cartulaire. Brillant stratège, le Vicomte ne cherchait pas à combattre pour la victoire, mais à gagner du temps, celui qu'il faudrait aux ennemis pour prendre la route d'Albi une fois Carcassonne assiégée. Lutter serait de toute manière sans espoir. Depuis quelques jours, la déferlante croisée ne se contentait plus de punir ou d'accabler les hérétiques, non, ils les massacraient ! Dans le camp assaillant, la rumeur parlait de ce bien inestimable comme du plus grand trésor de l'humanité, capable de faire prospérer ou de détruire à jamais leur royaume. Simon de Montfort s'était promis de le déposer aux pieds d'un pape pour lequel sa soumission n'avait aucune limite :

— *Pour notre bien et celui de nos enfants, il doit nous revenir pour l'éternité. N'ayez aucune pitié pour ces hérétiques qui cachent ce qui nous nous appartient, Dieu vous le rendra mon cher Simon !*

— *Qu'il vous entende, Votre Sainteté, mais Seigneur, quel secret vaut-il une entreprise aussi féroce ?*

— *Combattez en ayant à l'esprit que ces gens ont commis le péché le plus atroce que vous puissiez imaginer. Et si votre campagne est un succès, Dieu vous répondra.*

— *Je m'en remets donc à vous, éminence, et je jure que je mettrai la main sur ce secret !*

La puissance de Simon de Montfort, chef de guerre sanguinaire, paraissait insurmontable. Il progresserait rapidement, trop rapidement. Les bourgs les plus reculés ne pouvaient être prévenus à temps du danger qui se profilait dans toute la Vicomté. Or, un village sacré ne devait pas tomber aux mains des assaillants. Le chef des croisés l'ignorait encore, mais c'était pourtant dans ce castrum retiré qu'il toucherait au but. Ce village, bâti au bord du Tarn, s'appelait Mazières.

À l'approche du Carla – le nom précieux donné à la modeste forteresse de Mazières –, Jacques stoppa sa progression. Son maître n'avait pas manqué de superlatifs pour lui décrire l'aura sacrée qui planait au-dessus du lieu. Quelques instants étourdi par la fumée apaisante que dégageaient les foyers des maisons, le jeune homme évoqua son ultime échange avec le seigneur de Trencavel :

— *Portes-y le cartulaire. Je te remets les deux chevalières seigneuriales. Le Carla te reconnaîtra comme son élu et veillera sur toi.*

— *Mais, maître, elles vous appartiennent, je ne peux…*

— *Mon heure approche, cher Jacques, la mémoire*

de notre lignée repose désormais sur tes épaules. Fuis pour que la mémoire subsiste !

La doctrine cathare se fondait sur le dualisme, concédant un pouvoir identique au bien et au mal. La vie terrestre ne représentait que la matière démoniaque, tandis que Dieu dominait les cieux, rejoint par les âmes après la mort. Cette communauté voyait en Jésus un homme et non un être tout-puissant. Évidemment, l'autorité suprême de l'Église ne pouvait accepter une telle interprétation.

Jacques s'arrêta devant la grande porte du castrum. Le terme de sa longue et difficile quête se trouvait ici. Il présenta son visage lisse, assez peu marqué par la fatigue malgré son épreuve. Le premier garde observa son camarade, attendant patiemment que le jeune homme daigne s'annoncer. Celui-ci savait que nul ne pouvait pénétrer en ce lieu sans avoir au préalable dit le mot de passe. Son rythme cardiaque s'enflamma subitement quand il réalisa qu'il ne l'avait plus en tête. Ce code de prudence était réservé à tous les visiteurs qui souhaitaient rencontrer un de leurs frères pour différencier les Cathares des catholiques. S'il tardait trop, les archers n'allaient pas hésiter à dresser leurs flèches en sa direction pour l'abattre. Gagnées par l'angoisse, ses jambes épuisées par le voyage se mirent à trembloter.

— Que veux-tu, étranger ? lui lança brusquement un des soldats.

— Je… je cherche… balbutia le jeune homme.

— Eh bien parle ! Que cherches-tu ? insista-t-il.

Les mains liées pour improviser une prière, Jacques baissa les yeux, espérant retrouver la mémoire. Il creusa pendant d'interminables secondes au plus profond de lui, jusqu'à ce que la chance lui accorde un répit :

— Où pourrais-je… ou pourrais-je trouver du bon vin dans votre village ? demanda-t-il timidement.

Les deux gardes, surpris par la question, se regardèrent, hébétés. Un troisième homme apparut :

— Tu en trouveras près de la chapelle, soit le bienvenu, cher frère. Ouvrez les portes !

Les deux gardes s'exécutèrent sans comprendre. Le lieu constituait un refuge idéal pour des fugitifs ou des pèlerins de passage. Il avança prudemment dans les allées festives pour retrouver le Père Dauat, chef religieux du village. Les femmes s'activaient aux tâches ménagères tout en sermonnant les enfants qui chahutaient, les artisans travaillaient le métal, le bois et la pierre, et cette vie si paisible ne manqua pas de l'étonner. Sorti de nulle part, un troubadour l'interpella pour lui réciter quelques vers. Jacques l'écouta patiemment quelques secondes, puis l'interrompit :

— Je cherche le Père Dauat, le connaîtrais-tu ?

— Certainement, jeune étranger, dit-il en se grattant le menton. Tu trouveras notre protecteur près du Carla, au fond de l'allée, paix et bonne humeur, mon ami !

Si Carcassonne sombrait, il ne faisait aucun doute pour Jacques que ce Dauat aurait la solution pour stopper l'avancée de Simon de Montfort. Si le Vicomte l'avait envoyé sur ces terres reculées, ce n'était pour rien d'autre. Dieu savait épargner les âmes les plus pures. Alors que le soleil s'effaçait peu à peu, le jeune homme ne dut parcourir que quelques mètres pour se retrouver face à cette mystérieuse chapelle qu'on lui avait tant contée. Longue d'une vingtaine de pas, elle n'avait rien d'imposant, au contraire, ses dimensions modestes attisaient la curiosité… Pour Jacques, le doute n'était plus permis, ce lieu possédait une âme… Que pouvait-elle garder de si précieux ? Ceint d'un mur, le domaine englobait un cimetière et donnait accès à une zone de culture que, selon lui, seuls les hommes de Dieu pouvaient exploiter. Ces derniers s'appliquaient à cultiver des plantes plus hautes que la taille d'un adolescent, qui lui étaient inconnues. Dissimulé derrière le contrefort de l'église, la curiosité du garçon fut brusquement distraite par une voix qui le fit sursauter.

— Pouvons-nous vous venir en aide, jeune homme ?

— Oui, heu, bien sûr, je cherche le Père Dauat… tenta-t-il de marmonner, surpris.

— Le père Dauat ? Que lui voulez-vous ? demanda-t-il d'un ton suspicieux.

— Mon maître m'envoie lui délivrer un message.

— Un message ? répondit le vieil homme peu convaincu. Et qui est ce maître qui vous mandate pour espionner mes frères en plein effort ?

— Le seigneur Raimond-Roger Trencavel.

— Le Vicomte ? s'étonna-t-il.

Le visage du religieux se ferma soudainement.

— Je suis celui que tu cherches, mon enfant. Quel est ton nom ?

— Jacques, mon Père.

Le vieil homme, éprouvé par une douleur aux rotules, s'approcha lentement et lui saisit le bras. Il l'invita à l'accompagner en silence jusqu'au préau jouxtant la chapelle, pour s'entretenir calmement avec lui.

— Je t'écoute, mon fils.

— Mon Père, l'armée de Simon de Montfort est aux portes de Carcassonne. Le Vicomte est très inquiet du secret gardé ici, à Mazières. Vous avez été désigné pour le conserver et le transmettre à l'élu.

Je dois également vous remettre le cartulaire de la famille. Il m'a également parlé d'une quête portant un nom étrange : l'*Aléthéia*.

Le sang du vieil homme se figea dans ses veines à la seconde où le mot fut prononcé. La situation semblait grave.

— Que t'a-t-il confié au sujet de l'*Aléthéia* ? Parle, mon fils ! s'impatienta Dauat.

— D'après ses dires, son propre père aurait tenté de dévoiler le secret de l'*Aléthéia*. Le Vicómte aurait alors voulu achever son travail, mais sans pouvoir y parvenir.

— Mais ne t'a-t-il pas dit que l'*Aléthéia* n'est qu'une légende ? Ce qu'il enseigne est un message d'espoir et de foi pour notre communauté, en aucun cas un fait réel, insista le vieil érudit.

— Mon maître m'a pourtant assuré qu'il était sur le point d'en dévoiler le contenu grâce au cartulaire. Deux générations n'ont pas suffi, m'a-t-il dit. La troisième devrait y parvenir.

Le religieux s'évada un instant dans ses pensées, il n'en croyait pas ses oreilles. *L'Aléthéia ne serait donc pas une légende ? Impossible !*

— Qu'a-t-il dit d'autre ?

— Que le seigneur veille sur vous, que vous me recevriez comme votre propre enfant et que ce serait désormais entre vos mains que devrait subsister la mémoire de notre communauté.

— Bien mon fils, lâcha Dauat, le regard vague.

— Mon père, allez-vous parvenir à nous sauver ?

Sans laisser transparaître le moindre sentiment, Dauat pouvait percevoir dans les yeux de ce jeune homme une volonté inébranlable, sans peur ni vice, qu'il avait connue lui-même avant de devenir le sage qu'il était désormais. Jacques ne saisissait pas encore la gravité des évènements et nul ne pouvait lui en faire le reproche. Maintenant qu'il avait toutes ses informations, Dauat n'avait qu'un choix très modeste de tâches pour honorer son rôle : protéger le secret de l'*Aléthéia* et préparer le village à vivre ses derniers instants.

— Merci, mon fils. Tu dois être épuisé, je vais faire en sorte que tu puisses te restaurer. Mais avant cela, nous allons clore cette conversation par une petite leçon. Je voudrais que tu médites sur ce que je vais te montrer.

Soumis à des douleurs articulaires permanentes, le vieil homme n'hésitait pas à se servir de son cadet pour l'aider à marcher. Tous les deux se dirigèrent vers les cultures, en particulier vers ces grandes plantes qui avaient attiré l'œil de Jacques à son arrivée. Dauat avait une mission, elle débutait à cet instant, mais l'adolescent l'ignorait encore :

— Je t'ai vu observer nos frères et particulièrement les plantes qu'ils travaillent. Sais-tu ce que c'est ?

— Non, mon père, je n'en ai jamais vu de telles.

— Ces plantes portent le nom de *maïs*.

— Maïs ? Je ne connais pas cette variété. L'avez-vous conçue ?

Le regard malicieux, Dauat lâcha un sourire pour répondre à la douce naïveté de son cadet.

— Non, mon fils, nous l'avons rapportée ! Ce que tu vois est unique dans notre royaume et au-delà de ses frontières.

— Rapportée ? Mais d'où ?

La main fripée de l'homme posée sur l'épaule de Jacques traduisait parfaitement l'ampleur de la révélation que Dauat allait faire à l'élève :

— Cette plante vient de loin, mon fils. Et mieux encore : du bout du monde…

Chapitre IV

Après quelques minutes d'ascension, les deux hommes atteignirent la paradisiaque propriété qu'Eddie s'était fait bâtir. Les quelques années de dur labeur dont il avait eu besoin pour ériger la maison de ses rêves ne furent pas vaines. C'était à Castelnau-de-Lévis qu'il finirait ses jours. Qui, dans la région, ne s'était jamais intéressé au destin de ce village nourri par la captivante histoire médiévale de son château ? Tous les deux la connaissaient par cœur : plus jeunes, ils auraient donné leur vie pour défendre la réputation de cette terre. Mais cette époque semblait bien révolue. Axel en avait conscience. Il sortit un paquet abîmé de Gauloises, cette fatalité à l'esprit. Il tapota d'un coup sec pour faire émerger une cigarette. Son regard s'égara dans ce paysage exceptionnellement éclairé par une lune rougeoyante.

— Tu fumes toujours ?

Eddie acquiesça, alluma la sienne et tira une bouffée en silence. Face à la magnifique vallée albigeoise, la cathédrale Sainte-Cécile en point de mire, ils restèrent quelques secondes à savourer un moment ce que le destin leur offrait à nouveau. Derrière eux se dressait la bâtisse calcaire rectangulaire que jouxtait une tour circulaire imprenable. Axel afficha un petit rictus, cette architecture ne le laissait pas indifférent :

— Tu n'as pas pu t'en empêcher…

— Tu as toujours l'œil, voici ma commanderie templière personnelle ! lâcha-t-il comme un gamin.

À peine le maître des lieux avait-il eu le temps de terminer sa phrase qu'un animal inquiétant se rua dans leur direction. L'invité, peu rassuré, eut rapidement droit à une inspection digne d'un physionomiste de discothèque, reniflé activement dans le moindre détail :

— Mais enfin Eddie, c'est un…

— Loup ? Oui, tout à fait, un loup de Sarloos plus exactement, race croisée d'un berger allemand et d'une louve.

Axel n'osait pas bouger le petit doigt, la ressemblance avec un véritable loup sauvage le pétrifiait :

— N'aie aucune crainte. Bruce est très à cheval sur la rigueur du filtrage de sécurité, mais une fois adopté, tu ne pourras plus t'en défaire.

Un éclat de rire commun conclut la ronde du chien, qui réclama une caresse de la part de son invité, ce qu'Axel lui accorda de bon cœur. Il se faisait tard, la route et les derniers jours avaient été épuisants. Le policier s'accorda un rapide tour du propriétaire, accepta le repas improvisé que lui offrit son ami et rejoignit la chambre mise à sa disposition.

— Tu es ici chez toi. Je pense que nous avons pas mal de choses à nous dire. Repose-toi, nous verrons tout cela demain. Bonne nuit, Axel…

Eddie s'apprêtait à quitter la chambre, mais il tint à partager son émotion avant de fermer la porte :

— Ça fait sacrément du bien de te voir…

Axel acquiesça en hochant la tête, pleinement en accord avec lui. Cette chambre d'amis était une véritable médiathèque. Une collection impressionnante de vieux vinyles se dressait dans le meuble principal. Une frise chronologique ornait un pan de mur entier sur l'histoire de la musique, des années vingt à nos jours. Jazz, *rythm'n'blues*, Elvis, Beatles, punk… toute la panoplie d'un siècle de musique se retrouvait plaquée contre ce mur. Axel vouait une passion aux riffs de guitare, mais ce soir il avait besoin de sonorités plus calmes, plus subtiles. Il opta, parmi un large choix, pour le petit bijou lyrique du groupe Queen, *A night at the opera*. À travers ce vinyle, la voix quasi surnaturelle de Freddie Mercury et la précision des accords de Brian May, l'emmenèrent tantôt dans la mélancolie, tantôt dans l'humour, pour venir flirter avec les dieux du paradis sonore à certains moments. Il s'étendit paisiblement sur le lit, tendit l'oreille et laissa la mélodie lui caresser tendrement le lobe. Bercé comme un enfant par sa mère, l'ultime *Bohemian Rhapsody* le fit sombrer dans un profond sommeil…

Le doux gazouillis des oiseaux ne l'avait toujours pas arraché à ses rêves en fin de matinée. Ce furent de lourds aboiements qui le sortirent soudain de sa plénitude. Paniqué, Axel ouvrit les yeux le plus largement possible. Face à lui : un homme diabolique prêt à l'attaquer au moindre de ses mouvements. Il cherchait l'équilibre du regard, un indice pour s'orienter et savoir où il se trouvait. Il fallut quelques secondes au policier pour réaliser que la grimace ravageuse pendue au plafond était celle d'Angus Young, *Guitar hero* du groupe AC/DC en habit d'écolier. Il expira un « ouf » de soulagement. Dehors, une conversation se déroulait dans une ambiance tendue. Un homme d'une quarantaine d'années semblait ne pas accepter une requête faite par son ami Eddie, qui ne cachait pas son incompréhension. Axel emprunta discrètement les escaliers, accueilli par Bruce qui s'empressa de le saluer, la queue frétillante et l'œil fripon. Dans le même temps, Eddie passa la porte d'entrée, irrité mais heureux de voir son ami enfin réveillé :

— Ah ! Axel, je te croyais mort ! plaisanta-t-il.

— J'ai dormi comme rarement, je l'avoue. Tu as des soucis ?

— Oui et non, enfin peut-être, mais ton arrivée ici devrait pouvoir y remédier, assura-t-il. Nous avons du pain sur la planche aujourd'hui, préfères-tu une petite tasse de café ou te joindre à nous pour le déjeuner ?

— Comment ça, « nous » ? releva Axel.

Dans la précipitation, Eddie avait omis de préciser que Bruce n'était pas son seul compagnon. Sarah l'accompagnait depuis presque cinq ans. Les deux passionnés d'archéologie s'étaient rencontrés au cours d'une conférence traitant des contradictions historico-religieuses que l'on pouvait relever en étudiant les livres sacrés. La Bible était sa lecture de chevet, mais pour la simple raison qu'elle considérait cet outil comme un véritable vivier d'informations historiques. Sa passion : retrouver des lieux mythiques aujourd'hui disparus. Sa dernière mission l'avait menée en Jordanie, à la recherche des vestiges de Sodome et Gomorrhe. Le principe du travail de la jeune femme était assez simple : dénicher, par des moyens géologiques ou archéologiques, l'emplacement exact de ces villes jadis prospères. Le baiser langoureux que s'échangèrent les amoureux déstabilisa le policier, tout comme la familiarité immédiate de Sarah :

— Ravie de te rencontrer, Axel. J'ai beaucoup entendu parler de toi, pour ton génie historique autant que pour tes talents de séducteur, glissa la jeune femme malicieusement.

Eddie intervint dans la foulée pour ne pas laisser son ami nager dans le malaise :

— Voilà un accueil digne de ce nom, j'ai les deux caractères les plus indomptables de ma courte vie réunis sous mon toit !

Après les présentations, ils se mirent à table avec entrain. La jeune femme n'hésita pas à faire preuve de plus de discrétion, laissant aux deux hommes l'occasion de rattraper une décennie de souvenirs. Depuis son arrivée, Axel n'avait pas encore repensé à tous ses maux, aux raisons qui l'avaient poussé jadis à quitter la région. À celles qui l'avaient ramené au Pays. Eddie brisa la glace et aborda le sujet le premier :

— Comment as-tu appris mon expédition en Égypte ?

— Ton expédition ? s'étonna Axel en manqua de s'étouffer. Mais j'ignorais tout, Eddie...

Le policier enchaîna, pour expliquer les raisons qui l'avaient mené précipitamment jusqu'à lui. Ce récit semblait fâcher sérieusement l'archéologue. Une fois les choses clarifiées, une inquiétante conclusion s'avéra évidente. Il ne faisait aucun doute qu'une tierce personne connaissait l'existence du tombeau sous le Sphinx de Gizeh, excepté Léo. Tourmenté, Axel vida son verre de vin et sortit de sa poche la photographie reçue par mail. L'archéologue fut direct :

— C'est bien ça : *Jacques de Mazières, 1194-1283*, confirma-t-il médusé. Ce cliché est de moi, c'est certain, mais jamais je ne te l'ai envoyé. Cette histoire est ahurissante ! D'ailleurs, saurais-tu déchiffrer le sens de cette phrase ?

— Eh bien, mes modestes compétences en langue occitane m'emmènent à penser que *Gardian del Carla e Aléthéia en Occitania catara* est la traduction de « gardien du Carla et de l'*Aléthéia* en Occitanie cathare ».

— J'avais bien saisi, mais qu'est-ce que cet *Aléthéia* ?

— L'*Aléthéia* est un mot grec, il veut dire « ce que l'on n'oublie pas », « ce qui subsiste ».

Tout en offrant une caresse à Bruce, qui posa son museau à hauteur de sa cuisse, Axel tentait déjà de trouver une porte de sortie à cette étrange histoire :

— Honnêtement, Eddie, ton ami Léo est bien

gentil, mais comment peut-il espérer nous apporter le moindre indice avec des données aussi vagues ?

Son interlocuteur avait la réponse et manqua de renverser son verre en se levant. Il revint, une boîte à bijoux en main :

— Je ne t'ai pas tout dit.

Eddie l'ouvrit délicatement et la présenta à son camarade, subjugué, presque ébloui par la beauté de la chose : une chevalière en or massif parfaitement conservée et apparemment très ancienne.

— Mais enfin, tu as pillé le cercueil de cet homme ?

Sans porter la moindre attention à la remarque, Eddie enchaîna :

— La chevalière paraît riche, mais ce que j'ai trouvé à l'intérieur est inqualifiable !

L'archéologue saisit avec attention le sommet de la bague pour l'ouvrir. Dedans, une minuscule pierre plate y était dissimulée. Axel se pencha pour y lire l'inscription : *Stèle transept Mazières.*

— Le lien entre l'ancien village et cet homme est désormais évident.

— Je te vois venir, mon vieux, tu veux m'entraîner dans un jeu de chasse au trésor qui n'est plus de notre âge, tu le sais très bien !

Eddie referma la chevalière en poussant un long soupir, avant de réagir.

— Axel, à mon retour du Caire, je n'ai pas fermé l'œil de trois jours. Sarah peut en témoigner, j'étais comme paralysé…

La jeune femme acquiesça sans hésiter, l'air grave lisible sur son visage traduisait le choc que son homme avait dû subir.

— Ce que j'ai vu dans ce temple est inimaginable, impossible pour les chercheurs, passionnés ou scientifiques que nous sommes. Quelqu'un a voulu nous rapprocher… et maintenant que nous sommes enfin réunis, je ne peux en supporter le poids sans toi. Léo m'a demandé ce service, tu es au final le seul qui soit capable de m'aider à tenir mon engagement.

L'heure n'était plus à la plaisanterie, Eddie changea subitement d'attitude. La voix fébrile, il partagea ses dernières découvertes avec le policier :

— J'ai cherché pendant plusieurs jours ce qu'était cette stèle, si seulement elle existait.

— Et alors ?

— Je l'ai trouvée. Léo disait vrai, tout part d'ici, Axel !

— Comment ça, d'ici ?

L'homme se leva, posa ses mains sur la table et pencha son imposante stature en direction de son ami :

— Tout ce que tu as prétendu sur les étranges

faits répertoriés sur le site, est avéré. Tu avais raison, Axel ! Cette stèle se trouvait là depuis des siècles, sans que personne ne s'en inquiète.

— Mais alors…

— Oui, mon ami, le Carla abrite bien un secret. Inviolé depuis plus de huit cents ans !

Chapitre V

Pendant trois ans, Axel avait consacré sa vie au village médiéval de Mazières. Quand la masse d'historiens ou de passionnés se rua vers le destin des hérétiques locaux, lui préféra opter pour celui d'un village disparu. Ce choix n'avait pas manqué d'attirer l'attention et les moqueries de ses camarades de promotion, pour qui ce sujet, pauvre en documentation et en renommée, ne présentait aucun intérêt. Et pourtant, son flair ne l'avait pas trompé. Non seulement Mazières était un des bastions de l'histoire albigeoise, mais il était bien plus ancien que la plupart des sites médiévaux connus dans le coin. Malheureusement, sa démarche fut subitement freinée. Les documents auxquels il avait eu facilement accès disparurent sans aucune explication, et sa thèse fut rejetée par la communauté scientifique à laquelle il tenta de la soumettre.

— *Mais enfin, sauf votre respect, nous ne pouvons passer à côté d'un joyau historique comme celui du Carla…*

— Monsieur, l'histoire d'Albi et de la cité épiscopale commence là où s'arrête la légende cathare. Aucune communauté prospère n'a pu exister en dehors des albigeois qui ont fondé notre préfecture actuelle. Nous en aurions les preuves aujourd'hui.

— Mais je vous ai fourni des preuves…

— N'insistez pas. Elles ne sont basées que sur l'hypothèse selon laquelle nos ancêtres auraient maîtrisé les sciences telles que nous les connaissons de nos jours. Pourquoi n'auraient-ils pas eu Internet, tant qu'on y est ? Aucun historien sérieux ne croirait que l'être humain puisse avoir régressé au cours de l'histoire, nos gratte-ciels en sont la preuve irréfutable.

Un coup de massue sur l'homme passionné qu'il était autrefois. Ulcéré, Axel s'imposa du jour au lendemain un nouveau choix de carrière : officier de police.

Préoccupé par le comportement réservé de son ami, Eddie profita du court trajet jusqu'au Carla pour aborder franchement le sujet :

— Je sais que quelqu'un a voulu t'empêcher d'aller plus loin dans ta thèse. Tout le monde était convaincu que tu étais fou, que tu fantasmais sur l'importance que tu donnais à Mazières… mais je t'ai toujours soutenu, tu le sais.

Le regard jusque-là rivé sur le tableau de bord, le policier jeta un bref coup d'œil inquiet sur son ami qui terminait son monologue sans diplomatie :

— Léo ne m'a pas contacté pour rien. Il savait que j'avais travaillé à tes côtés sur un village portant le nom de Mazières. En quelques semaines, j'ai utilisé toutes mes compétences dans le domaine archéologique pour compléter ton travail.

Un dernier virage, et les deux amis arrivèrent à hauteur du panneau rouillé indiquant une voie sans issue : *Église du Carla*. Ils sortirent de la voiture, plusieurs minutes défilèrent en silence. Puis Eddie décida d'entrer dans le vif du sujet :

— Je sais que tu n'es pas spécialiste de l'archéologie, alors je vais essayer de faire simple.

Voyant le policier réceptif, Eddie enchaîna :

— On distingue précisément une délimitation entre le cimetière autour de la chapelle et les champs. Aujourd'hui, nous avons une partie de terrain fauchée régulièrement, mais pas spécialement cultivée, et un enclos ou les Shetlands broutent en toute quiétude.

Axel acquiesça, très attentif.

— Ton étude présentait ces deux parties réunies comme étant la surface qu'occupait le castrum, le village médiéval. Tu racontais également que pour qu'il y ait castrum il devait y avoir un point culminant de protection, outre la chapelle.

— Exactement, tu as bien appris les leçons, plaisanta Axel. Sans oublier qu'elle n'était pas encore une église à l'époque, puisque les Cathares n'y attachaient pas d'importance.

Heureux de pouvoir interpeller son ami, Eddie aborda avec entrain le côté plus technique de son explication, sans pour autant interrompre leur marche autour du site.

— Soyons sérieux deux secondes. J'ai décidé de faire quelques recherches archéologiques sur cette partie extérieure à l'église. J'ai fait des découvertes très étonnantes. Tu as trouvé dans les archives du département des éléments démontrant que Simon de Montfort avait incendié le village. La plupart des habitations étant encore composées de bois, il devait forcément y avoir des traces de charbon.

— Intéressant…

— Et je te le donne en mille : j'ai mis au jour des couches de charbon à plusieurs endroits. On peut déterminer si c'est la végétation ou les structures de maisons qui ont brûlé. J'ai voulu en savoir plus, comme tu te doutes, et là, Sarah a fait un gros travail de paléopalynologie qui a permis de dater des grains de pollen piégés et conservés dans une structure archéologique.

— Un peu comme dans *Jurassic Park*, lança Axel.

La comparaison fit sourire l'archéologue qui reprit :

— Ça nous a permis aussi de connaître les pratiques agricoles et alimentaires de l'époque. Nos recherches ont confirmé qu'il y avait bien eu un grand incendie ici, à l'époque de la croisade cathare. Le problème est qu'il y a une découverte que nous n'avons pu expliquer…

— Laquelle ? s'étonna Axel.

Eddie se pinça les lèvres.

— Nos hérétiques cathares cultivaient du maïs !

— Oui et ?

— Tu as dû oublier mon ami que le maïs n'est arrivé qu'à la fin du XVe siècle en Europe, soit trois cents ans plus tard…

Après réflexion, Axel réalisa la portée de cette découverte.

— Tu es certain de ce que tu avances ?

— La science ne ment pas, Axel…

Le policier resta sans voix. Un flot de questions tourbillonnait dans son esprit, pourtant le mystère ne s'arrêtait pas là. C'était en tout cas ce que le visage d'Eddie laissait supposer :

— Quoi, ce n'est pas tout ?

Sans un mot, le scientifique sortit la chevalière découverte à Gizeh et lui offrit la pierre plate avec l'inscription *Stèle transept Mazières*.

— As-tu saisi où ces trois mots veulent nous conduire ?

Surpris par la question, Axel resta les yeux rivés sur ce message sans solution. Eddie patienta sans venir à son secours, persuadé que le spécialiste des lieux trouverait en une minute ce que lui avait démêlé en plusieurs jours.

— Non, je ne vois pas… lâcha-t-il navré.

L'archéologue croisa les bras, presque déçu par cette réponse.

— Axel, enfin, elle indique un lieu bien précis ! insista-t-il presque agacé.

Ce dernier força sa réflexion, fit quelques pas, murmura quelques mots, puis se tourna lentement vers Eddie, affichant un sourire de satisfaction :

— Nulle part, Eddie, conclut-il très calmement.

— Bingo !

La stèle était érigée sereinement dans cet atypique cimetière, tout près de l'entrée de la chapelle. Eddie se planta devant pour retirer la pierre qui lui permettrait de parachever sa démonstration. Plusieurs heures de travail furent nécessaires à l'archéologue pour parvenir à la désolidariser de la stèle. Sa face visible demeurait vierge…

— Retourne-la, maintenant !

Sur les conseils avisés du spécialiste, Axel s'exécuta. L'archéologue ne cachait pas sa fierté d'avoir accompli seul un travail aussi conséquent.

— Je crois que mes compétences s'arrêtent là.

C'est à toi de jouer maintenant.

Axel n'en revenait pas. Ce qu'il avait sous les yeux était tout simplement incroyable. Quelqu'un avait donc déposé ici, plusieurs siècles auparavant, un message secret totalement incompréhensible. Mais à qui pouvait-il être destiné ? Il tenta de comprendre l'indéchiffrable :

SVIIIS.IVRIIIIVP.IV.SIS. VLIVIQV.IVRIIIIVRIV.III-VRIIITSVB. VL. VIIIM. VSIIIIVLG

IVRTSIIN.IVTMIICSIVV.9021.IV.SIS.SRIISSIVC-CIS.NVRVPV.SIIL.RIVBV

VL. VRTSVC. VGIIIRBV.LO.IIIRIJRIVP

TVGIVL.SNIIID. VL. VIIICNIVTNIVS. V. VL. VIIIV. VSIIIIIDIILIVM

IIICIIIV.IVS.L'VDVNIIIA.IV. VS.IVRRIIS. VNIIS-SIVB.NIIS. VRVIIIRVPV

L'TIIINIIIFNIII. VNIVM.SIIS. VL. VLIVPVC.LIVD. IVGTIILIVR

TVTSIJV. V. L'SIIITII. LIVD. IVRTSIVM. SIP. HCIVIIIFRIVP

LV. TNIVMVSIIRC.IVD. SVL. SVDVHCVGV. NIVB.IV.LVM

LVTIIIV. VRVVVC. L. TIIIGIVLIV.RIVP.RVF. RIIILIVPSIV. VIIIIVHTIVLV

VCRVM.SHIII-33.SNIIID. VL. VIIIRIIMIV.LIVD. TVBMIIC

— C'est incroyable ! Elle était là, sous mes yeux, depuis toutes ces années, et je n'y ai jamais prêté le moindre intérêt.

— Axel, elle est peut-être ici depuis plus de huit cents ans sans que personne n'y ait fait attention. Nous avons là un échantillon que l'histoire a oublié, mais qui va vite la rattraper. Tu es le seul homme que je connaisse capable de défier cette énigme.

Le bloc de pierre entre les mains, Axel réalisa que la fébrilité de l'archéologue à aborder ses découvertes à Gizeh n'était peut-être pas à prendre à la légère. Impossible de faire machine arrière désormais. Il était temps pour le policier de savoir ce qui avait bien pu bouleverser autant son camarade :

— Qu'est-ce qu'il y avait de si extraordinaire là-bas ?

Le cœur d'Eddie se remit à palpiter, comme à chaque fois qu'il repensait à cette expérience. Il tourna la tête pour s'assurer que personne n'écoutait, puis invita Axel par une tape amicale à l'accompagner :

— Rentrons à la maison, je crois qu'il est temps que je te dise la vérité…

Chapitre VI

Mazières, Septembre 1209

Une sainte odeur de quiétude planait sur le village insouciant. Comme chaque matin, les oiseaux s'adonnaient à reproduire une symphonie parfaite et inimitable, bien loin du tumulte de la cité de Carcassonne, bien au-delà de l'acharnement des Croisés à déferler sur l'Occitanie. Cet instant privilégié laissait au Père Dauat le loisir d'assister patiemment à la renaissance quotidienne de l'astre solaire. Désormais pleinement familiarisé avec les habitudes des habitants de Mazières, Jacques observait quotidiennement les étranges rituels de son maître.

Ces derniers jours, ses pensées voguaient vers une jeune fille qui n'avait cessé de troubler la clarté de son esprit. Elle n'avait eu qu'à poser son regard sur lui pour qu'il perde ses moyens. Quand le père Dauat les avait présentés, leur comportement malhabile en avait été presque risible.

Son vieil aîné avait connu autrefois pareille situation et jubilait de voir aujourd'hui Jacques goûter aux joies du sentiment.

Après l'avoir laissé à ses pensées un long moment, le sage avait choisi de rompre le silence :

— Eh bien, Jacques, tu ne parles plus, serais-tu malade ?

— Je ne sais trop ce qui me pèse, mon Père. J'ai le ventre douloureux, une douleur lancinante.

— Une douleur ? Ton périple t'aurait-il contaminé ?

Une lourde inspiration de Dauat engendra une inquiétude palpable chez Jacques.

— Vous dites ?

— Tes symptômes ressemblent à un mal qui semble universel.

— Vraiment ? Mais quelle en est la cure ? demanda le jeune homme d'un air paniqué.

— Malheureusement, aucune plante ne soigne le mal de l'amour, mon fils.

— L'amour ? Une nouvelle découverte du bout du monde ? s'inquiéta-t-il.

Le vieil homme manqua de pouffer de rire, oubliant un instant le peu d'expérience de son cadet :

— Nous pouvons la considérer ainsi, mais cette maladie est bienfaitrice si tu sais la dompter.

— Elle n'est donc pas mortelle ?

— Je ne pense pas, mais je crois que Mathilde pourrait t'aider à la soigner…

Jacques saisit tout à coup où Dauat désirait le mener. Il avait été démasqué. Fort de son expérience, le vieil homme prit les devants :

— Nous irons chez elle, si tu le souhaites. Son père est bon.

— Oui. Vous savez, elle est magnifique, elle est la plus belle fille que j'ai pu croiser. Je suis pris de tremblement à son contact, je n'ose pas la regarder ni lui adresser la parole.

— Je le conçois, répondit le sage gêné par la confidence. En attendant, reprends des forces, tu ne tiendras plus très longtemps au travail, sinon !

— Oui, merci de tout cœur, mon père.

Le lendemain, Dauat trouva une excuse habile pour aller rendre visite à la famille de Mathilde. Les habitants du village vouaient un respect sans limites à ce sage. Il présenta Jacques comme son fils le plus fidèle et avoua au père de Mathilde que ce protégé ne paraissait pas indifférent au charme de sa jeune fille. L'homme, flatté d'un tel honneur, accorda toute sa gratitude à Jacques. Les deux adolescents s'intimidaient l'un l'autre. Dès cet instant, Mathilde devint impatiente de s'évader avec celui que tout le monde surnommait au village « le messager ». Son Père ne vit aucun inconvénient à leur offrir quelques instants de liberté, une fois la journée de travail accomplie. Tous les soirs, ils se retrouvèrent au pied du Carla pour partir s'aventurer, main dans la main, dans le cœur sauvage des bosquets alentour. Ensemble, ils rendaient le sourire à ceux qu'ils croisaient, une osmose alchimique se dégageait au-dessus de leur couple, une lumière permanente, deux anges flottaient sur leurs têtes, comme pour les protéger de tout élément nuisible. Dauat les observait attentivement sans montrer pourtant le moindre intérêt devant Jacques. Il voyait en ce jeune garçon le bonheur incarné, frappé d'un coup de foudre envoyé par Dieu. Mais sa mission, celle pour laquelle il avait été désigné, se comptait désormais en jours, et bientôt en heures. Transmettre était son unique ambition. Pendant les longues journées de travail, il faisait souvent référence à ce savoir qui devait se perpétuer. Très attentif à la justesse de ses mots, il expliquait à son élève qu'en parallèle du chemin de Dieu, existait une autre voie, celle des hommes et de leurs secrets. Ceux que l'on appelait les Anciens, avaient donné un nom à ce chemin que des milliers d'années n'avaient pas encore réussi à ébranler : *l'Alétheia.* Pour la première fois depuis plus d'un millénaire, cette histoire fabuleuse s'apprêtait à franchir le stade de l'imaginaire et devenir une réalité. Voilà ce qu'allait venir réclamer Simon de Montfort.

Plus les jours s'écoulèrent et plus Dauat se voyait contraint d'approfondir son instruction, allant jusqu'à dévoiler au jeune homme les raisons qui faisaient du Carla l'épicentre de toute la mouvance cathare. Parcourant la zone sacrée du cimetière à petits pas, il s'arrêtait sur chaque détail invisible pour un profane et sollicitait la réflexion de Jacques. Rien, absolument rien ici, n'avait été érigé et placé par hasard. Un matin de bonne heure, planté face au portail, Jacques écouta attentivement une leçon bien plus étrange que les précédentes :

— Une fois le portail franchi, tu pénètres dans le sacré. En osant marcher sur cette terre, tu dois te laisser imprégner par tout ce qui est symbole. Tu seras un jour le maître des lieux et c'est alors que toi aussi tu transmettras.

La leçon du vieil homme pouvait paraître confuse, mais l'adolescent s'appliquait à écouter les révélations distillées par son protecteur. Sans détourner son regard, pointé fixement vers l'horizon, Père Dauat avait alors lâché une confidence qui laissa l'initié dans un désordre bien volontaire :

— Un jour, au bout de ce chemin, se dressera l'emblème du déclin de ceux qui veulent notre mort. Tu en seras l'initiateur…

Le jeune homme avait forcé sa réflexion et son imagination, ce n'était pas dans le monde matériel qu'il fallait méditer, mais dans un monde parallèle de clairvoyance. Quel pouvait être ce peuple capable d'appliquer des données si précises ?

Ces derniers jours, Dauat avait entrepris de dessiner l'amour, cette obscure maladie qui demeurait un mystère, même pour les hommes les plus instruits. Doté d'une mémoire parfaite, il lui était très facile de retranscrire le visage de ceux qu'il avait élus pour sa fresque. Cette nuit-là, un pressentiment l'envahit. Dans l'après-midi, il avait fait ériger une pierre tombale par son élève, ce qui n'avait pas manqué de l'interpeller. Cette stèle faisait partie du rituel sacré que Dauat citait si souvent en référence. Il avait précisément ordonné au jeune homme de la placer près de l'entrée du cimetière, exactement alignée sur le transept, la ligne formant les deux bras d'une église traditionnelle. Mais Jacques n'était pas dupe : depuis quand plaçait-on une stèle avant que quiconque ne décède ? Il n'y avait à sa connaissance personne de gravement malade ces derniers jours, et pourquoi à cet endroit précis ? La seule curiosité apparente était un symbole, un signe curieux remarquable au premier coup d'œil, une forme circulaire fragmentée en huit parties.

Une heure avant l'aube, Dauat acheva sa fresque. Dominant l'autel, Jacques et Mathilde orneraient ainsi et pour toujours les murs de cette chapelle du Carla. Au-dessus, deux anges veilleraient sur leur amour, cet amour qui permit, durant quelques jours, à un village condamné au bûcher, de croire au bonheur sur cette terre si diabolique à leurs yeux. Ainsi, les murs de cette bâtisse témoigneraient de leurs mémoires aussi longtemps que dureraient les couleurs éclatantes de cette fresque.

Le soleil commençait à prendre la place des bougies dans la pénombre, un coq annonça le lever du jour. Le silence se faisait pesant, le sage ferma les yeux quelques instants, non pour prier, mais pour pleurer, sans que le Seigneur puisse soupçonner ce moment d'abandon. Quand il les rouvrit, les pupilles inondées, il se rappela que sa mère lui avait enseigné que les larmes n'étaient qu'un don du ciel pour supporter l'insupportable. Quelques secondes s'écoulèrent et ce silence pesant vint peu à peu se fondre avec des chuchotements, puis d'inquiétantes conversations. Au loin, il percevait le bruit des sabots frappant la terre mêlés à des hennissements angoissants. Puis vint le tour des cris... Les larmes ne suffiraient peut-être pas, il sortit sereinement de l'église pour tenter d'apercevoir ce qu'il attendait. Un épais rond de poussière progressait comme une tornade prête à tout dévaster. Le vieil homme leva les yeux au ciel avec l'espoir d'apercevoir un rayon salvateur. Le soleil se dissimula derrière un épais cumulus, comme pour se laver les mains de ne pas empêcher le massacre. L'armée de Simon de Montfort, chef de la Croisade contre les Cathares, approchait. Il n'aurait aucune raison d'épargner qui que ce soit. Le vieil homme inspira un grand bol d'air frais, c'était la fin…

Chapitre VII

À peine la porte d'entrée franchie, les deux amis d'enfance reçurent un accueil triomphal, assaillis par le chien-loup. Sarah s'était accordé quelques jours de répit entre deux missions. Assise dans son fauteuil fétiche, dissimulée derrière un bouquin, elle jeta un coup d'œil rapide pour prendre la température. Axel s'attarda avec plaisir sur l'animal pour le couvrir de caresses, pendant qu'Eddie, lui, s'appliquait à préparer une cafetière. Ils s'installèrent auprès de la jeune femme afin qu'elle puisse, avec son homme, révéler enfin à Axel cette expérience si déroutante. Quelque peu tendu, Eddie ne voulait rien laisser au hasard, évitant dans la mesure du possible d'effrayer son ami, dont il ne pouvait maintenant plus se passer. La jeune femme posa sa main sur la sienne en guise de soutien. La découverte du tombeau, des inscriptions et de la chevalière, n'étaient pour l'archéologue que les prémices d'une expérience difficile à exprimer :

— La pièce dans laquelle Léo m'avait conduit

était très sombre, je n'ai compris que par la suite les raisons de cette mise en scène, entama-t-il.

Très attentif, Axel laissa l'archéologue développer son récit.

— Quand il décida de l'éclairer, rien ne m'étonna au premier abord. Les murs du temple étaient intégralement recouverts d'une fresque circulaire qui semblait suivre une logique chronologique, une sorte de frise.

— Je vois, un système identique aux hiéroglyphes égyptiens, comprit Axel.

— Non, rectifia l'archéologue avec fermeté, aucun rapport avec de quelconques hiéroglyphes. De parfaites représentations… en perspective !

Il stoppa son explication pour laisser son ami analyser cette curieuse remarque. Sur le point de boire sa première gorgée de café, Axel bloqua sa tasse au bord de ses lèvres, puis se ravisa. Quelque chose venait de l'interpeller. La technique de la perspective, l'un des principaux élans de la Renaissance, ne pouvait orner un temple médiéval. Si cela avait été le cas, ce temple aurait cent cinquante ans d'avance sur cette mouvance artistique… Ces peintures ne pouvaient qu'être postérieures à la vie, ou plutôt à la mort de cet homme. Il le fit remarquer aussitôt :

— Je m'attendais à cette réaction, rebondit l'archéologue. Mais ton hypothèse qui sous-entend que quelqu'un d'autre serait venu dans ce tombeau après Jacques de Mazières me semble fragile. Tu oublies que le Sphinx d'Égypte est resté ensablé à hauteur du cou jusqu'à l'arrivée de Napoléon en 1799. Ce lieu est devenu, depuis, un des plus étudiés et surtout un des plus surveillés au monde. Et puis...

Axel admit sans une totale conviction la logique dont faisait preuve Eddie, mais il se redressa, curieux d'entendre la suite :

— Et puis ?

— Ce Jacques de Mazières était un foutu génie ! Il n'aurait jamais laissé n'importe qui pénétrer ce temple de manière hasardeuse. Léo a dû faire des mois de recherches sismologiques pour en trouver le chemin. Et même quand il sut qu'une cavité existait derrière l'immense bloc de pierre servant de porte, il lui fallut encore un mois pour en venir à bout, grâce aux moyens techniques dont nous disposons désormais.

— Mais alors comment expliques-tu que ce Jacques de Mazières y ait accédé sans difficulté ? insista le policier.

L'archéologue afficha une satisfaction non dissimulée pour conclure la démonstration du Cathare :

— Deux possibilités s'offraient à nous : ou croire au miracle, ou bien cet homme connaissait non seulement le temple, mais disposait de la clé d'entrée !

Sans en expliquer la raison, Eddie déposa sur la table basse la chevalière qui leur avait permis de trouver la stèle du Carla. Axel grimaça. Quel rapport pouvait-il y avoir avec la porte d'entrée ?

— La chevalière est cette clé, Axel. Je n'ai pas pillé le tombeau de cet homme, le bijou se trouvait enclavé dans la porte... avec le squelette d'un doigt ! Pour l'ouvrir, Jacques de Mazières a non seulement dû y placer la chevalière, mais se sectionner l'index !

Le policier resta sans voix. Plongé dans les profondeurs de son imagination, il s'essayait à percer le destin de cet homme. Héritier d'un grand secret, Jacques de Mazières avait peut-être passé une partie de sa vie à chercher cette porte et à faire de ce temple son tombeau. Cette perspective le ramena soudain à la réalité, une envie débordante de savoir enfin ce que cette pièce abritait s'empara de lui :

— Mais alors, qu'y avait-il sur ces fresques ?

Craignant d'en oublier les détails, Eddie avait pris le soin de consigner son expérience sur un carnet. Il tendit son texte à Axel qui ne fit pas prier pour en commencer la lecture :

Journal de bord, 6 août 2009, 5 h 17...

Depuis mon plus jeune âge, je suis fasciné, passionné par notre civilisation, par notre existence tout entière, celle de l'Homme. J'ai fait de cette passion ma religion, décidant de m'engager les yeux fermés sur le chemin des historiens plutôt que de celui des théologiens. Pourtant, il est possible que ni l'un ni l'autre n'ait détenu la vérité. Ma conviction la plus sincère est ce matin remise en question. Je ne sais plus quelle direction prendre, j'ai le triste sentiment qu'une erreur s'est glissée dans le travail de mes confrères scientifiques et je ne l'assume plus. Dans un premier temps je dois écrire ce que j'ai vu, je ne dois jamais l'oublier : la frise chronologique affichée dans le temple semble si ancienne qu'il serait difficile d'en retranscrite les détails. Mais des éléments ne peuvent laisser un homme sensé insensible : j'ai vu la représentation d'une vie, d'une société prospère, semblant maîtriser l'agriculture moderne, cultivant de solides épis très similaires à notre maïs local. Forte d'une architecture parfaitement sculptée, cette société vivait autour d'immenses bâtiments, recouverts d'une couleur que je pourrais assimiler à de l'or, dominant les champs plus excentrés.

J'ai vu au cœur de leur cité un Sphinx, flirtant avec les proportions de celui de Gizeh. Cependant, la tête était différente, et les flancs, parfaitement lisses et peints, ne portaient pas les traces d'érosions visibles sur le Sphinx moderne. Cette tête, coiffée d'une magnifique crinière royale, avait la gueule d'un lion.

J'ai vu près de celui-ci une vallée fertile, boisée, des plaines verdoyantes à perte de vue, nourries par cet immense fleuve à l'eau cristalline. Les hommes et les femmes représentés portaient tous des vêtements élaborés, dentelés, sans aucun rapport avec la manière dont les premiers Égyptiens pouvaient se vêtir. Aucune pyramide n'existait alors. La scène suivante devint complètement irréaliste, impossible aux yeux de quelqu'un qui connaît un minimum l'histoire de l'humanité :

Le tableau dépeignait un orage violent s'abattant sur la cité, sans que personne ne s'en inquiète, avec en son centre, un soleil trônant au-dessus de tout, laissant aux spectateurs l'illusion de pouvoir vaincre le mauvais temps. Cette image semblait représenter une cité invincible. D'ailleurs, un peu plus bas, un homme tenait dans sa main un objet totalement anachronique : un globe terrestre. Un peu plus loin, une assemblée d'une dizaine de sages en plein débat, l'un montrant une partie de la voûte céleste, l'autre une carte marine, et un troisième un tableau de formules mathématiques. J'en ai encore des frissons, cette question m'obsède, mais quel peuple a pu un jour être aussi avancé dans notre histoire ? À ma connaissance, aucun.

Sur la fresque suivante, la cité disparaissait, le sable recouvrait peu à peu les cultures ainsi qu'une partie du Sphinx. Le temps semblait s'être écoulé de plusieurs millénaires et le Sahara avalait désormais cette région devenue aride. Ce fait est une réalité puisque le plateau de Gizeh n'a pas toujours été un désert. Mais cette époque remonterait à plus de sept mille ans !

J'ai vu une fresque mettant en avant la difficulté des ouvriers à ériger une pyramide près du Sphinx, ornée de la tête de Khephren telle que nous la connaissons aujourd'hui. Cette scène est pour moi la preuve formelle que nous avons à faire à celui de Gizeh. La cité a disparu, comme enfouie dans les sables mouvants.

J'ai vu un homme dessiné avec les traits d'un aventurier, dans la posture d'un guide, à bord d'un navire et faisant route vers une destination qu'il désignait sur une carte du monde. Le sourire sur ses lèvres soulignait toute la fierté qui l'habitait, accompagné de celui qui pourrait être son maître, beaucoup plus âgé.

J'ai vu enfin, sur le dernier échantillon, un homme primitif endormi. Au-dessus de lui, un nouvel orage bien plus violent, sans astre cette fois, alimenté par une croix culminante. Cet orage est prêt à détruire l'humain, sans équivoque, qui ne paraît pourtant nullement inquiet.

Axel termina sa lecture avant d'imposer un silence pesant. Il s'avérait incapable d'afficher la moindre réaction. Abasourdi, à peine osa-t-il rabaisser la feuille pour devoir affronter le regard de ses deux amis. Quand il se décida enfin à la rendre à son auteur, il demeura inerte. Le jeune couple s'impatientait, curieux de lire un signe, une réaction, une lumière sur le visage du policier, mais rien ne se passa. Paralysé, Axel ne trouvait aucun mot, aucune explication à ce qu'il venait de lire. Il avait la certitude que ce temple les guidait tout droit vers la découverte d'une civilisation oubliée. Mais la force et le courage de persévérer lui manquaient, tout à coup.

— Je comprends ta réaction, tout remettre en doute est une démarche délicate, mais nous pouvons réussir, lui assura son ami. Pour cela, tu dois avant tout m'aider à décoder le texte de la stèle.

Toujours pas de réaction.

— Axel ? Enfin, mais qu'est-ce qu'il t'arrive ? Que t'ont-ils fait, là-haut ? Tu as perdu tous tes réflexes de raisonnement ? Autrefois tu m'aurais proposé une quinzaine d'hypothèses dans les cinq minutes !

La lourde voix du gaillard résonna dans toute la maison, au point de perturber Bruce qui somnolait paisiblement.

— Excuse-moi, je dois être un peu fatigué…

— Fatigué ? Tu te fiches de moi ? Tu as fait le tour du cadran cette nuit.

— Je suis navré Eddie, j'ai besoin de réfléchir…

Sans prêter attention à la réaction de son compère, l'invité se leva et prit la direction de sa chambre. L'archéologue assista à la scène, médusé. Toute la logique géniale qu'Axel possédait autrefois s'était évaporée, comme un poète incapable de trouver la rime adéquate pour compléter son alexandrin. Le pas lourd, il gravit les marches qui le menaient à la chambre, dans un état de frustration qu'était loin d'imaginer son ami déçu. Malgré son enthousiasme, il se doutait que cette peur de ne plus être à la hauteur remonterait un jour à la surface. Un peu de recul l'aiderait certainement. Pour l'heure, la diplomatie fraternelle semblait rompue avec Eddie. Désarmée, Sarah ne pouvait que constater la désillusion de son compagnon encore écarlate :

— Tu as peut-être été un peu dur avec lui…

— Je ne sais pas, je n'en sais rien, je vais aller prendre l'air, lâcha-t-il désabusé.

Au cœur de cette ambiance peu joviale, Sarah patienta une petite heure et décida en début de soirée de proposer un thé à son invité. Elle frappa à la porte et le trouva paisiblement allongé sur le lit. Elle lui tendit une tasse qu'il accepta poliment.

— Ça va, Axel ?

— J'ai vécu des jours meilleurs, répondit-il agacé.

La jeune femme persévéra :

— Paris, ton métier, sont deux facteurs lourds à gérer…

— Paris est une ville fantastique et mon métier

un des plus passionnants du monde… assura-t-il avec conviction.

Il s'arrêta un instant pour entamer son thé encore brûlant. Elle sentit qu'il voulait achever sa phrase :

— Mais… c'est un métier, pas une passion comme ce que je faisais jusque-là. La différence là-bas est que tu es guidé. La liberté est une illusion, chaque geste, chaque parole est scrutée, analysée, écrite, regretta-t-il.

— Écoute, je crois que tu as vécu ces dernières années dans un univers où le rêve n'existe pas, où la possibilité même de rêver est occultée par la réalité. L'histoire c'est aussi de l'imagination, de l'évasion. De quoi as-tu peur ? De ne plus pouvoir en revenir, d'un second échec ?

Le ton devint plus incisif. Axel se résigna à la confidence :

— Les deux, je pense.

— Tu as fait le choix courageux de tout quitter il y a quelques années. Dépasse ce conformisme dans lequel tu t'es installé. Tu peux enfin remettre en question tous ceux qui t'ont barré la route, alors fonce, Axel !

— Et si j'échoue ? Si je n'y arrive pas ? Si je déçois ? enchaîna-t-il avec révolte. Je dois garder les pieds sur terre, je ne peux pas me permettre d'échouer.

— La réalité ne t'offre aucune porte de sortie, à l'inverse du rêve. Tu dois les vivre, Axel, tu dois les vivre ! cria-t-elle comme un coup de tonnerre.

Emportée dans son élan, elle réalisa avoir peut-être bousculé l'homme. Elle se retira, le laissant méditer ces derniers mots qui résonnèrent en écho dans sa tête. Axel comprenait pourquoi Eddie était tombé amoureux de cette femme. Elle était à l'écoute, parlait avec une parfaite justesse. En reposant son thé, il remarqua un petit morceau de papier sur le plateau. Sarah avait eu la malice de lui laisser la retranscription du texte de la stèle, au cas où il aurait l'idée de s'y intéresser. Pendant la discussion, Bruce en avait profité pour venir se glisser discrètement au pied du lit. Axel fixait le plafond, le regard vide, écoutant les ronflements réguliers de l'animal. Il ne pouvait s'empêcher de repenser à chacun des mots écrits dans ce récit. Eddie avait raison, aucune civilisation connue n'aurait pu atteindre un tel niveau de connaissances à une époque aussi reculée. Le conseil de Sarah lui rappela ces mystérieuses expériences d'autrefois où, dans le rêve, il avait la sensation de revivre de véritables scènes du passé. Hanté par ce phénomène qu'il ne maîtrisait pas, son départ loin d'ici l'avait soigné du jour au lendemain. Jamais Axel n'en avait parlé à qui que ce soit, même pas à son meilleur ami, trouvant toujours avec habileté une explication crédible à ses découvertes.

Il se tourna vers la table de nuit. L'énigme à portée de main, il la jaugea comme son plus grand ennemi. C'était à celui qui dégainerait le plus vite. Il savait, il avait toujours su, que le Carla cachait quelque chose d'inexplicable, d'irréel, de mystique. Cette première impression, le policier n'avait jamais pu l'ôter de son esprit, persuadé d'avoir la clé en lui. Il existait donc, il y a des millénaires, une communauté capable de maîtriser les sciences les plus poussées. Cela expliquerait bien des faits étranges. Ces questions, il se les était posées, bon sang, mais toujours refroidi par les vérités indiscutables de ses professeurs :

— *N'est-il pas étrange qu'une civilisation qui venait de voir le jour puisse avoir acquis une connaissance assez élaborée pour ériger les pyramides ?*

— *Pourquoi serait-ce étrange ?*

— *Elles sont millimétrées, orientées en fonction des étoiles, architecturalement harmonieuses, alignées les unes avec les autres et pensées par un peuple tout juste devenu sédentaire. Et que dire de ce sphinx, drainant de nos jours plus de questions que de réponses ?*

— *Je conçois, Axel, que certains éléments de l'Histoire restent obscurs, mais nous ne pouvons malheureusement pas tout expliquer…*

Une profonde amertume lui compressa la poitrine. Comme le défi d'un homme qui refusait de se résigner, Axel ne cessa plus à cet instant de se répéter cette phrase : *eh bien si, tout s'explique, monsieur Thomas, tout s'explique* ! Résoudre cette énigme signifiait qu'il devait franchir à nouveau ce monde qu'il avait pourtant fui jadis. Rien n'avait été laissé au hasard. Le Carla n'était pas une chapelle parmi d'autres, elle avait un lien bien réel avec un secret qui pouvait avoir dix mille ans, et pourtant personne n'y avait porté attention jusque-là…

Ses yeux devinrent de plus en plus lourds. Il s'obstina à lutter contre le sommeil et décida d'ouvrir le morceau de papier sur lequel l'énigme de la stèle était retranscrite. Un véritable charabia composé de chiffres romains entremêlés de lettres de l'alphabet moderne. Rien qui ne correspondait à une langue connue sur cette planète. Axel avait de plus en plus de mal à résister à la fatigue, ses yeux se fermaient malgré lui, louchant tantôt au pied du Carla, tantôt face à Angus Young affiché au plafond. Non… ce n'était que son imagination… Il était dans la chambre se convainc-t-il, une chambre ornée de deux contreforts soutenant une chapelle sacralisée, une cloche retentissait, le signal d'alarme. Le rêve choisissait son camp, il se passait quelque chose d'anormal, tout le monde s'agitait, la panique débordait jusque sur les murs de la chambre. Quand il rouvrit les yeux, un tableau effroyable se dessina devant lui, un tourbillon de poussière allait déferler d'un instant à l'autre : ils arrivaient…

Chapitre VIII

Mazières, septembre 1209

Face à l'imminence du danger, Dauat partit précipitamment réveiller Jacques. Sauver la vie de l'élu devenait son unique objectif. Le destin allait désormais se resserrer comme un étau entre les mains du jeune homme. Malheureusement, c'est une couche vide que le religieux trouva. Jacques avait rejoint Mathilde. Il le faisait déjà depuis plusieurs jours. Dauat maudit son cadet à cet instant précis. Dans le village, les habitants commencèrent à s'agiter les uns après les autres, tous saisis en plein sommeil par les vibrations des lourds destriers. Hennissements et cris de soldats horrifiaient la communauté tout entière. Ce que redoutait le vieil homme depuis plusieurs mois arrivait. Les minces remparts feraient bien pâle figure face à la puissance des croisés, en quelques minutes le village serait réduit en cendres. À lui seul, le religieux ne pouvait être le sauveur du demi-millier d'habitants de Mazières. La survie de leur secret allait se jouer sur une décision. Jacques, ce fils que le destin avait épargné à Carcassonne grâce au Vicomte, se devrait d'assumer l'immense rôle qui lui serait donné. Mais pour l'heure, il restait introuvable.

Plongé dans un profond sommeil, Axel s'agitait de plus en plus. Il demeurait là, pétrifié par la scène qui se profilait. À cet instant, son dernier cauchemar, celui qui n'avait cessé de hanter ses nuits dès son départ vers une nouvelle vie, se prolongeait ce soir.

Peu avant l'arrivée des assaillants, les allées se mirent à grouiller, la panique enfla seconde après seconde. Dauat cherchait encore son protégé en vain. Il scruta le moindre recoin du village. Une barque flottait déjà près du quai pour évacuer Jacques au plus vite. Mais son plan de diversion ne se déroulait pas du tout comme prévu.

Les yeux exorbités et rougis, l'homme, de plus en plus inquiet, frôla le corps paralysé d'Axel. Il s'arrêta soudain et tourna son regard vers lui avec une attention pétrifiante. Le vieil homme marmonna quelques mots inaudibles, mais Axel ne parvint pas à percevoir le moindre son de voix. Dauat pointa alors son index pour le désigner, puis tourna son doigt pour indiquer l'ensemble du village. Le policier tourna la tête pour être certain que l'homme s'adressait bien à lui. Aucun doute, il voulait lui transmettre un message.

Alors que ses espoirs s'amenuisaient, le Cathare aperçut enfin Mathilde au bras de Jacques. Les deux amoureux, paniqués, ne comprenaient pas. Les croisés allaient d'un instant à l'autre pénétrer dans la modeste forteresse, protégée par de fins remparts de bois. D'un ton sec, Dauat somma les jeunes de l'accompagner au bord du Tarn. Ils s'exécutèrent sans broncher, peinant à suivre la cadence impressionnante imposée par le septuagénaire déterminé. Mathilde se mit à pleurer, lâchant de lourdes larmes sur sa terre natale sans stopper sa fuite. Ils arrivèrent essoufflés près de la barque. Au son des cris devenus incisifs, tous trois réalisèrent que Simon de Montfort venait de pénétrer dans le castrum. Il ne fallait plus perdre un instant. Axel se retrouva transporté sur la scène, pétrifié par les horreurs de la déferlante. Sans trouver la force de la contrôler, une coulée de sang s'échappa de ses narines.

Nourris par l'odeur de la mort, les soldats exécutèrent les premiers résistants. Axel tenta de se débattre à la vue d'un croisé armé d'une lourde épée, chassant un enfant terrorisé. Son pouvoir de résistance était vain dans ce monde parallèle. Le gamin s'arrêta, pris au piège par son bourreau.

Les yeux implorants, il se mit à prier pour qu'on l'épargne. Le croisé n'eut pas le temps de se laisser attendrir, un de ses camarades passa derrière l'enfant et lui trancha la tête. À quelques mètres, un autre soldat arracha des mains de sa mère un nourrisson et le jeta par-dessus un muret. Le bébé fit une chute vertigineuse, sa tête heurta violemment un des saillants rochers en contrebas. Tous les hommes furent ligotés, déshabillés et attachés aux arbres. La sentence ne fut pas la même pour tous. Ceux que l'on choisissait de garder en vie durent subir la terrible douleur d'une castration au couteau mal aiguisé. On creva les yeux à d'autres pour leur remplir les orbites de vinaigre. Un père de famille eut peut-être préféré une mort atroce plutôt que d'assister au viol de ses deux jumelles de neuf ans. Il cria sa douleur, les dents brisées au burin pendant que les criminels se gargarisaient de plaisir. Les plus chanceux avaient les ongles de pieds arrachés un à un, et les plus massifs, les deux bras tranchés après avoir subi l'affreuse douleur de l'écartèlement.

Une jeune mère parvint à dissimuler son nouveau-né sous sa robe pour tenter de s'échapper. Elle ne comprit qu'après quelques secondes que les soldats s'amusaient avec son endurance. Épuisée, l'hérétique courut désespérément quelques mètres avant de s'essouffler. Elle chuta violemment sur le sol, entraînant son enfant avec elle. Un croisé muni d'une lourde masse fracassa le corps du nourrisson devant les yeux horrifiés de sa mère. Il versa comme une soupe un lot de vipères sur ses seins ensanglantés afin d'achever son supplice. Sûrs que les hérétiques étaient à l'image du diable, les croisés prenaient plaisir à œuvrer en faveur de leur seigneur. Simon de Montfort n'était visiblement pas là pour questionner les Cathares ou pour en faire des prisonniers. Punition et supplice. Rien de plus.

Impuissant, Axel vivait là une scène qu'aucun livre d'histoire n'avait abordé de cette manière. Il pouvait percevoir chaque son, chaque cri insupportable et s'inquiéta tout à coup du sort des trois fuyards. Un chevalier venait de les apercevoir en descendant vers la rivière. C'était au Père Dauat qu'il en voulait, visiblement :

— Le vieux est ici. Il tente de s'enfuir ! alerta-t-il.

Au moment d'embarquer, Dauat freina Jacques qui s'apprêtait à le saisir par le bras. Le jeune homme ne comprit pas la réaction de son aîné :

— C'est à moi qu'ils en veulent. Je dois concentrer leur haine, tu es trop précieux, Jacques, il faut que tu survives !

— Mais mon Père, que dois-je faire ?

Dauat remit à Jacques le cartulaire que le Vicomte lui avait confié.

— Voilà désormais les deux fragments du cartulaire réunis. Le Vicomte t'a mené sur ma route pour cette unique raison. C'est notre mémoire, celle de la communauté cathare tout entière que tu tiens entre tes mains.

— Comment pourrais-je l'exploiter ? demanda-t-il paniqué. Je ne sais rien, je suis démuni sans votre aide !

— Je t'ai tout appris, répondit le vieillard la voix posée. Il te suffit de savoir lire. Le chiffre d'Apollonius, notre maître, te guidera.

— Mon Père, je vous en supplie, ne me laissez pas… implora le jeune homme dépité.

— Tu as dominé la première épreuve à laquelle le Vicomte t'a soumis, Jacques. Je crois en toi pour achever les autres avec succès. L'*Aléthéia* n'est pas une légende, protège-le !

Le jeune homme était sur le point de répondre quand une flèche fila à toute vitesse devant ses yeux. Debout sur la barque, un geste de recul faillit lui faire perdre l'équilibre. Elle n'était passée qu'à quelques centimètres. Quand il baissa les yeux, il réalisa que le bruit sourd perçu n'était pas celui de l'eau. La flèche venait de trouver sa cible dans le cœur de la jeune fille. Plus haut, les archers avaient visé juste. Surprise par la décharge de la pointe, Mathilde n'eut pas la force d'exprimer le moindre mot. Elle s'effondra dans les bras de Jacques, heureuse de s'endormir contre la poitrine du plus grand bonheur de son existence. Avant de partir, elle esquissa un dernier sourire, puis elle sombra. Ses paupières se celèrent pour la conduire vers un sommeil éternel. Les deux hommes étaient assommés. Dauat réagit le premier et, par réflexe, retira d'un coup sec la flèche du cœur de Mathilde. Il était bien trop tard. L'aîné observa avec désolation le jeune garçon abattu, puis posa une dernière fois la main sur son épaule. À travers son regard, Jacques put lire toute la détermination qui lui restait, un courage comme jamais il n'en avait perçu. Puis, brusquement, le religieux se releva et fonça tout droit vers ses ennemis, pour ne pas attirer l'attention sur son dernier élève. Après tout, c'était après le chef du village qu'ils en avaient !

— Fuis, Jacques, tu ne peux plus rien pour elle ! cria-t-il. Votre union perdurera dans la mémoire de nos descendants, je te le promets ! Fuis ! Je t'en supplie !

Choqué, incapable de laisser s'échapper le moindre sanglot, Jacques déposa Mathilde devant la barque. Il offrit une ultime caresse à ce doux visage ancré à jamais dans sa mémoire, puis détacha à toute vitesse la corde pour donner ses premiers coups de rames. Les archers tentèrent de l'atteindre, les flèches le frôlaient et venaient se planter dans la barque. Soudain exalté, une force intérieure immense lui donna les ressources pour s'enfuir et s'éloigner du rivage à une vitesse fulgurante. L'ultime regard que Dauat lui avait jeté venait de lui transmettre une force surhumaine, anesthésiant la douleur brûlante de ses bras qui luttaient contre la résistance de l'eau.

Le vieil homme se laissa facilement capturer et ligoter près du Carla. La chapelle fut vidée et les moindres recoins scrutés, mais les fouilles restèrent vaines. Simon de Montfort, vivement contrarié par ces recherches infructueuses, se présenta plein de vanité face au supplicié :

— Alors, vieil hérétique ? Tu es donc le chef de ce castrum corrompu ? Cela sent le purin, ici, l'odeur de cendre et de mort ne tourmentera point vos habitudes, lança-t-il au visage du vieil homme avant de s'arrêter quelques secondes… Où est-il ?

— De quoi me parles-tu, cher inconnu ? renvoya Dauat un brin provocateur.

— Ne fais pas l'ignorant, tu sais ce que je cherche.

— Que pourrais-tu vouloir de si luxueux pour détruire des vies avec autant de haine et de violence, cher bouffon du Pape ? renchérit-il.

Le chef de la croisade resta quelques secondes interdit devant l'assurance méprisante de son prisonnier :

— Bouffon ? Es-tu bien certain de savoir à qui tu t'adresses ? J'ai été nommé à la tête de l'armée des Croisés pour effacer toute trace d'hérésie dans ce Comté. Carcassonne et Béziers ont plié, Albi m'a ouvert les bras. Crois-tu qu'un vulgaire religieux de bourg pourrait m'effrayer ?

— Autant de haine et de moyens déployés pour quelques interprétations de notre livre sacré…

— Tais-toi, pauvre idiot, me crois-tu si niais ? Tu as connaissance des raisons véritables de ma quête ! J'ai eu vent que ton village cachait un cartulaire dans lequel vos secrets sont minutieusement inscrits.

— Le Vicomte ne te l'a-t-il pas offert ?

— Le Vicomte ? s'esclaffa Simon. Ce sot a cru malin de déposer les armes pour me tromper. L'imbécile, il n'a pas dû digérer le pain à l'eau que je lui ai préparé…

Dauat ravala difficilement sa salive. De par ces mots, il apprenait la trahison de Simon et l'assassinat de son ami :

— Dieu reconnaîtra le véritable hérétique ! rétorqua Dauat plein de rancœur.

— Je ne fais que suivre la volonté du Christ, cher paysan. Indique-moi l'emplacement du cartulaire et tu seras lavé de tes péchés.

Simon reçut un éclat de rire en guise de réponse. Cette attitude le mit hors de lui. Dauat coupa court à ses espérances :

— Ce que tu cherches n'est plus ici, mon cher Montfort.

— Comment ça ?

— Mon fidèle disciple est parvenu à s'enfuir sans que tes soldats ne puissent nuire à sa détermination.

Simon de Montfort recula d'un pas, surpris. Le regard noir, il interrogea son second :

— Dit-il vrai ?

— Heu… oui Monseigneur… Nous n'avons pu l'atteindre, mais comme nous devions capturer le vieux en priorité…

— Bougres d'idiots ! vociféra-t-il. Je vous avais demandé que personne n'en réchappe, incapables !

Furieux, le chef croisé se retira. Jamais depuis le début de l'invasion il n'était passé aussi près de son objectif. Il monta son cheval et sonna le rassemblement pour prendre la direction de la cité albigeoise, sans porter attention au destin de son prisonnier :

— Pardon Monseigneur, qu'advient-il de l'hérétique ?

Du haut de sa monture, il défia Dauat qui resta parfaitement impassible :

— Il paraît que les Cathares côtoient l'œuvre

matérielle du diable : brûlez-le donc !

Pendant que les maisons du castrum s'embrasaient lentement, des fagots alimentèrent le bûcher du courageux Cathare. Les soldats s'exécutèrent, une torche suffit pour que le feu prenne. La mission confiée par le Vicomte se terminait avec succès, dans le supplice précédant la délivrance. Le Carla resterait intact, Simon de Montfort, lui, repartait bredouille.

Axel observait cette affreuse scène, l'atroce souffrance de Dauat. Il essaya de fermer les yeux, mais une force l'en empêcha, quelque chose le forçait à vivre l'instant. Lapé par les flammes brûlantes, le supplicié figea à nouveau le policier et se mit à tourner la tête en direction du Carla, comme pour l'inviter à y entrer. Sans exprimer le moindre signe de souffrance, Dauat se laissa dévorer par le feu, silencieux. Axel ne pourrait plus jamais ôter de sa mémoire l'image maléfique de cet homme : un sourire éclatant de démence, comme le signe glaçant d'une triomphante victoire.

En pénétrant dans le Carla, l'éprouvante nuit du policier s'achevait. Dominant le vieil autel calcaire, il découvrit pour la première fois la magnifique fresque du jeune couple, surplombé par deux anges protecteurs. L'apaisante conclusion du cauchemar le plus atroce de sa vie…

Chapitre IX

Un lot de gémissements aigus couvrit le silence angoissant de la chambre. Axel émergea brusquement de son sommeil, inondé par la sueur. Au pied de son lit, Bruce reniflait, inquiet de voir son nouvel ami grelotter de la sorte. Le cauchemar de cette nuit était le pire mais surtout le plus vraisemblable de toute sa vie. Une véritable scène de l'histoire du Carla venait de défiler en quelques heures. Encore sous le coup de l'émotion, Axel caressa d'une main tremblante l'animal pour le rassurer. Une douche revigorante allait lui permettre de se laver des effets de cette fulgurante fièvre. Stimulé par le jet d'eau froide, il lui fallut encore quelques longues minutes pour revenir à la réalité. Pendant que l'eau glissait sur sa nuque, il puisa dans sa mémoire afin de reconstruire chaque détail de son expérience. Il ne devait pas en perdre une miette. Se souvenir de chaque détail d'un rêve était quasi impossible. La nature le lui avait pourtant offert. Il sortit de la douche et enfila un peignoir. Il restait encore deux heures avant le lever du jour. Axel commença alors à déambuler d'un coin à l'autre de la pièce, à la recherche d'une issue à son tracas. Cette curieuse mise en scène ne manqua pas de soulever la curiosité de l'animal, qui observait d'un œil interrogateur le policier. Cet état de transe, bien qu'étrange et épuisant, semblait positif. Il se repassa le film de son cauchemar sans interruption, jusqu'à ce qu'un énième murmure l'arrête. Une phrase prononcée par Dauat, que le policier se répéta plusieurs fois :

Il te suffit de savoir lire. Le chiffre d'Apollonius, notre maître, saura te guider…

Saisi par ce détail, il attrapa aussitôt la copie de l'énigme laissée par Sarah. Son intuition se confirma dans la foulée, la lumière tant désirée l'éclaira enfin :

SVIIIS.IVRIIIIVP.IV.SIS. VLIVIQV.IVRIIIIVRIV.III-
VRIIITSVB. VL. VIIIM. VSIIIIVLG

IVRTSIIN.IVTMIICSIVV.9021.IV.SIS.SRIISSIVC-
CIS.NVRVPV.SIIL.RIVBV

VL. VRTSVC. VGIIIRBV.LO.IIIRIJRIVP

TVGIVL.SNIIID. VL. VIIICNIVTNIVS. V.VL. VIIIV.
VSIIIIIDIILIVM

IIICIIIV.IVS. L'VDVNIIIA. IV. VS. IVRRIIS. VNIIS-
SIVB.NIIS. VRVIIIRVPV

L'TIIINIIIFNIII. VNIVM.SIIS. VL. VLIVPVC.LIVD.
IVGTIILIVR

TVTSIJV.V.L'SIIITII.LIVD.IVRTSIVM.SIP.HCIVIIIFRIVP

LV.TNIVMVSIIRC.IVD.SVL.SVDVHCVGV.NIVB.IV.LVM

LVTIIIV.VRVVVC.L.TIIIGIVLIV.RIVP.RVF.RIIILIVPSIV.VIIIIVHTIVLV

VCRVM.SHIII-33.SNIIID.VL.VIIIRIIMIV.LIVD.TVBMIIC

Les signes V et I sont des chiffres. Il suffit de les remplacer par les bonnes voyelles...

Comment avait-il pu omettre cette solution ? Cette technique du *chiffre d'Apollonius* n'était qu'un des nombreux moyens de codage utilisés pour dissimuler des textes secrets. Pour se rassurer, Axel admit tout de même qu'il connaissait l'existence des mythiques *Chiffres de César* et de *Vigenère,* utilisés dans la cryptographie ancienne. Ces systèmes avaient permis à ceux qui les maîtrisaient de protéger les documents les plus impénétrables, il y avait deux mille ans. La conclusion d'Axel fut sans appel : Jacques de Mazières s'était servi de la technique enseignée par le vieil homme pour mener celui qui saurait la décrypter jusqu'au cartulaire de *l'Aléthéia*. Un seul problème se posait : jamais il n'avait entendu parler du *chiffre d'Apollonius*.

Peu importe, cette révélation venait d'offrir au policier l'élan qui lui manquait depuis son arrivée. Dominé par son enthousiasme, il enfila en toute hâte ses vêtements pour partager sa découverte avec Eddie. Absorbé, il perdit toute notion de temps et quitta sa chambre sans s'inquiéter de l'heure matinale. Il dévala les escaliers et déboula dans la salle à manger, entraînant Bruce dans son sillage, qui ne demandait pas mieux que de se divertir. Sans hésitation, il cogna contre la porte de la chambre du couple, évidemment plongé dans un profond sommeil :

— Eddie, réveille-toi. Je crois que j'ai enfin une piste !

Surpris, ils émergèrent avec une lenteur compréhensible. Eddie grommela quelques instants puis, face à l'insistance de son ami, se décida à enfiler sa robe de chambre pour lui ouvrir :

— Axel enfin, tu as vu l'heure ?

— Non…

— Il est cinq heures du matin, on ne vit pas en horaires décalés ici ! pesta-t-il à moitié endormi.

— Écoute, j'ai trouvé quelque chose sur ton énigme et il faut absolument se rendre au Carla !

— Au Carla ? Oui, cet après-midi, sans problème, mais je vais terminer ma nuit si cela ne te dérange pas, soumit l'archéologue en retournant se coucher.

— Non, maintenant ! insista Axel sans concession.

Eddie s'arrêta une demi-seconde, espérant que cette insistance ne soit que le fruit de son imagination. Malheureusement, il réalisa rapidement que cette requête avait tout de sérieux. Il hésita un instant à exprimer sa rancœur d'être réveillé à une heure pareille, mais se ravisa.

— Bon… laisse-moi m'habiller, prépare-moi une tasse de café, je te rejoins.

Encore sous l'influence de son cauchemar, Axel n'avait pas repris tous ses esprits, son sens des réalités demeurait vacillant. Alors que le soleil ne laissait pas encore apparaître ses premiers rayons, Eddie se jeta sur la chaise qu'il trouva près de l'immense table en bois de la salle à manger, pour s'y affaler :

— Tu n'as pas préparé le café ? demanda-t-il d'un ton grincheux.

— Excuse-moi, je n'ai jamais vraiment su le faire. Nous, là-haut, la machine s'en charge, regretta Axel.

— Oui suis-je bête, c'est vrai que tu es un génie symbolico-religieux, mais faire du café tu en es incapable… Bon, je m'en occupe, dis-moi vite pourquoi tu m'as réveillé à une heure pareille.

— J'ai eu une révélation, je crois savoir comment décoder l'énigme.

— Vraiment ?

— Oui ! Il ne fait aucun doute que cette église cache un secret, quelque chose de suffisamment immense pour commander une croisade sans précédent dans l'histoire de France, celle contre les Cathares. Jamais le Carla n'a été là par hasard, si le village de Mazières a été détruit, c'est parce qu'il était le gardien de ce secret.

Cette fois, c'est Eddie qui se mit à douter :

— C'est pourtant toi qui m'avais enseigné que Simon de Montfort avait détruit tous les villages aux alentours, alors pourquoi Mazières aurait été si important ?

— Eddie, crois-moi sur parole, les Cathares n'ont pas été supprimés pour la raison que l'on pense…

Un violent courant d'air claqua la porte de la chambre à l'étage. Les deux hommes sursautèrent. Axel venait de rouvrir une hypothèse enfouie depuis presque une décennie et qui, semble-t-il, tourmentait les esprits ambiants.

— Très bien, allons-y ! proposa Eddie. Je prends une torche et mon appareil photo, attrape la petite couverture sur le canapé.

— Une couverture ? Pour quoi faire ?

— Pour dissimuler le flash. Technique de bandit ! lança-t-il avec un petit clin d'œil.

Durant le bref trajet, Axel rappela à son ami

les conditions dans lesquelles le Vicomte Trencavel ainsi que le Comte de Toulouse avaient dû lutter pour préserver les Cathares d'une croisade. Selon lui, les chefs occitans, bien que rattachés au Roi et à l'Église, toléraient largement les pratiques hérétiques sur leur territoire. Leur position ambigüe paraissait contradictoire, puisqu'officiellement ils étaient les vassaux de leurs ennemis. Le policier revint à la charge :

— Pour quelle raison les seigneurs occitans se seraient-ils mis le roi et l'ensemble du clergé à dos ?

— Aucune idée, Axel. Par fidélité, par honneur, pour la protection de leur peuple…

— Non, Eddie. C'est parce qu'ils savaient quelque chose que nous ignorons que les Cathares ont eu ce soutien de luxe. Si le Comte de Toulouse et la famille Trencavel ont donné leur vie pour cette communauté, c'est parce qu'ils savaient qu'elle détenait la vérité, celle que nous devons découvrir !

L'apaisante brise matinale se transforma en quelques minutes en un vent d'autan incontrôlable. Typique dans le Midi, ce souffle glacial déferla sur la vallée sans prévenir. Cet étrange enchaînement d'hostilités alla jusqu'à toucher Axel lui-même. Sur le chemin qui menait à la vieille chapelle, il fut pris d'une intense migraine. Plus il s'approchait de l'entrée, plus la douleur s'intensifiait. Puis, tout à coup, exactement devant le portillon du cimetière, elle cessa. Eddie ne remarqua rien, trop attentif à entendre les révélations de son ami qui reprenait ses esprits :

— La principale activité se trouvait en contrebas de la chapelle, dit-il en se tenant la tête. Le Tarn à cette époque était plus bas de dix mètres, tout simplement parce que le barrage de Rivières, le village situé un peu plus loin, n'avait pas encore été construit. Je parierais gros pour dire que les ruines sont encore sous l'eau !

— Le barrage n'existait pas en effet, je n'y avais pas pensé, déplora Eddie. Mais tu ne m'as pas réveillé pour me dire ça ?

— Non. Allons au cimetière, tu comprendras mieux.

Ils longèrent un hostile buisson épineux pour arriver devant la porte de la chapelle. Quand il tourna la tête presque inconsciemment, une vision stupéfiante anesthésia Axel. À quelques mètres à peine, il venait de reconnaître le lieu exact où le bûcher de Dauat s'était embrasé. À cet endroit précis trônait une inquiétante statuette posée sur un bloc de pierre. La chasse aux indices ne se déroulait pas du tout comme prévu. Alerté par une angoissante présence, le policier coupa court aux recherches :

— Qu'y a-t-il, Axel ? lui demanda son ami inquiet.

— J'ai entendu un bruit, je crois que nous devrions rentrer, inutile de se faire remarquer. Prends un cliché et filons !

Peu téméraire, Eddie n'insista pas pour rester. Quelque chose d'anormal avait attiré l'attention du policier : une impression de déjà-vu, cette statuette aux traits curieux lui semblait familière, mais il ignorait pourquoi. Ils rebroussèrent chemin et rentrèrent.

Sarah n'avait pas retrouvé le sommeil après le départ impromptu de son homme. Bruce aboyait dehors, signe que le maître était de retour. Elle avait eu le temps de préparer aux deux aventuriers un petit déjeuner digne de ce nom. Les deux hommes franchirent la porte d'entrée le sourire aux lèvres. Elle les invita à profiter du festin :

— Alors messieurs, la chasse fut bonne ?

— Eh bien, ma chérie, je t'avouerai que nous n'avons pas eu le temps d'en savoir beaucoup plus.

Avant même de déguster son petit déjeuner, Axel se jeta sur son ordinateur portable pour y importer les photos. Son intuition le stimulait, il savait ce qu'il cherchait. Le couple impatient entama un pain de campagne croustillant. Eddie s'appliquait à beurrer ses tartines. Il s'apprêtait à tremper délicatement la première dans son café, quand un hurlement lui fit renverser la moitié de son bol sur la table.

— Eurêka !

Sarah se précipita sur l'accident pour éponger le plus vite possible. Axel venait visiblement de faire une découverte à la hauteur de son enthousiasme. Il déposa son ordinateur entre les tasses et les confitures, sans même prêter attention à la maladresse de son ami. L'écran affichait le texte toujours encodé :

— Je crois avoir trouvé la clé de notre énigme. Nous avons une suite de lettres incompréhensibles, indiqua-t-il. Vous remarquerez que les lettres V et I sont différentes des autres.

— En effet, acquiesça Eddie.

— Elles sont différentes parce que ce ne sont pas des lettres mais des chiffres romains, révéla-t-il.

Le couple échangea un regard de stupéfaction. Le policier prit dans son élan, enchaîna :

— Nous devons maintenant savoir lesquelles correspondent à chaque chiffre romain. Là encore, nous avons un indice. Ne remarquez-vous rien de particulier au sujet de ces lettres ?

— Non franchement, ce genre de détail m'échappe, soupira Eddie, et toi Sarah ?

— Peut-être bien… Sauf erreur, il me semble qu'il n'y a aucune voyelle suggéra la jeune femme avec précaution.

— Exactement ! se réjouit Axel. La conclusion est donc évidente ma chère Sarah :

— Remplacer les chiffres par des voyelles ! compléta-t-elle avec enthousiasme.

Cette découverte cruciale lança une vague de bonne humeur sur le trio. Eddie ne regrettait pas d'avoir été sorti de son lit douillet. Sarah, elle, avait déjà oublié son amertume. Ils insistèrent ensemble pour que le policier leur dévoile le texte déchiffré :

— Voilà le problème, avoua-t-il désolé, j'ai essayé toutes les combinaisons possibles avec Cryptos, le logiciel de mon ordinateur, mais sans succès. Je suis certain que nous avons la bonne clé, mais la porte est plus solide que prévu. Il nous reste certainement un ou deux paliers supplémentaires à franchir.

— Tu en fais déjà beaucoup, relativisa Sarah.

Mais le visage assombri de la jeune femme reprit des couleurs instantanément :

— Attendez, ce n'est pas tout. Notre expédition au Carla ne fut pas inutile. Cette curieuse statuette cache plus de secrets qu'elle en a l'air. À première vue, elle semble quelconque. Vous pouvez comme moi vous en faire une idée, soumit Axel en affichant le cliché. La photo que nous avons prise ne nous apporte pas grand-chose telle quelle, un visage bien mélancolique peut-être…

Sarah s'approcha de l'écran en passant la main dans ses cheveux, usant de toute la rigueur du détail que son métier lui avait enseignée. Mais elle resta perplexe :

— Axel, je suis en admiration, mais… je ne saisis pas le sens de ton raisonnement.

— Quelle impatience… Et si je pivote la photo de la statuette à cent quatre-vingts degrés, y parviens-tu, maintenant ?

Le résultat flagrant la fit bondir brusquement en arrière, entraînant son homme qui manqua de trébucher.

— Non ! incroyable ! s'exclama Eddie éberlué. Tu vois ce que je vois, chérie ?

— Oh que oui mon lapin, oh que oui…

Diabolique, c'était le mot qui frappa leur esprit. Un sourire maléfique, des yeux pleins de vice, un visage orné de deux cornes, ce diablotin laissa les deux archéologues sans voix. Eddie glissa discrètement un signe de soulagement à sa femme, en lui prenant la main fermement. Axel était de retour.

Malgré cette avancée, tous avaient bien conscience que le chemin serait encore long. Le policier retrouvait ses sensations d'antan et ne put s'empêcher de se replonger dans les archives parfaitement conservées qu'il avait accumulées au cours de ses recherches sur le Carla. Il consacra l'après-midi entière à surfer sur des souvenirs qu'il pensait profondément enfouis.

Une convivialité débordante, autour d'une poule au pot mijotée par Sarah, planait sur le repas du soir. Ses talents culinaires permettraient aux hommes de reprendre quelques forces, mais tout était relatif puisque deux bouteilles de Gaillac furent vidées pendant la soirée. Tous trois essayèrent tant bien que mal de démêler cette énigme, mais le sentiment que le temps et la patience n'y changeraient rien prenait peu à peu le pas sur l'engouement engendré par la découverte. L'impasse devenait de plus en plus claire, aucune piste ne se profilait à l'horizon, Eddie fut le premier à l'admettre :

— Écoute, Axel, je ne me sens pas capable de faire mieux que toi dans ce domaine et je crois, pour parler en son nom, que Sarah non plus. Si tu as le sentiment que nous sommes bloqués, peut-être que l'on pourrait faire appel à une personne extérieure, un spécialiste…

— Tu penses que ce serait une bonne solution ? Le manque de discrétion m'a toujours causé des soucis, regretta Axel.

— Je suis d'accord, mais si on ne franchit pas ce palier, nous ne pourrons pas aller plus loin.

— Merci, Eddie, Lapalisse n'aurait pas fait

mieux, ironisa-t-il.

Sarah chercha le regard de son homme qui souriait encore de la boutade dont il avait été l'objet. Elle avait déjà sa petite idée sur la personne qui leur fallait, Eddie comprit immédiatement son message :

— Tu penses à quelqu'un de confiance ? lui demanda Axel.

— Je crois, oui. Raphaël, un ancien voisin. Le type le plus érudit en matière de symbolisme religieux que j'ai pu croiser, un vrai génie !

— Oui, je vois, un sage, pensa-t-il.

La personne à laquelle Eddie fit allusion ne correspondait pas vraiment à l'image que se dessinait Axel. Sarah se leva pour débarrasser la table, appréhendant un refus catégorique du policier, pour la raison qu'allait invoquer son homme :

— Non pas tout à fait, il a vingt-trois ans, marmonna Eddie.

— Tu te fiches de moi ?

— Ne t'emporte pas. Je suis très sérieux, ce mec-là vaut de l'or. Interroge donc Sarah, il nous a apporté un bol d'oxygène dans nos travaux respectifs, c'est un ami proche.

— Eddie a raison, releva Sarah, je sais que cela paraît peu croyable, mais tu serais très surpris si tu le rencontrais.

— Tu vois ? Il donne de petites conférences

le lundi soir à l'amphithéâtre de l'Athanor. Nous irons ensemble et tu jugeras par toi-même. Tu es d'accord ?

Axel ne cachait pas ses doutes, le jeune âge de cet érudit ne lui inspirait pas confiance. Il irait voir et se ferait son propre jugement. S'il était la seule personne à pouvoir les aider, il faudrait s'en contenter. Il partit se coucher avec un léger pincement au cœur. Ses sensations retrouvées, il n'aurait voulu les partager qu'avec une seule personne : Lucie. Quelques heures avant son départ, la jeune femme avait tenté de se confier, un aveu visiblement important. Il manqua volontairement le rendez-vous. Sa lâcheté avait eu raison de lui. Pourtant ce soir, il réalisait qu'il ne pourrait plus éviter d'affronter la vérité très longtemps…

Chapitre X

Eddie ouvrit brusquement les yeux. Une voix familière lointaine venait de lui sommer de se lever, lui qui rechignait si souvent à sortir de sa confortable couverture. Ces dernières semaines avaient été rythmées selon ses envies, délaissant provisoirement les chantiers archéologiques. Le Carla était devenu son principal centre d'intérêt. Sarah avait attaqué sa journée plus tôt que son homme, partie dans la matinée pour peaufiner un dossier important. Elle en avait profité pour faire le plein de nourriture afin de ravitailler les deux ogres, sans oublier Bruce qui, bien sûr, était un membre à part entière de la famille. D'ailleurs, étrangement, il n'assurait pas ce matin le service d'ordre quotidien. Lorsque son maître mit les pieds dans la cuisine, les cheveux en bataille, son regard inspecta les quatre coins de la pièce : le chien ne se trouvait nulle part. Sur la table gisaient encore les bouteilles de vin vidées la veille, ce qui expliquait sa bouche pâteuse. Il s'enfonça dans son fauteuil favori, près de la luxueuse cheminée en briques rouges encore vierge de cendres, et en profita pour réexaminer l'énigme. Sarah débarqua quelques minutes plus tard, l'horloge indiquait presque midi et toujours pas de nouvelle, ni d'Axel ni de Bruce.

— Coucou, mon amour, bien dormi je vois !

— Oui… répondit-il, peu bavard.

— Peut-être trop…

— Non, ce n'est pas ça… Axel est levé ?

— Je n'en sais rien, pourquoi ?

—… Bruce doit être dans la chambre avec lui, je ne le trouve nulle part.

— Oui, sûrement. Tu devrais aller les réveiller, je crois qu'ils en ont assez profité, ces derniers jours, quand même.

— Tu as raison, acquiesça-t-il comme s'il avait impatiemment attendu l'aval de la jeune femme.

Il alla frapper à la porte de la chambre. Personne ne répondit malgré son insistance. Il décida d'entrer. Surpris, il découvrit le lit vide et déjà fait. Son ami demeurait introuvable alors que son véhicule n'avait pas bougé.

Les deux inséparables étaient partis en promenade dès l'aube, histoire de se purger. Barbe naissante, Axel avait revêtu sa tenue de sport, casquette sur la tête, comme à l'époque où il pratiquait son jogging quotidien. Cela lui donnait d'ailleurs une raison de se demander, à chaque départ, après quoi il pouvait bien courir. Ce matin, c'était avec un loup domestiqué qu'il trottinait, infatigable et qui se régalait à ses côtés. En démarrant de la maison, ils avaient emprunté les sentiers au pied de la tour de Castelnau de Lévis. Au sommet d'une petite colline, un magnifique plateau autrefois protégé par d'imposants remparts offrait une vue splendide de toute la plaine albigeoise.

L'emplacement de la forteresse n'avait pas été choisi au hasard. Quelques années seulement après la destruction de Mazières, un certain Sicard Alaman avait décidé de construire une fortification et une tour de guet de quarante mètres, pour protéger les habitants d'un ennemi potentiel. Les leçons du passé devaient être retenues. Quand le joggeur atteignit le sommet, les muscles oxydés par l'effort, le soleil commençait à chauffer sérieusement son corps ruisselant de sueur. Il sortit une gourde de son sac à dos pour se désaltérer, ainsi qu'un bol pour l'animal qui traînait la langue depuis un petit moment déjà. L'immense bonheur de se retrouver dans cet espace sauvage irradiait son visage. Il déplora simplement que les ruines servent de troquet en plein air et de rencontres pour les fumeurs de cannabis. La municipalité avait même interdit de grimper au sommet de la tour pourtant mythique. Celle qui servit jadis à sauver des vies était funestement devenue un lieu où certains décidaient de la perdre. Un peu plus bas, il pouvait apercevoir les premières maisons bâties, ironie du sort, grâce au pillage des pierres du château local. *Il fut une époque où l'on ne se souciait pas de la mémoire de nos ancêtres...* Était-ce beaucoup mieux aujourd'hui ? Axel comprit à cet instant la valeur de ce mot gravé sur la tombe de Jacques de Mazières : *Aléthéia, ce que l'on n'oublie pas, ce qui perdure.* Les visionnaires antiques n'imaginaient peut-être pas la véracité de leur propos, il y avait bien des époques de l'Histoire que l'Homme était capable d'oublier.

Axel avait toujours eu besoin de se ressourcer, de méditer, il retrouvait peu à peu le goût de se poser des questions sans réponse. C'était lui, c'était sa personnalité. Les hommes de son genre souffraient d'insatisfaction permanente, sachant pertinemment qu'ils ne trouveraient jamais LA réponse. Pourtant, c'était bien la question qui l'aidait à s'épanouir dans son quotidien, et non la réponse.

Le soleil frappait sans répit en cette matinée de fin d'été. Comme tout enfant, il s'était essayé un jour à défier l'astre du regard, au risque de s'y brûler les yeux. Le miracle ne serait pas pour ce matin.

Les orbites rougies par ce jeu stupide, le policier mit quelques secondes à se séparer des taches violettes qui lui cachaient la vue.

— Maudite lumière, maugréa-t-il en se frottant les yeux.

Étourdi, il se mit subitement à rire, un rire presque sarcastique. Lucie ne quittait plus ses pensées depuis quelques heures. Lucie et Lucifer, le porteur de lumière, avaient « lux » pour étymologie. Et voilà qu'Axel la maudissait comme le diable parce qu'il jouait bêtement avec la lumière du soleil.

De son côté, Bruce flairait les moindres recoins du château. Mais une présence imprévue l'arrêta. Inquiet, ses poils se dressèrent et il se mit à grogner. Au loin, la silhouette resta impassible, mais un infime coup de vent suffit au chien pour lâcher un aboiement qu'il retenait depuis quelques secondes. Au bout du plateau, un homme semblait concentrer sa curiosité dans leur direction, mais Axel ne discernait qu'une silhouette.

— Arrête d'aboyer, Bruce, ce n'est qu'un touriste ! se rassura-t-il peu convaincu.

Le chien s'excita et il dut se déplacer à ses côtés pour lui sommer de cesser. Quand le policer se retourna, le temps qu'il s'occupe de Bruce, l'homme avait disparu. Vexé, Axel passa immédiatement en revue l'ensemble du site. Personne. Il s'était comme évaporé. Peu importait après tout, qui viendrait l'inquiéter dans un lieu aussi retiré ?

— Tu es un sacré chien de garde, dis-moi, rentrons, sinon Eddie risque de m'en vouloir !

Les oreilles dressées au son du prénom de son maître, l'animal envoya à Axel un aboiement en guise d'acquiescement. L'archéologue tournait en rond depuis une bonne heure quand il aperçut enfin les deux sportifs matinaux. Une odeur alléchante émanait de l'énorme marmite familiale. Sarah avait encore mis toute sa passion pour leur mijoter un bon petit plat local, mais son homme ne partageait pas sa bonne humeur :

— Où vous étiez passés ? On s'est fait un sang d'encre !

— Non, Eddie, TU t'es fait un sang d'encre, précisa Sarah.

— Oui, bon, peut-être, mais préviens-moi, Axel, quand tu t'en vas !

— Excuse-moi, maman, je me suis dit qu'un peu d'exercice ne ferait de mal ni à Bruce ni à moi. D'ailleurs tu devrais y penser toi aussi, ajouta-t-il sans se démonter.

Le sourire de Sarah trahissait son adhésion aux propos d'Axel.

— Ce n'est pas le problème, de toute façon, marmonna Eddie avec agacement.

— Très bien, nous sommes allés faire un petit tour à la tour, plaisanta-t-il.

— Avec Bruce ? Oh mon pauvre Bruce, tu as dû l'épuiser, lui dit-il en le couvrant de caresses.

Un peu de comédie ne serait pas mal vue, le chien se retourna en gémissant comme pour se faire plaindre un peu plus. Un loup de Sarloos domestiqué comme un Labrador, du jamais vu.

La conférence tant attendue devait débuter aux alentours de dix-sept heures. Raphaël avait été prévenu de la venue du couple, mais Eddie n'en avait pas dit plus sur cette visite inattendue. Tout juste à l'heure, ils se mélangèrent discrètement à l'assemblée. Le policier fut un peu surpris par l'affluence : une salle presque comble pour écouter un gamin de vingt-trois ans ! Il avait donné son accord sans grande conviction pour ne pas vexer ses amis. Le sujet du soir traitait des préjugés, en partie d'origine religieuse. Ils s'installèrent parmi les étudiants, curieux et passionnés. Le jeune homme débarqua sous quelques timides applaudissements.

— Bonsoir à tous. Nous sommes ici pour traiter d'un sujet très en vogue au XXe : les idées reçues. Je tiens à rassurer ceux qui en useraient, vous êtes seulement victimes de ce qu'on appelle « la tradition ». Je vais vous donner quelques exemples, en sollicitant votre participation bien sûr.

Sans matériel ni artifice, le jeune homme laissa l'assemblée interrogatrice en débutant sa démonstration : il déposa une pomme sur la table :

— Je vous présente l'objet du plus gros préjugé de l'histoire.

Le silence se prolongea :

— J'ai demandé à un ami il y a quelques jours, s'il croyait en Dieu. Celui-ci m'a répondu que oui. Lorsque j'ai voulu connaître sa religion, il m'a répondu, catégorique, « celle de Jésus ». Je lui ai alors demandé s'il croyait en la Bible, et je l'ai vu soudain plus hésitant. Cet homme croyait en la tradition, pas en la religion. La religion traditionnelle s'est transformée en religion de préjugés. Qui connaît la Bible, aujourd'hui ?

L'attention de chacun commençait à se sentir, celle d'Axel en particulier. Raphaël prit la pomme entre ses mains et désigna une jeune fille au premier rang :

— Mademoiselle, connaissez-vous la Bible ?

— Oui, enfin j'ai eu une éducation religieuse, répondit-elle très hésitante.

— Très bien. La Genèse, ça vous parle ?

— Oui, affirma-t-elle plus sûre d'elle.

— Alors, quel était le péché originel commis par Ève ?

Dubitative, elle tourna la tête vers ses camarades, puis donna sa réponse :

— Eh bien d'avoir croqué cette pomme que vous nous présentez, celle de l'arbre défendu.

— Très bien ! Votre prénom ?

— Isabelle.

— Alors Isabelle vous m'éplucherez la Genèse dès votre retour à la maison, en essayant de me trouver une trace de la moindre pomme. Elle n'existe pas ! Nous avons là notre première idée reçue.

Un brouhaha auquel Raphaël coupa court résonna dans la salle :

— Monsieur, pourriez-vous me dire combien sont les rois mages ?

— Trois, il me semble, lâcha son interlocuteur sans inquiétude.

— Bien. Alors, pour vous aider, je vais même vous dire que c'est Matthieu qui y fait référence dans son Évangile, et… qu'il doit se retourner dans sa tombe. À aucun moment il ne parle de trois mages, mais seulement de *mages*, offrant trois cadeaux à Jésus. Encore une fois je vous encourage à réviser vos classiques.

Un certain enthousiasme commença à planer sur l'assemblée. Axel lui-même semblait très concentré. Raphaël raconta comment du statut de scientifiques, ils étaient devenus de véritables rois symboliques. Puis il enchaîna sans répit :

— Qui pourrait me donner la signification du mot apocalypse ?

Un jeune homme visiblement inspiré se précipita pour lever la main :

— Oui ?

— Je pense qu'elle fait référence à une catastrophe, à la destruction, à la fin du monde…

— Vous pensez, ou vous en êtes certain ? insista le maître de cérémonie.

Le doute s'empara tout à coup du jeune homme, mais il persista dans son idée :

— Cela ne fait aucun doute !

— Eh bien, je le regrette, mais vos certitudes sont pourtant loin de la vérité. La traduction exacte d'apocalypse est *révélation*, idée qui me semble s'éloigner d'une quelconque notion de fin, mais plutôt du contraire… Étonnant comme les idées reçues ont déformé la révélation de Saint-Jean !

Penaud, le jeune étudiant s'affaissa lentement dans son siège. Raphaël continua sans transition :

— Qui connaît la date de naissance de Jésus de Nazareth ?

Une nouvelle main se leva, elles étaient de plus en plus rares.

— Monsieur ?

— Eh bien je sais que les données historiques

prouvent que la naissance de Jésus est décalée d'au moins six ans, donc en moins six avant Jésus-Christ et non pas en « l'an zéro », si je puis dire.

Une vague d'espoir envahit la salle face à la précision de la réponse. Cette fois, Raphaël s'était fait avoir, enfin presque…

— Je suis impressionné, mais je ne vous demandais que le jour…

— Ah pardon, et bien le vingt-cinq décembre ! compléta-t-il facilement.

— Peut-être croyez-vous encore au père Noël, mais le vingt-cinq décembre a été choisi officiellement par le Pape Jules Ier en 306 de notre ère, sur les riches conseils de l'Empereur Constantin. Cette date fait référence au culte païen du *Sol Invictus*. Je vous laisse méditer là-dessus. Par contre Isaac Newton est né ce jour-là, et Charlie Chaplin nous y a quittés.

Encore une fois, Raphaël l'emporta, mais ses amicaux adversaires n'abandonnaient pas.

— Qui a créé le Christianisme ? Oui, vous ?

— Jésus-Christ !

— Je ne m'engagerais pas sur votre boutade, au risque de vous décevoir. Plus sérieusement ?

Une des ultimes mains se leva modestement, sans grande assurance :

— Je vous en prie…

— Constantin.

— La piste est intéressante. Pour une fois quelqu'un de sensé, vous pouvez m'expliquer comment ?

— Il y a une histoire de vision, je crois, mais je n'ai pas envie de dire de bêtises…

— C'est tout à votre honneur. Eh bien la vision de Constantin est celle d'une croix apparue dans les cieux à la veille d'une bataille, lui prédisant qu'il vaincrait s'il l'arborait. Le miracle se réalisa et il organisa un concile à Nicée, une sorte d'apéritif géant, en 325 de notre ère, pour faire du christianisme la religion de l'Empire. Il en déterminera alors les bases, qui étaient jusque-là un sacré bazar ! Nous devons à ce concile la fête de Pâques et la divinité du Christ, encore humain à l'époque, vous l'aurez compris. Personne ou très peu connaissaient l'existence de Jésus jusqu'alors. Vous voulez mon avis ?

La salle acquiesça avec engouement :

— Je crois que les pichets d'hydromel coulaient à flots, mais cela n'engage que moi !

Tout le monde était médusé, la salle entière éclata de rire. La conférence tournait à la démonstration, une seule équipe possédait le ballon sur le terrain, et c'était celle de Raphaël. Axel dut avouer malgré lui la qualité des références du jeune homme, même s'il en savait déjà beaucoup. Le terme de la soirée approchait, et le policier se laissa volontiers bercer par ses connaissances :

— Nous allons terminer cet échange avec un petit clin d'œil à nos amis musulmans. Jeune homme, dit-il en le désignant, si je ne m'abuse vous avez des origines maghrébines ?

— Oui, tout à fait, mais je suis né en France, tint-il à préciser.

— Vous êtes pratiquant, si ce n'est pas trop indiscret ?

— Oui, enfin j'essaye.

— Très bien, j'ai vu que vous étiez proche de la jolie jeune fille assise près de vous. À votre avis, sait-elle qui a pu rédiger le Coran ?

— Non, je ne pense pas, répondit-il en se tournant vers elle.

— Donc je conclus que vous oui, et je n'en doute pas. Nous allons lui poser la question. Mademoiselle ?

Surprise et un peu gênée, elle osa timidement exprimer son idée…

— Je suis presque certaine que c'est Mahomet.

— Il était analphabète… contra-t-il gentiment.

— Allah, tenta-t-elle ?

— Essayez encore. Allah est un Dieu, si vous avez des écrits émanant directement d'un Dieu dans votre bibliothèque, épousez-moi ! Non, ce sont de simples califes qui ont rédigé le Coran sur les conseils, ô combien précieux, du jeune berger Mahomet, lui-même inspiré par l'archange Gabriel. Pas si loin, finalement…

Après plus d'une heure de conférence, les spectateurs parurent comblés. Pour terminer, Raphaël tint à expliquer sa démarche.

— Avant de vous quitter, je souhaiterais insister en vous répétant que je ne parle qu'en tant qu'historien et ne me base donc que sur des faits historiques. Balzac se plaisait à dire ceci : *une société d'athées…*

—… *créerait aussitôt une religion*, compléta Axel qui connaissait cette citation par cœur.

— Merci, à tous ! Le sujet du mois prochain devrait être : que pouvait bien faire Dieu avant de créer le monde ? conclut le jeune homme un brin ironique en croquant sa pomme à pleines dents. Bonsoir !

Un éclat de rire collectif mit un terme à la soirée. Eddie jeta un coup d'œil discret vers son camarade. Axel resta figé, en état de semi-méditation. Pensait-il à la conférence ou à l'aide que Raphaël pourrait leur apporter ? Pendant que les gens quittaient la salle, tous les trois descendirent pour le rejoindre. Impressionné, Axel tendit une main franche au jeune homme quand Eddie fit les présentations.

Immédiatement, l'archéologue ne put s'empêcher de lui glisser discrètement la raison de leur visite. Raphaël observa quelques instants le morceau de papier et se montra ahuri. Il leva les yeux, visiblement surpris :

— Qu'y a-t-il ? lui demanda Eddie.

— Je pensais qu'il n'existait que dans les mythes…

— Enfin, Raphaël, ce n'est pas un mythe c'est…

— Je crois que tu ne saisis pas, le coupa-t-il. La légende raconte que son utilisation dévoilerait le secret le plus inavouable de l'Histoire !

— De quoi parles-tu avec tant de mystère ?

— Je parle du chiffre d'Apollonius…

Chapitre XI

Abords d'Albi, septembre 1209

Un orage diluvien s'abattit soudain sur la campagne albigeoise, comme pour laver la terre de tous les péchés commis par les croisés. Les cordes de pluie mettaient un terme à l'embrasement d'une peuplade entière. Jacques avait fui Mazières depuis deux heures déjà, il n'avait cessé de ramer de toutes ses forces pour échapper au sort subi par ses pairs. Hors de danger, il ne demeurait malheureusement pas à l'abri pour autant. Les gouttes d'eau se transformèrent subitement en grêlons aussi saillants que des lames. Jamais il n'avait assisté à un déluge aussi violent sur ses terres. Sa modeste barque tanguait face au poids de cette apocalyptique tempête, l'eau s'infiltrait à travers le bois pour venir recouvrir bientôt ses chevilles glacées. Un choix s'imposa alors : stopper sa fuite et rejoindre le rivage au plus vite, sous peine d'être emporté dans les profondeurs de la rivière.

Jacques ne le réalisait pas, mais cette épreuve faisait partie des prédictions de Dauat, avant la fuite de son protégé. Pour relever le défi du temps, il faudrait lutter sans relâche. Si par malheur il venait à chuter, Jacques n'aurait aucune chance de sortir vivant de ce torrent de la mort. Le visage griffé par les grêlons, il lui était impossible d'ouvrir les yeux. Sur le rivage, une laie suivie de ses deux marcassins observait la scène avec curiosité, bien à l'abri du déluge. La rivière n'était pas si large et le courant empêchait la barque de rejoindre la rive. Au bord du désespoir, le visage de Jacques s'éclaircit enfin. Aveuglé, il parvint à deviner le bras d'un chêne tendu vers le cours d'eau, sa seule chance de s'en sortir. Par crainte que l'extrémité de la branche ne se brise, le jeune homme usa de toutes ses forces pour orienter la barque et bondir sur sa base, près du tronc. Par miracle, il réussit à s'agripper et à rejoindre le rivage. Les mains râpées par l'écorce, il suivit du regard son cercueil flottant qui dérivait au loin. Aussitôt, il palpa sa hanche pour être certain d'avoir toujours le cartulaire avec lui. Assailli par de véritables cailloux de glace, le jeune homme courut vers l'abri le plus proche pour se protéger. Il se recroquevilla et se mit à prier pour que la colère de Dieu lui accorde un peu de répit. Cette épreuve lui avait permis d'oublier quelques instants le tragique destin qui l'avait frappé à Mazières. Mais cette atroce réalité ressurgit subitement dans un bref moment de lucidité : *Mathilde !*

Mélangées aux gouttes de pluie, quelques larmes commencèrent à glisser sur ses lèvres et puis, comme une libération, il éclata en sanglots. Jacques versa toute la tristesse que son esprit avait accumulée, hurlant sa haine et sa rancœur, seul face au néant. Un flot de pensées vint se mêler à sa terrible peine : pourquoi lui, qu'allait-il devenir, qu'avaient-ils fait de Père Dauat ? Simon de Montfort ne lui avait sûrement laissé aucune chance, pensa-t-il, subissant la violence et le caractère intrépide de ce monstre. Seul avec son chagrin, seul dans sa démence, la végétation humide qui entourait le jeune homme se transforma en une armée de croisés, prêts à en découdre. Son âme venait de mourir, mais son corps persistait à rester en vie. L'orage cessa, il se raidit soudain et sombra.

Ce n'est que trois heures plus tard qu'un rayon de soleil vint flirter avec ses paupières, pendant que les oiseaux recommençaient timidement à siffloter. Jacques mit quelques instants à retrouver ses esprits, mais la dure réalité lui broya violemment les tripes. Non, il n'avait pas rêvé, ce qu'il avait vécu quelques heures auparavant était bien réel. Après réflexion, il réalisa que Dauat n'avait peut-être rien laissé au hasard dans cette aventure. Que ce soit son initiation, ou tout ce qu'il lui avait été conté ces derniers jours, tout était écrit d'avance.

Son rôle devenait clair : réunir tous les éléments qui lui avaient été transmis et parachever le travail du Vicomte Trencavel. Simon de Montfort parti vers d'autres horizons, il fallait absolument retourner à Mazières. Revenir sur les lieux du massacre allait être terrible, mais aucun autre endroit au monde n'était plus évident que le Carla pour entamer une nouvelle destinée. Désormais, chacun des gestes de Jacques devrait avoir un sens. Une force s'était emparée de lui, une volonté indestructible de faire tomber un à un ses bourreaux le dominait : la vengeance.

Il revint au hameau dévasté. Une odeur nauséabonde de combustion et de mort se dégageait des ruines. À la vue des crânes bouches ouvertes, il devina l'horreur de la scène. Mais Jacques n'avait pas peur, il savait que les esprits qui jonchaient cette terre ne lui nuiraient pas. Il n'avait qu'un objectif : honorer leur mémoire. Le corps de Mathilde gisait là, intact, près de la rivière. Son doux visage laissa espérer à Jacques qu'elle dormait. Il la prit dans ses bras, fixa longuement le moindre de ses traits tout en imaginant qu'elle ouvrirait les yeux pour venir l'embrasser tendrement. Mais ils resteraient clos à jamais. Courageux, il décida de lui offrir un dernier cadeau. Il creusa à l'intérieur de la chapelle pour y déposer son corps et ainsi lui léguer la plus belle des sépultures. Face à elle, la magnifique fresque dessinée par Père Dauat la veille de la destruction du village.

Les mois passèrent, l'adolescent devenu homme occupait ses journées à restaurer ce qui pouvait être sauvé. Malheureusement, Mazières n'était plus qu'un village fantôme. De temps à autre, certains tentaient de s'aventurer dans les ruines de ce lieu considéré comme maudit par les gens des alentours. Au cœur d'une époque soumise à la sorcellerie et aux légendes démoniaques, rares étaient ceux osant défier le diable. La plupart rebroussaient rapidement chemin, encourageant les autres à ne pas s'approcher de la chapelle maudite. Jacques s'en amusait, c'était son unique distraction. Parfois il avait la sensation que les bruits sourds et effrayants qu'il utilisait comme moyen de persuasion n'émanaient pas de sa propre volonté, mais du soutien des esprits demeurant en ces lieux. Peut-être n'était-il pas le seul protecteur du village, certains tenaient à l'accompagner dans sa quête. Il ne faisait aucun doute qu'une présence permanente l'aidait dans son initiation à la lecture, il s'étonnait parfois de prononcer des mots qu'il ne connaissait pas.

L'apprentissage de *l'Aléthéia* occupait le reste de

son temps. Jour après jour, il avançait timidement vers cet étrange secret qu'il appréhendait avec difficulté. Une fois maîtrisé, ce mystère impénétrable devrait être transmis... Un après-midi, alors qu'il errait paisiblement autour de la chapelle, il s'arrêta devant une des nombreuses stèles. Celle-ci ne pouvait lui être indifférente, puisqu'il l'avait lui-même érigée à la demande du vieil homme. Ce jour-là, Jacques réalisa subitement les raisons qui avaient poussé son aîné à lui confier ce travail. Cette pierre n'avait qu'un seul but : porter la preuve de l'existence de son secret.

Après quelques années, il avait atteint un niveau d'instruction auquel peu d'hommes auraient pu prétendre. Ces milliers d'heures de méditations et d'apprentissage émanaient d'une volonté claire : partir à la découverte du monde et affronter ses ennemis le jour où il aurait acquis la Connaissance. Ainsi se rythma sa vie pendant près de dix ans. Dix années de solitude au cours desquelles Jacques s'évertua à ne parler qu'à des tombes silencieuses, aux pierres, aux plantes, à tout ce qui pouvait porter la vie sans paroles en retour. Ses lectures l'absorbaient tant que certaines nuits, il se retrouvait à l'intérieur de ce temple, dernière trace de la civilisation inconnue.

Et puis un matin, sans aucune raison particulière, il eut une révélation. Comme tous les jours, dès l'aube, il se recueillit auprès de sa bien-aimée. Un courant d'air venu de nulle part infiltra ses narines. Il était enfin prêt. Son initiation se terminait, il maîtrisait à la perfection la technique des anagrammes, l'étude des sciences, le latin et l'occitan. Jacques se préparait à subir, au cœur des sables éternels, l'ultime épreuve des quatre éléments. Un nouveau chemin semé d'embûches se traçait devant lui, celui qui le mènerait au cœur de l'antique civilisation des bâtisseurs du grand Sphinx d'Égypte…

Chapitre XII

Malgré son jeune âge, Raphaël avait acquis un niveau de connaissance religieuse et historique déconcertant. Exceptionnellement vêtu d'un costume sobre, il troqua sa tenue de conférence pour une longue veste noire et quelques chevalières argentées afin de redevenir lui-même. Il ne lui manquait que le mascara pour honorer ce style qui lui correspondait tant : le gothique. Adolescent solitaire, il s'était réfugié dans ce mouvement excentrique qui avait codifié son art de vivre. L'originalité de cette mode se nichait dans la fusion d'une musique souvent métal et symphonique, et d'un style vestimentaire axé sur le noir. Raphaël regrettait profondément que l'on puisse confondre gothisme et satanisme, alors que ces deux mouvements étaient foncièrement différents. Pendant qu'il rangeait ses affaires, Axel jeta un œil curieux à l'intérieur du sac, attiré par un ouvrage peu commun : l'ébauche de l'histoire du prince Vlad l'Empaleur, dit « Comte Dracula ». Le policier évita de tirer des conclusions, cette légende valait qu'on s'y intéresse. Mettant un soin particulier à attacher sa longue crinière brune, le petit génie suivit le trio, impatient de connaître la suite de l'énigme.

Arrivé devant le pub le plus populaire de la ville, Axel se mit à faire la moue : il détestait la bière ! Qu'importe, il ravala son caprice et évita d'exprimer son mécontentement. L'ambiance chaleureuse à tendance anglo-saxonne équilibra largement son humeur tandis qu'Eddie en profitait pour entrer dans le vif du sujet :

— Raphaël, nous avons un problème très sérieux à régler. Tu es le seul à pouvoir le démêler. Ce que je vais te confier doit rester privé.

— Tu es effrayant ! plaisanta le jeune homme. On ne risque quand même pas de me retrouver avec une balle entre les deux yeux ?

— Je ne crois pas que le danger soit de cet ordre-là, rassura Eddie.

— Tu peux me faire confiance. Ce que j'ai vu tout à l'heure est déconcertant, le chiffre d'Apollonius Bon Dieu !

Axel releva la remarque :

— Comment connais-tu cette technique ?

— C'est très simple. Tout au long de mes jeunes années, je me suis amusé à décoder des énigmes. Le chiffre d'Apollonius fait partie de mes connaissances, mais je pensais que c'était une légende. Comment avez-vous pu vous procurer un tel document ? Vous savez que des gens paieraient très cher pour avoir un exemplaire encodé par le chiffre d'Apollonius ?

— Nous n'en doutons pas, répondit poliment Axel.

Visiblement assoiffé, Eddie vida pratiquement la moitié de sa pinte dès la première gorgée. Le gosier rafraichi, l'archéologue résuma alors brièvement au jeune homme les évènements récents : les découvertes archéologiques, l'arrivée d'Axel, la statuette du cimetière et enfin l'énigme. Très attentif, Raphaël avala chaque mot, chaque phrase, se tourna tantôt vers Axel, tantôt vers Sarah qui complétaient le récit à tour de rôle. Il ne posa aucune question et Eddie lui remit alors le texte de la stèle. La deuxième tournée était déjà entamée.

— Comme je te l'ai expliqué, Axel a trouvé la première clé, les chiffres romains, précisa-t-il. Malgré toutes les combinaisons possibles, nous sommes dans une impasse. Alors c'est quoi ce « chiffre d'Apollonius » qui t'interpelle tant ?

Très serein, le jeune homme imposa quelques secondes de silence pour resserrer sa queue de cheval, puis il donna un avant-goût de ce qui se cachait derrière cet étrange système :

— Il représente tout simplement la plus ancienne technique de codage connue à ce jour. À ma connaissance, c'est la première fois que cette technique est utilisée par l'homme moderne. Elle est assez complexe, je dois l'avouer…

Personne n'osa bouger le petit doigt, impatient de découvrir s'il y avait une suite à cette dernière réflexion. Raphaël ne laissa pas le suspens durer plus longtemps :

— Oui, se joua-t-il, je sais comment venir à bout de votre énigme…

En un dixième de seconde, la pression des trois spécialistes retomba. Leur sauveur était là. Le jeune homme sortit tranquillement une feuille blanche et, armé d'un stylo, il entama un curieux rituel. Pendant que le couple restait figé, les mains agrippées sur les verres, Axel observa attentivement ses gestes. Sur son papier, Raphaël entrecroisait les mots dans tous les sens, en modifiait les lettres, traçait des flèches à partir d'elles pour arriver à de nouveaux mots encore plus incompréhensibles. Silencieux, le policier restait perplexe face à l'assurance du jeune garçon. Sarah, elle, toujours très optimiste, se voyait gagnée par le doute à mesure que les minutes s'écoulaient. Raphaël rencontrait apparemment beaucoup de difficultés. Pourtant il persévérait, se donnait du mal, tant et si bien que la feuille blanche ressemblait désormais à une œuvre approximative de Kandinsky. L'attente devint lassante, désespérante, quand soudain Raphaël rompit le lourd silence :

— Votre texte, c'est de l'occitan !

Le jeune homme avait lâché sa remarque dans un murmure, tout en continuant sa recherche, comme s'il se parlait à lui-même. Pressé par des regards insistants, il releva la tête et s'excusa presque de son immersion.

— Ton ordinateur ne pouvait rien pour toi, Axel. La machine prenait les six voyelles de l'alphabet latin, celui que nous utilisons. Or, dans l'occitan, la lettre Y n'existe pas. Tu avais sûrement dû trouver la bonne clé, mais le Y faussait le résultat. Donc, comme tu le pensais, chaque voyelle correspond à un chiffre romain.

— Et c'est tout ? demanda le policier, abasourdi.

— Pas tout à fait. Ensuite, il faut inverser tout simplement l'ordre des lettres. Le « a » ne vaut pas I mais V, le « e » vaut IV, le « i » vaut III, etc. Ce système est prodigieux ! Et pour couronner le tout, une fois le mot décrypté, il faut le retourner dans le sens inverse, c'est une anagramme inversée. Trois étapes de codage, c'est très rare !

Si l'explication semblait compréhensible de prime abord, elle finissait par se complexifier. Raphaël tint à compléter son raisonnement :

— Un exemple : l'anagramme du mot *« nosiam »* est *« maison »*. Il faut appliquer ce procédé à chaque mot. Voici ce que cela donne :

Sàis erièp e sus aléuqa eriére iaritsab al aim asielg
Ertson etmocsev 9021 e sus srosseccus narapa sol reba
Al artsalc agirba ol irujrep
Tagel snid al aicnetnes a al aiv asoidolem
Icia se l'adania e as erros anosseb nos arairapa
L'tinifni anem sos al alèpac led egtoler
Tatsuja a l'sito led ertsèm sup hcèifrep
La tnemasorc ed sal sadahcaga, neb e lam
Latia àravac l'tigele rep raf rilepse aiehtela

Acram SHI-33 snid al airomem led tabmoc

— C'est tellement ingénieux, s'étonna la jeune femme. Tout cela pour dissimuler un texte. Mais comment résoudre l'énigme sans clé, si l'on ignore l'existence du chiffre d'Apollonius ? Comment y parvenir sans aucune piste ?

— Il y a une clé, Sarah, elle est écrite noir sur blanc pour celui qui sait lire…

— Comment ça ?

— Les chiffres 9021. Que valent-ils en anagramme ?

Axel rebondit immédiatement. La clé était là, sous leurs yeux :

— 1209, la date de la destruction de Mazières…

— Absolument, et tous les mots suivent donc ce système, conclut Eddie. Raphaël, tu es exceptionnel !

— Je ne fais que redonner vie à une technique ancestrale, modéra le jeune homme.

Il ne restait maintenant qu'à traduire ce texte. Hormis Raphaël, pur-sang breton, tous avaient été élevés en plein cœur du Midi, au milieu des anciens, occitanophones. D'ailleurs leur volonté d'apprendre cette langue ne connaissait aucune limite, quand il s'agissait de jurons ! Pour le reste, seul Axel se souvint l'avoir étudiée au collège, malheureusement pas suffisamment pour traduire un texte du XIIIe siècle. Mais pour lui il n'était pas question de faire appel à une nouvelle personne extérieure. Tous connaissaient au moins un membre de leur famille pouvant leur venir en aide. Axel n'avait pas encore rendu visite à sa grand-mère, et cette maison familiale abritait un érudit, capable de traduire ce texte sans aucune difficulté : l'oncle Armand.

— Il n'a peut-être plus sa mémoire d'antan, mais cet homme connaît parfaitement la langue et l'histoire de la région.

— Très bien. Dans ce cas, nous ferons avec

« oncle Armand », proposa Eddie.

Ils quittèrent le pub à sa fermeture pour rejoindre Castelnau-de-Lévis. La nuit allait être courte.

Très matinal, le policier ne voulut pas perdre de temps. Il s'attabla au bureau de la chambre et se motiva pour consacrer une heure à replacer toutes les anagrammes dans le bon ordre. Ce travail de minutie éprouva sa patience, mais il parvint quand même à l'achever. Quand il se redressa sur sa chaise, le résultat visible le combla.

Siàs Pèire e sus aquéla péire bastirai la mia gleisa
Nostre Vescomte 1209 e sus successors aparan los aber
La clastra abriga lo Perjuri
Legat dins la senténcia a la via melodiosa
Aici es l'ainada e sa sorre bessona son apparaîtra
L'infinit mena sos la capèla del relotge
Ajustat a l'otis del mèstre pus perfièch
Al crosament de las agachadas, Ben e Mal
Aital cavarà l'elegit per far espelir Aletheia

Marca IHS – 33 dins la memoria del combat

C'est à cet instant qu'il réalisa son envie de partager sa fierté avec Lucie. Son téléphone demeurait inactif depuis plusieurs jours déjà. L'idée de revenir à la réalité l'angoissait terriblement. Il prit l'appareil entre ses mains, hésitant, se demandant si elle aurait tenté de le joindre à nouveau depuis son refus de dialoguer. Cela faisait maintenant deux mois qu'ils ne s'étaient plus revus, elle avait compris le besoin qu'Axel éprouvait à se remettre en question, même si ce n'était pas une affaire de sentiments. Elle était parfaite à ses yeux et s'était toujours évertuée à comprendre la marginalité du policier. Tout cela n'avait pourtant pas été suffisant pour le faire rester. Il défia du regard le téléphone, mais plus il le fixait, plus la machine l'emportait sur l'homme. Il prit peur, peur que cet objet décide à sa place de son bonheur ou de son malheur. La main vacillante, il réalisa que ce cocon dans lequel il s'était plongé depuis trois jours n'était qu'une illusion. Sa fébrilité l'emporta, il ralluma le mobile, attendant impatiemment l'ouverture du réseau. Un message s'afficha, puis deux, trois au total. Il avait reçu un SMS de la part d'un ami proche :

Tu as manqué nos deux dernières réunions, nous sommes inquiets, nous espérons avoir de tes nouvelles très bientôt.

Il écouta ensuite les deux messages vocaux. Le premier émanait de son chef de service :

Bonjour Axel, j'espère que tout va bien. Je sais que tu as besoin de tranquillité, mais tiens-moi au cou-

rant quand même de ton état. Repose-toi et reviens en forme ! À bientôt.

L'attente du troisième accéléra subitement ses battements de cœur. Voulait-il oui ou non savoir ce qu'elle avait à dire ? Souhaitait-il entendre la voix de Lucie ? Il n'eut pas vraiment le temps d'hésiter, le message provenait bien de la jeune femme :

Bonjour Axel, merci de m'avoir prévenue de ton départ. J'aurais aimé te parler face-à-face, j'ai quelque chose de très important à te dire, ça ne peut plus attendre. Rappelle-moi. Merci.

La situation lui filait désespérément entre les doigts. La patience de la jeune femme avait ses limites, il le comprenait. Elle aurait pu être la femme de sa vie, mais ce n'était qu'en de tels instants qu'il prenait conscience de ses erreurs. Il rappela brièvement son supérieur, rassura son ami, mais il choisit de ne pas donner suite à l'appel de Lucie. Bouleversé, il grimpa dans son véhicule et fila en direction de Carmaux. La cité minière, autrefois fief socialiste d'un certain Jean Jaurès, lui offrit un bain de nostalgie. Le chemin lui permit d'apaiser ses tensions et il desserra peu à peu ses poings serrés sur le volant. Ses souvenirs d'enfant lui revenaient à chaque fois sur le seuil de la porte d'entrée de chez sa grand-mère. Il n'avait pas encore sonné que le bruit imaginaire du vieux train électrique se mit à vibrer dans ses oreilles. Grâce à lui, sa grand-mère avait pu prolonger son innocence, oubliant pendant quelques heures le tracas de ses rhumatismes. Naturellement enjouée à l'idée d'accueillir son petit-fils, elle l'inonda de questions sans lui laisser de répit. Il resta un long moment à se raconter, prenant soin d'éviter le sujet si épineux que représentait sa relation avec Lucie. Cet échange lui mit du baume au cœur et, après une accolade chaleureuse, il partit retrouver son vieil oncle. Un étage plus bas, l'homme solitaire passait ses journées cloîtré dans son atelier. Passionné de mémoire, Oncle Armand adorait amasser livres et articles de journaux en tout genre, documents historiques, fier de posséder une collection d'objets devenus rares. C'est ce personnage hors du commun qui avait initié Axel aux sciences humaines. Axel descendit discrètement le rejoindre, prêt à le trouver en train de bricoler.

— Oncle Armand, tu es là ?

— Hé *pitchou*, comment va ? Ça fait une tripotée que t'es pas venu nous voir !

— Eh oui, tonton, tu sais, je manque de temps avec mon travail…

— Le temps ? Mais on te donne déjà vingt-quatre heures dans la journée, ça ne te suffit pas ?

— Faut croire que non tonton… se défendit Axel sans discussion.

Prudent, le policier évitait de se confronter à la répartie subtile de son aîné. L'homme ne comprenait simplement pas toujours la nouvelle génération, mais il adorait son neveu.

— Tonton, j'ai besoin de tes talents.

— Mes talents ? Bougre, de quel talent me fais-tu honneur ?

— Il faudrait que tu me traduises un texte occitan.

L'oncle Armand attrapa avec nonchalance le bout de papier que lui tendit Axel. Ses lunettes au bout du nez, il leva la tête plus attentivement pour les aligner sur ses yeux. Il lut avec une attention croissante, marmonnant, s'interrogeant :

— Tu cherches un trésor, *pitchou* ?

— Pourquoi me demandes-tu ça tonton ?

— Laisse-moi un petit quart d'heure et tu vas voir où je veux en venir.

Axel acquiesça et scruta son oncle se plonger dans cette tâche qu'il s'appliquait à résoudre, comme si elle lui était personnelle.

Tu es Pierre et sur cette pierre je bâtirai mon église.

— Voilà la première citation de ton texte. Ça ne ressemble pas à l'introduction d'un Tino Rossi, dis-moi.

Interloqué, Axel ne sut quoi répondre. Cette phrase était tout simplement tirée d'un verset de la

Bible, une parole de Jésus à Simon Pierre, premier pape de l'histoire chrétienne. Mais que venait faire un verset de la Bible dans ce texte ? L'oncle Armand termina sa traduction, dubitatif, et la proposa à son neveu :

Tu es Pierre et sur cette pierre je bâtirai mon église
Notre Vicomte 1209 et ses successeurs protègent le savoir
Le nouveau Cloître abrite le Parjure,
lié dans la sentence à la voie de la mélodieuse
Ici est l'aînée et sa sœur jumelle sa protectrice
L'infini mène sous la chapelle de l'horloge
Réglé à l'outil du maître le plus parfait
À la croisée des regards bien et mal
Ainsi creusera l'élu pour faire éclore Aléthéia

Cote IHS – 33 dans la mémoire du comté.

— J'ai trouvé ce texte sur une très vieille stèle, tonton. Pour le moment, j'ignore où cela me mènera.

— Je peux déjà te dire que cela concerne les Trencavel !

— Les Trencavel ? Les Seigneurs ?

— Évidemment petit, je ne vois aucun autre Vicomte en 1209 !

Le texte sous les yeux, Axel tenta de creuser sa réflexion, imaginant la démarche de Jacques de Mazières pour élaborer une telle énigme. Une véritable forteresse de questions semblait se dresser devant lui à présent :

— Sais-tu après quoi tu cours, petit ?

— Non, je l'ignore, tonton, regretta le policier sur le départ.

D'un air plus soucieux, l'homme évoqua alors une piste qui pourrait tout à fait correspondre à l'énigme. Il afficha une mine plus sombre qu'à son habitude :

— Tu sais, paraît-il que les règles cathares étaient régies par trois grands traités. L'un d'eux se nommerait *le Traité de l'étoile*.

— Vraiment ? Et que dit ce traité ?

— Tout ce que je sais, c'est que des milliers d'hommes et de femmes sont morts à cause de lui. Les deux premiers dicteraient les règles de vie de la communauté, le troisième les secrets ancestraux.

— Mais alors, où pourrais-je le trouver ? s'impatienta Axel.

La question posée n'apparut pas anodine. L'oncle Armand retira ses lunettes avant de signifier à son neveu la potentielle découverte à laquelle il s'exposait :

— Là est la question, s'enquit-il. Jusqu'à aujourd'hui, personne ne sait où il se trouve…

Chapitre XIII

Axel boucla sa ceinture et poussa un gros soupir pour contrôler sa respiration. Les mains fixées sur le volant, il n'osait même plus démarrer. Si l'oncle Armand disait vrai, ce texte dissimulerait une immense forêt d'informations secrètes sur l'héritage des Cathares. Il déplia timidement la feuille de l'énigme et n'en croyait toujours pas ses yeux. Les mots se succédaient, employés dans un but précis par leur auteur : Vicomte, cloître, jumelle, autel, initié, savoir, lignée… De retour à Castelnau-de-Lévis une heure plus tard, le policier aperçut Eddie sur la terrasse, très impatient :

— Enfin te voilà Axel ! Ton oncle a pu traduire notre texte ?

— Oh que oui, assura-t-il.

À l'affût, Sarah attendait elle aussi d'en savoir plus. Elle s'installa avec eux autour de la table pour découvrir le résultat. Chauffés par le soleil radieux de cette fin de matinée, tous les trois se mirent au travail. Axel entama une tentative d'explication au sujet de ce fameux Vicomte, premier élément clé du texte :

— Nous sommes d'accord pour définir le Vicomte comme le chef d'un territoire sous la tutelle d'un Comte. Mon oncle m'a orienté vers la famille Trencavel et il avait raison ! C'est la lignée seigneuriale la plus importante de la région.

— Les Trencavel ? tiqua Sarah.

— Oui Trencavel, ça t'évoque quelque chose ?

— Eh bien... plutôt oui, avoua-t-elle hésitante. Lors de ma communion, je me souviens avoir passé deux ou trois jours dans un Prieuré, au cœur de la vallée du Tarn, à Ambialet. Ce séjour organisé par la paroisse était pour nous l'occasion de s'évader de l'autorité parentale, notre préparation spirituelle nous importait peu.

— C'est du propre, ironisa Eddie en affichant un large sourire.

— Les moines n'avaient aucune autorité, nous les faisions courir dans tous les sens, ils étaient vraiment très patients, continua la jeune femme, stimulée par ces agréables souvenirs. Pourtant, il y en avait un de différent, effrayant, à chacune de ses apparitions.

La mine fraîche de Sarah s'assombrit :

— Ce moine avait cette étrange faculté d'être toujours là où on ne l'attendait pas. Il ne nous adressait jamais la parole. Les plus grands nous avaient parlé de cet homme, si bien que dans la cour d'école, il devint un mythe. Il me semble qu'il était surnommé *le Dernier*. Cette histoire remonte à presque vingt ans, et ce personnage, je ne l'oublierai jamais.

— Certes, reprit son homme. Mais quel rapport avec nos Trencavel ?

— Justement. Un soir, au cours d'un petit cache-cache improvisé, je me suis retrouvée dans un confessionnal avec ma meilleure amie, Charlotte. Planque efficace, puisque personne ne nous a trouvées, soit dit en passant. Après une demi-heure d'attente, nous sommes sorties pour rejoindre le reste du groupe. Et là…

Captivés, les deux hommes se penchèrent en avant pour connaître la suite :

— Un moine nous surprit en sortant. Aucun son, aucun bruit de pas, dans un lieu aussi silencieux soumis à l'écho. C'était *le Dernier*.

Face à elle, ils se redressèrent avec toujours autant d'attention :

— Il priait visiblement une grande partie de la nuit, seul. Il m'a alors saisi par l'épaule assez vigoureusement, pour me figer du regard. Aucun de nous n'avait jamais vu son visage, j'étais pétrifiée ! Charlotte venait de s'enfuir en courant. C'est alors que j'ai aperçu un blason, un symbole sur sa robe. Il ne la portait jamais pendant la journée, j'en suis certaine parce qu'elle était magnifique et je l'aurais remarquée. Sur le blason était inscrit le nom Trencavel. Quand il s'aperçut que mon regard était attiré par l'écusson, il esquissa un sourire. La scène ne dura que quelques secondes. Il me tapota alors l'épaule, puis il me laissa m'enfuir.

— Fascinant ! J'en ai la chair de poule, avoua Eddie, envahi par la teneur du récit.

— J'ai retrouvé ce symbole par hasard il y a quelques années, lors de mon travail sur les fouilles archéologiques de la cathédrale d'Albi, conclut-elle.

Il courut vers l'ordinateur pour retrouver une trace des armoiries de la famille Trencavel. En quelques clics, un blason blanc fascé d'or et d'hermine s'afficha sur l'écran :

— Est-ce que c'est cela que tu as vu sur la robe de ce moine ?

— Oui exactement, c'est tout à fait ça ! s'étonna-t-elle.

Pourtant, plongé dans sa réflexion, Axel semblait préoccupé. Les lèvres pincées, il ne comprenait pas la logique de cette histoire :

— Tu es bien sûre de toi Sarah ? demanda-t-il perplexe.

— Oui Axel, certaine !

— Alors nous avons un sacré problème mes amis…

Surpris par cette remarque, le couple se tut :

— Le dernier Trencavel connu a disparu aux alentours de 1270, il y plus de sept cents ans !

Un interminable silence s'instaura. Avec ses précisions historiques, le policier venait de plomber l'ambiance.

— Tu en es certain ? finit par demander Sarah.

— Oui. C'est en tout cas ce que prétend la généalogie officielle.

— Mais alors ?

— Alors ? Nous n'avons que deux choix possibles, proposa Axel. Ou le moine que tu as rencontré pendant ta communion était un imposteur…

— Ou ?

— Ou l'histoire qu'on nous a enseignée ne nous a pas tout dit !

Penché à nouveau sur le texte, Eddie releva un élément :

— Attends un peu. La phrase nous parle du Vicomte et de ses *successeurs*. La famille aurait-elle pu cacher ses héritiers après la croisade ?

— Pas idiot comme raisonnement, releva Axel, les Trencavel furent persécutés par l'Église. De toute manière, nous n'avons qu'un moyen de le savoir.

— Lequel ? demanda Sarah, fébrile.

— Se rendre au Prieuré d'Ambialet !

Paniquée, la jeune femme douta soudain :

— Axel, c'est un souvenir de petite fille, je me trompe peut-être...

— Ce n'est pas l'impression que tu m'as donnée... lui répondit-il la main posée sur son épaule. Prenez vos affaires, nous partons dans cinq minutes !

Ambialet, pittoresque village de quatre cents âmes, avait eu son heure de gloire. Autrefois capitale de la Vicomté d'Albi, fief des puissants Trencavel, la région fourmillait de vieilles mines abandonnées et de ruines d'une époque riche et révolue. Au bord de la route départementale, le sillon d'une voie ferrée parallèle se dessinait, désertée depuis une bonne cinquantaine d'années. Sur place, le panorama laissait les amoureux du patrimoine sous le charme. Au sommet d'un pic rocheux, un édifice très ancien dominait le hameau, enchâssé dans la roche couverte de lichen : le Prieuré. À l'image des grandes forteresses cathares, il apparaissait comme imprenable.

Déterminés, les trois aventuriers empruntèrent un sentier ascendant pour atteindre le monastère. Au sommet, la vue grandiose leur permettait d'apercevoir le ruban tortueux de la rivière en contrebas, bordée par le minuscule village. Sarah afficha une joie particulière de se retrouver ici, un brin nostalgique de ses années ado. Le site était resté intact depuis vingt ans. Le monastère jouxtait l'église médiévale. Les quelques touristes errants n'hésitaient pas à mitrailler, avec leurs appareils photo, la moindre parcelle pour immortaliser leur visite.

Dans l'euphorie, personne n'avait vraiment réfléchi au moyen d'aborder l'enquête. Le couple décida alors d'orienter ses recherches vers le couvent, tandis qu'Axel partit vers l'église. Sa porte grande ouverte semblait l'inviter à entrer. Au moment où il franchit la frontière du sacré, son cœur s'emballa anormalement. Son regard se vit attiré vers une perspective sombre, jalonnée par d'épais piliers, menant à l'autel central. Au moment où il voulut avancer, une étrange sensation le paralysa. L'autel, en point de mire, semblait reculer dès qu'il s'en approchait. Sa vision s'assombrit, il y distingua deux hommes d'un autre temps en train de se quereller :

— *Messire de Montfort, je vous le dis, vous êtes le bienvenu dans notre Comté.*

— *N'essaye pas de me tromper, cher Comte de Toulouse. Si je suis ici, ce n'est non pas comme invité, mais comme le nouvel hôte des lieux. Au nom du Saint-Père, ce Comté est désormais mien. Tu n'as que le choix de te soumettre à mon autorité pour vaincre l'hérésie que tu as laissée proliférer volontairement. Remercie le divin d'être toujours en vie !*

Axel tenta de s'approcher, mais il ne parvint pas à rompre la distance qui le séparait des deux personnages. En s'accroupissant, une vive douleur lui brûla la cuisse. Il palpa sa hanche et trouva un poignard accroché à sa ceinture. La pointe de l'arme était presque parvenue à lui transpercer l'épiderme. Il s'en saisit et se tâta la cuisse pour apaiser sa douleur. Rien de grave. Soudain, un des deux hommes se mit à hurler en sa direction :

— *Sale traître de Comte, tu m'as tendu un piège, tu m'as attiré ici pour m'assassiner !*

— *Mais non, messire De Montfort, je vous en conjure, je ne connais pas cet homme…*

Il n'avait pas eu le temps de terminer sa phrase, qu'il sortit violemment son épée et chargea sans hésitation en direction d'Axel. Démuni, poignard en main, il venait de se dévoiler. Son bourreau se retrouva comme propulsé face à sa victime, arma son épée et le perfora d'un coup sec en plein cœur…

— Bonjour, mes enfants, vous m'avez l'air perdus. Puis-je vous aider ?

— Avec plaisir. Je m'appelle Sarah et nous cherchons un homme qui…

Eddie intervint immédiatement pour lui couper la parole :

— Nous faisons une étude historique… De quand date ce lieu si mystique, improvisa-t-il.

— Je vois… il y a bien longtemps que les historiens ne s'intéressent plus au Prieuré. Vous savez, l'histoire de ce site est très ancienne. C'est le Vicomte Aton qui fonda la cité d'Ambialet.

— Aton ? s'étonna Eddie. Comme le… hésita l'archéologue, avant de réaliser qu'il allait trop en dire à son tour.

Si son visage affichait tant de stupeur, c'était parce qu'Axel n'avait cessé de lui parler du dieu solaire égyptien portant le même nom, quelques années auparavant. D'après son ami, le culte d'Aton avait été considéré comme la première croyance monothéiste de l'Histoire. Le pharaon Akhenaton en avait même fait son être suprême. Un même nom pour deux croyances. *Quelle bien étrange coïncidence…* Devenu tout à coup suspicieux, le religieux, bien que courtois, leur fit comprendre que la présence de scientifiques pouvait déranger l'élan spirituel de ses frères. Dans l'incompréhension totale, le couple resta coi. C'était sans compter sur la détermination du policier, qui débarqua de manière inattendue dans le dos de ses amis. Axel se mêla à la conversation sans modération :

— Mon père, nous n'avons aucune intention nuisible. Les Trencavel ont-ils régné en ce lieu après la Croisade ?

— La Vicomté n'est plus possession des Trencavel depuis la chute de l'hérésie cathare, tous les manuels vous le diront.

— Mais n'est-il pas possible qu'ils aient survécu ici ?

L'insistance irrita l'ecclésiastique :

— Non, je suis navré. Bonne journée mes enfants.

Rien à faire, le moine n'en dirait pas plus. Encore distrait, Axel passa sous silence cette vision troublante vécue dans l'église. La douleur de l'épée lui parut presque réelle. Il enchaîna en partageant ses impressions :

— Sarah, tu avais raison ! Il semble évident que ton *Dernier* a vécu au Prieuré.

— C'est clair, reprit Eddie. Il règne ici une ambiance très étrange.

Dans la foulée, il s'empressa de faire part à son ami de l'existence d'un homme appelé Aton dans la lignée des Trencavel. À première vue, le rapport entre un seigneur médiéval et un dieu égyptien ne semblait pas évident :

— Nous avons pourtant un Cathare enfoui sous le grand Sphinx d'Égypte, rappela Axel. Ce fait n'a rien de banal, tout de même.

— Tu ne crois donc pas au hasard ? questionna l'archéologue.

— Tu sais très bien ce que je pense des hasards en histoire... sourit-il.

Gagnés par le sentiment que personne ne les aiderait ici, ils décidèrent de quitter le Prieuré. Le risque de se faire démasquer était trop grand. En regagnant le véhicule, Eddie plongea la main dans sa poche pour se repencher quelques instants sur l'énigme. Mais, maladroitement, il accrocha la chevalière, le bijou tomba à terre sans qu'il y prête attention. Serrée contre son homme, la jeune femme en profita elle aussi pour jeter un nouveau coup d'œil au texte. Au premier regard, quelque chose l'interpella. Elle s'arrêta net :

— Cette phrase isolée me paraît curieuse...

— Laquelle, ma chérie ? La première ?

— Non justement, la dernière : *Cote IHS – 33 dans la mémoire du comté.*

Les deux hommes se regardèrent, interloqués.

— Pour les deux passionnés que vous êtes, vous n'avez pas dû passer suffisamment de temps dans les bibliothèques, ironisa-t-elle. La cote ne serait-elle pas celle d'un livre ? Les ouvrages sont classés grâce aux trois premières lettres d'un auteur si je ne m'abuse, notre exemple y ressemble fortement.

— Pas bête, avoua Axel surpris, mais que fais-tu de la suite ?

— Où pourrait-on trouver aujourd'hui, la *mémoire du comté* ?

Il baissa la tête un instant pour creuser sa réflexion, son camarade fit de même. Elle les laissa une bonne minute dans le flou. Et puis comme une évidence, le visage du policier s'éclaircit :

— Aux archives du département ! Évidemment, si les archivistes n'ont pas les tenants et les aboutissants, cet ouvrage est dénué de sens à leurs yeux. Par contre, nous saurons peut-être comment l'interpréter. Tu es géniale, tout simplement géniale, Sarah !

Voilà une première piste qui leur regonfla le moral. Sur le point d'emprunter le sentier pour rejoindre le village, une voix sage et posée les arrêta.

— Je crois que ceci vous appartient, mes enfants !

Un moine d'une cinquantaine d'années, dégarni, sourcil fourni et de petite taille, les observait depuis quelques minutes. Ils se retournèrent simultanément dans sa direction. Immédiatement, leurs regards se portèrent sur sa main. Il tenait la chevalière entre ses doigts :

— Mon maître sera ravi d'apprendre que vous

possédez la chevalière familiale.

— Pardon ?

— Je vais vous conduire à ses côtés. Après tout, il vous attend depuis presque huit siècles…

Chapitre XIV

Tous les regards se tournèrent immédiatement en direction d'Eddie. Son air penaud laissa rapidement supposer aux deux autres que la chevalière que tenait le moine entre ses doigts était bien la leur. Axel lui jeta un regard noir. L'archéologue chercha un peu de réconfort chez Sarah, qui le snoba.

— Qui êtes-vous ? demanda fermement le policier.

Sans porter la moindre attention à Axel, le moine prit lentement la direction du monastère en les invitant à faire de même. Au bout de quelques dizaines de mètres, ils empruntèrent une entrée dérobée creusée dans la roche. Peu rassurés, ils se laissèrent guider par le chauve quinquagénaire. Il ouvrit la porte d'une pièce lugubre et, sans un mot, les fit entrer. Il feignit de les accompagner mais se ravisa subitement en refermant la porte dans leur dos. Pressentant le piège, Axel se rua sur la poignée. Trop tard, la serrure venait d'être verrouillée.

— Il nous a enfermés ! s'écria Eddie stupéfait.

— Il nous a bien eus, lâcha Axel qui culpabilisait. Nous pouvons crier aussi fort que nous le voulons, personne ne nous entendra ici.

Rien dans ce cachot ne laissait entrevoir le moindre signe d'espoir. L'obscurité était telle que leurs yeux ne parvenaient pas à s'y habituer. Axel commença à longer les murs pour tenter de discerner une faille. Soudain, des bruits de pas troublèrent le silence. Une clé s'enfonça à nouveau dans la serrure et le grincement de la porte les rassura. Face à eux se présenta le moine quinquagénaire porteur d'un chandelier. Eddie et Axel eurent le même réflexe : ils s'apprêtèrent à se jeter violemment sur lui. Ils n'en eurent pas le temps, coupés dans leur élan :

— Ceux sont eux, maître.

Derrière lui, un homme très âgé soutenu par une canne avança péniblement jusqu'à l'entrée. Son visage, éclairé par les bougies, frappa les trois visiteurs. Ses traits semblaient tellement creusés qu'il leur parut difficile de pouvoir lui donner un âge. Courbé sur sa canne, vacillant, il calma son essoufflement et rassura ses visiteurs :

— N'ayez crainte, mes enfants. Mon disciple n'a fait que son devoir, dit-il avant de s'effondrer dans un fauteuil que l'homme lui présenta. Vous êtes donc les porteurs de la chevalière seigneuriale.

Savez-vous au moins à quoi vous vous exposez ?

Les trois chercheurs s'observèrent sans dire un mot, surpris par ce dénouement inattendu. Axel prit la décision de se dévoiler :

— Nous avons trouvé cette chevalière dans un temple situé sous le Sphinx de Gizeh. Ce bijou nous a orientés vers une stèle codée qui nous mène ici aujourd'hui. Nous cherchons le dernier descendant de la famille Trencavel, résuma-t-il de manière confuse.

Sagement assis, le vieil homme passa longuement sa main sur sa barbe fournie. Son moment de réflexion laissa le trio perplexe… Puis il se redressa :

— Je suis celui que vous cherchez. Mon nom est Roger Trencavel, dernier descendant de la maison Trencavel.

La révélation broya l'estomac du policier. Pas un seul instant il n'avait eu la certitude de trouver ce qu'il cherchait. Et pourtant, là, devant lui, une légende fatiguée par le temps le regardait, bien vivante. Près de lui, ses deux camarades non plus n'en menaient pas large.

— Je comprends votre réaction, mes enfants. Je vous ai tant attendus, vous êtes un miracle ! souffla-t-il empli d'émotion.

Le vieil homme déposa la chevalière de Gizeh ramassée par son disciple, sous le chandelier. Il glissa ensuite la main dans la poche de sa robe. Il présenta son poing fermé à la lumière, puis dévoila sa paume. À cet instant, tous les trois frissonnèrent, les yeux grands ouverts : la réplique exacte de la chevalière.

— Cette réplique est transmise à mes aïeuls depuis plus de sept siècles ! Elle a été offerte par son maître à un de mes ancêtres portant le nom de Giovanni. Mais ce bijou n'a qu'un seul but : dévoiler un texte très ancien !

— Un texte ? s'étonna Eddie. Mais nous l'avons déjà.

— Vous ne saisissez pas, sourit le vieil homme. Celui que vous possédez porte un nom : *l'Alpha*. Il ne peut être soustrait à *l'Oméga*, que la seconde chevalière détient.

Axel réalisa les efforts mis en œuvre pour complexifier le chemin de la vérité. Cette histoire d'Alpha et d'Oméga paraissait surréaliste, il voulut en savoir plus :

— Si je comprends vos propos, nous avons besoin de votre texte pour aller plus loin.

— Tout à fait. Sans *l'Oméga*, votre quête trouvera ses limites. Mais un détail non négligeable est à soulever : seul *l'Alpha* mène à *l'Oméga*, le contraire est impossible. Vous seuls pouviez venir à moi !

Il contempla le vieil homme avec un sourire admiratif. Toute sa vie, il avait dû attendre, comme ses ancêtres, que daignent se présenter les potentiels porteurs de *l'Alpha*. Ce jour était venu. Mais il restait encore des questions, certains mystères auxquels il leur fallait avoir des réponses. Le policier voulut nourrir sa curiosité :

— Mais pourquoi votre famille vit-elle dans l'ombre depuis tout ce temps ? Pourquoi vos aïeux se sentirent-ils obligés de disparaître de l'Histoire ? Le dernier n'est-il pas mort aux alentours de 1270 ?

— Il s'était en effet engagé pour la huitième croisade en 1269 et mourut sans descendance. Voilà ce que nous dit l'histoire officielle. Pourtant, avant de quitter le royaume, il confia son fils, Jean, son unique héritier, à un homme vertueux. Cet homme fut le seul survivant de l'attaque sanguinaire de Simon de Montfort contre le modeste village de Mazières. Le fils prit le nom de Giovanni, connotation florentine, afin qu'il ne subisse pas le poids de son héritage.

— Qui était cet homme vertueux ? interrompit Axel.

— Un certain Jacques de Mazières…

La seule prononciation du nom résonna comme un gong dans la pièce. Un flot de pensées traversa l'esprit du policier, assoiffé de réponses, le Sphinx, Jacques de Mazières, ce lien mystérieux entre les deux Aton… Lui qui plusieurs années auparavant avait subi un revers humiliant, tenait désormais sa revanche. Mais une question dominait toutes les autres :

— Que cherchons-nous alors, mon père ?

Le vieil homme lança un sourire à son disciple, qui mesurait la teneur de la question.

— Pour tout vous dire, je l'ignore. Mais la légende familiale affirme qu'elle détenait à travers la communauté cathare un secret issu des civilisations anciennes. Elle nomme ce secret *l'Aléthéia*.

— Vous voulez parler du *Traité de l'étoile* ?

— Ce traité existe certainement en effet, mais il n'était peut-être qu'une partie de l'*Aléthéia*. Tous ces secrets ont été réunis dans le cartulaire de la famille, égaré au début de la croisade. C'est en tout cas ce que Simon de Montfort cherchait. Mais ne perdons pas plus de temps, s'impatienta-t-il.

Le moine leva la main en direction de son disciple. Celui-ci tendit à son aîné un curieux manuscrit. À l'intérieur, soigneusement rangé, un texte rédigé à l'encre de Chine : *l'Oméga*. Ce texte, comme le premier, avait été écrit en occitan, mais le descendant avait pris soin de le traduire en français. Sa main tremblante remit l'énigme au policier prêt à la décrypter, rejoint par ses deux camarades :

Que l'astre paternel traversera en ce jour saint et lyrique

Que le Juste nous a légué de son frère tout-puissant
Portant ses mensonges et l'épée qui nous combat
Nous défiant de tout temps pour asseoir son pouvoir
La rouge martyre bientôt grande
Gravé sur le marbre oublié au temps in eminenti
Fidèle au combat dissemblable au paulinien
Que la main ornée devra révéler
Sur l'œil du delta sacré

À peine venaient-ils d'ouvrir une piste sur le premier texte, qu'un nouveau labyrinthe se dressait sur leur chemin. La tâche ne serait pas aisée, c'était leur seule certitude à la lecture de *l'Oméga*.

— À vrai dire, nous ne sommes pas plus avancés, regretta Eddie. Comment rebondir désormais ?

— Peut-être pourrais-je jeter un coup d'œil à *l'Alpha* ? proposa le vieil homme.

Le policier lui prêta volontiers l'énigme. L'homme saisit le morceau de papier avec une extrême précaution et s'en imprégna. Dans le même temps, un échange de sourires complices entre Sarah et Eddie embauma cette ambiance jusque-là très solennelle. Les deux archéologues ne cachaient pas leur émotion. Plongé dans ses pensées, le religieux se montra inspiré par ce qu'il découvrit. Axel perçut, au son de ses murmures, que le moine venait de relever un détail intéressant. Il ne tarda pas à l'exposer :

— Ce fameux « nouveau cloître »... marmonna-t-il en reprenant sa respiration. C'est le cloître Saint-Salvy.

— Saint-Salvy ? demanda le policier. Celui situé dans le centre historique d'Albi ?

— Cela ne fait aucun doute, confirma le religieux. Sa construction est contemporaine de Jacques de Mazières. Je vous conseille d'y orienter vos recherches...

— Mais oui, bien sûr ! s'exclama Sarah. À l'époque, nous allions flirter là-bas et fumer en cachette nos premières cigarettes.

Les deux hommes, gênés, lui lancèrent un regard insistant. Il n'était peut-être pas très utile d'étaler ses anecdotes d'adolescente à un vieux moine retiré en monastère depuis le début de sa vie.

— Son histoire m'est familière. Un brillant architecte nommé Malvesi l'a reconstruit vers 1270. Pour le remercier, les chanoines l'ont autorisé à se bâtir un enfeu pour lui et sa famille. C'est tout ce que je sais. Grâce à vous mes enfants, je vais pouvoir enfin m'endormir dans la quiétude.

Fatigué, le moine réclama sa canne. Sa mission

s'achevait. Son disciple l'aida à se relever. Il était temps pour ses visiteurs d'assumer leur destinée. Sa main fripée empoigna celle du policier qui perçut dans son impénétrable regard une béatitude déchirante. Il offrit à chacun un geste d'affection, puis se retira. Axel déplia ses phalanges pour y trouver les deux chevalières seigneuriales, une offrande discrète du vieil homme. Ils quittèrent le site dans un état d'esprit confus, partagé entre l'émotion de le laisser s'abandonner aux mains de Dieu, et l'envie inébranlable de réussir.

Le retour vers Albi fut exceptionnellement calme. Chacun dans son coin mesurait le poids de cette rencontre. Le front plaqué contre le carreau de la voiture, Axel regardait passivement défiler les platanes. Cet homme avait sacrifié toute son existence, reclus dans son monastère, en attendant d'honorer la mémoire des siens. Pour la première fois de sa vie, le policier avait eu le privilège de s'entretenir avec la pureté incarnée… Le véhicule venait de franchir les portes d'Albi. Eddie prit la direction du centre-ville pour se rendre directement au cloître. Sarah les quitta prématurément pour éclaircir cette cote qui l'obsédait tant : *IHS – 33*. Une amie proche des archives départementales allait sûrement pouvoir lui en dire plus.

En plein cœur du Vieil Alby, les deux camarades

empruntèrent un petit escalier discret de la rue Sainte-Cécile pour accéder au cloître Saint-Salvy. Encerclés par une succession de colonnes médiévales, ils entamèrent leurs recherches.

Le nouveau Cloître abrite le Parjure.

Qui pouvait être ce fameux « Parjure » ? Pas à pas, ils se mirent à examiner scrupuleusement chaque parcelle du site, attisant la curiosité d'un couple de touristes anglais. Les colonnes, ornées d'étranges sculptures, éveillèrent un doute chez l'archéologue qui tournait sans fin autour d'elles comme un squale prêt à attaquer. À l'affût du moindre souvenir, l'Anglais attrapa son caméscope numérique et s'empressa d'immortaliser la scène. Il zooma également sur le policier en train de compter ses pas, tout en mimant un calcul mental visiblement complexe. Rien de significatif, pas le moindre *parjure* ici. Le touriste s'amusait à capter le manège des deux Français jusqu'à ce que son épouse lui ordonne de cesser. Il s'exécuta dans la seconde. Le policier ne remarqua le couple qu'à cet instant, ce qui ne le troubla pas outre mesure. Eddie l'interpella soudain :

— Axel, j'ai trouvé quelque chose !

— Attends, tu ne vois pas que je réfléchis ? grommela-t-il.

— Mais viens voir ! implora-t-il.

— Oh et puis zut, tu ne m'aides vraiment pas !

L'archéologue avait déniché un renfoncement dans le mur de l'église, à hauteur de ses genoux. Au-dessus : trois personnages sculptés. Une vierge entourée de deux fidèles à ses pieds. Le renfoncement était séparé par une statuette servant de pilier central. Le modèle tenait une épée d'une main et une sorte de livre de l'autre. Le deuxième tiroir de *l'Alpha* venait d'être dévoilé :

— Je te présente le tombeau de Malvesi, Axel.

Malgré leur connaissance du lieu, ni Axel ni Eddie ne s'étaient imaginé qu'un homme puisse reposer sous ces arcades. Axel en resta stupéfait. L'enfeu de Vidal de Malvesi cachait bien la clé d'un secret. C'est la statue qui troubla le plus leur réflexion, le policier en tête :

— Cette statuette très atypique…

— Elle t'interpelle aussi ? Mais qui pourrait-elle représenter ?

Sculptée sur le pilier central ornant le tombeau, son ancienneté ne laissait aucun doute. Le corps de ce personnage habillé par une robe religieuse était peu robuste, mais un détail peu commun les avait alertés dès le départ : sa tête avait été coupée.

Chapitre XV

Cité d'Albi, novembre 1277

Condamné depuis plus de soixante ans au plus strict anonymat, le vieillard s'était fait passer tantôt pour un sage, tantôt pour un moine, un troubadour ou un paysan. Toute sa vie avait été au service de son secret. Toute sa vie, il n'avait vécu qu'avec le minimum vital qu'un homme pouvait réclamer, n'ayant dans le cœur qu'un seul but, apprendre et transmettre. Son maître lui avait ouvert la voie et il avait réussi à faire reluire la puissance de ce savoir si précieux.

Apprendre les sciences, comprendre l'histoire des deux mille cinq cents dernières années et celle inconnue des hommes dits « civilisés », tel avait été son quotidien depuis ce jour de destruction où il n'était encore qu'un gamin. En pur autodidacte, il avait franchi les paliers et détruit les frontières de ces sciences réservées aux initiés. Il lui avait fallu exactement soixante-six années pour parvenir à la connaissance ultime, celle héritée de son maître. Il aurait pu emporter avec lui ce savoir à tout jamais, ne jamais l'utiliser, mais il avait la certitude que Dieu lui laisserait le temps d'accomplir son ultime épreuve.

Jacques venait d'avoir quatre-vingt-cinq ans. La fin de son entreprise était proche, comme sa propre vie. Il ne lui restait qu'une mission à accomplir : prendre part à la construction du plus grand édifice religieux en briques du monde, ici, au cœur de la cité albigeoise.

Depuis quelques mois, l'Évêque Bernard de Castanet s'était lassé de sa modeste église. Son obsession était désormais de s'offrir un édifice à la hauteur de ses ambitions personnelles, une cathédrale immense pour affirmer sa toute-puissance et celle de l'Église, humiliant à tout jamais la mémoire des hérétiques. Depuis bien longtemps, le siège épiscopal n'avait pas été occupé par un homme aussi controversé, douteux, corrompu et sanguinaire. Il n'hésitait pas à condamner à mort tous ceux qui ne respectaient pas la foi chrétienne à la lettre. Alors que le droit canonique exigeait de laisser au seul jugement de Dieu le péché et sa confession, l'Évêque condamnait avec sévérité toutes les déviances sexuelles qu'il recevait en confession.

Jacques avait attendu patiemment en l'observant, au loin, que cet homme daigne recevoir un pauvre vieillard en perdition. Son comité d'assistants s'agitait autour de lui, mais Jacques n'avait pas quitté des yeux ce personnage qui rassemblait tout l'héritage de cette haine clairement perçue dans le regard de Simon de Montfort autrefois. Sans la ruse, Jacques n'aurait jamais pu approcher l'ecclésiastique paranoïaque. Mais les plans de sa quête avaient été clairement établis depuis longtemps. Le Père Dauat le lui avait confié autrefois :

Un jour, au bout de ce chemin, se dressera l'emblème du déclin de ceux qui veulent notre mort. Tu en seras l'initiateur...

Les ambitions de Bernard de Castanet demandaient des moyens financiers, mais aussi une main-d'œuvre capable de bâtir et d'orner cette immense structure. Il comptait sur une partie de sa fortune et les dons des fidèles, mais Jacques savait que tôt ou tard, il aurait besoin d'un appui supplémentaire. Le vieillard connaissait et maîtrisait parfaitement l'art de la pierre et de la peinture. Il avait réclamé l'enseignement de l'architecture en Égypte et à Épidaure, de la peinture à Florence et de la taille à Athènes. Sa réputation ne se discutait plus dans le royaume.

Attendant patiemment son tour d'audience, il

avait enfin été invité à se lever pour venir se prosterner devant celui qu'il haïssait dans l'ombre depuis des années. Affalé sur un siège de velours, vêtu de soie, Bernard de Castanet avait affiché un mépris déconcertant. Jacques avait pensé tout bas ce qu'il aurait vociféré autrefois. *Tu as de la chance que le Pape, si corrompu soit-il, erre assez loin de nos terres et qu'il ne puisse pas te surprendre dans ton illusoire décadence.*

Pas un instant l'ecclésiastique n'aurait pu s'imaginer qu'il avait face à lui son pire ennemi, le plus puissant de tous ceux qu'il avait rencontrés jusque-là :

— Avance, vieil homme, ne sois pas intimidé. Je ne suis pas un ogre, avait-il ricané en entraînant autour de lui un élan de rires sournois.

Jacques s'était approché à petits pas. L'Évêque avait devant lui celui qui avait été présenté comme le sauveur de son projet, le seul homme capable de faire de sa cathédrale la plus atypique, la plus extraordinaire de tout le royaume. Il n'ignorait pas son enseignement auprès de ceux qui détenaient les secrets de la perfection architecturale. Depuis des mois, Bernard de Castanet cherchait en vain quelqu'un capable de dessiner les plans et de diriger le chantier de construction d'une cathédrale digne de sa chaire épiscopale. Mais ce qui le motivait plus que tout à choisir ce vieillard, c'était sa capacité à combler le déficit financier de son arrogante entreprise. À cet instant, il n'était plus question de mœurs chrétiennes. L'Évêque se moquait totalement de savoir comment cet inconnu avait pu amasser tant de richesses pour apporter à lui seul la moitié des biens nécessaires à l'édification de la cathédrale.

Depuis quelques années, une organisation prospérait grâce à son statut autonome du royaume et sa réputation héroïque. Cet ordre jouissait des dons successifs faits pour leur courage et leur dévotion à reconquérir la Terre sainte de Jérusalem. Bernard de Castanet ignorait que les richesses de Jacques émanaient directement de L'Ordre du Temple. Avec eux, il avait fraternellement uni son destin. Aveuglé par l'ambition, l'Évêque allait se laisser berner. *Tu seras très vite rattrapé, crois-moi, pour tous les péchés que tu as commis au nom du Seigneur. Très bientôt tu paieras.*

Le cœur bouillonnant de Jacques battait la chamade. *Domine l'autre et tu seras fort. Domine-toi et tu seras puissant.* Ce proverbe hérité de Confucius allait lui permettre de contrôler cette soif de vengeance :

— Ne serais-tu pas trop vieux pour ce genre d'entreprise ? Lui avait lancé l'Évêque un brin condescendant.

— J'ai déjà transmis ce que je sais à mon élève, il est le plus doué des maçons, je mourrai avec et pour ce projet, Monseigneur, avait rétorqué immédiatement le vieillard.

Le jeune Giovanni, prodige de la sculpture, l'accompagnait depuis presque dix ans maintenant. Le sang qui coulait dans les veines de son disciple était celui d'une famille renommée, la plus importante dans le comté, celle des Trencavel. Au cours de ses voyages, Jacques était parvenu à retrouver la trace des héritiers. Il l'avait considéré comme son fils, dès le premier jour. Il avait vu très vite en lui le successeur qu'il avait toujours attendu. Ce serait Giovanni qui perpétuerait son œuvre. Comme lui dans ses jeunes années, Giovanni s'était laissé porter par l'initiation de son maître.

— *Ici Giovanni, sur ce promontoire naturel, se dressera la future cathédrale.*

— *Mais pourquoi à cet endroit précis, Père Jacques ?*

— *C'est là que nos ancêtres celtes ont érigé un premier temple. Elle s'alignera harmonieusement avec le château du Castelviel, mais surtout avec la seconde Sainte-Cécile, l'église du Carla.*

Mais Jacques ne s'était pas concentré que sur l'œuvre initiée par Bernard de Castanet. Quelques années plus tôt, il s'était manifesté auprès d'un architecte de renom, lui démontrant qu'il ne pourrait se passer d'un assistant aussi talentueux. Vidal de Malvesi comprit rapidement l'intérêt qu'il aurait à utiliser les connaissances de ce vieil inconnu, pour construire le nouveau cloître posé au pied de la primitive église Saint-Salvy. Il en tirerait une gloire certaine. Cette initiative avait été le point de départ de sa volonté de prendre les rênes du plus grand chantier de l'histoire de la cité épiscopale. Des milliers de maçons seraient recrutés, des centaines y perdraient la vie, pour achever presque deux cents ans plus tard l'un des plus beaux monuments de l'histoire de France, la cathédrale Sainte-Cécile d'Albi.

En cette soirée paisible, Jacques décida de planter un pieu au centre de l'aire déterminée pour l'édification. Il y attacha alors une corde dont il se servit pour tracer un cercle. Très attentif, Giovanni connaissait le but de cet étrange rituel. Nous étions le 21 novembre. Le lendemain à l'aube, le jour dédié à Sainte-Cécile, ils découvriraient, grâce au soleil, l'orientation de l'édifice en fonction de l'ombre du pieu. Ils appliqueraient ce que leur avaient enseigné les Anciens. Pour la première et dernière fois de sa vie, Jacques userait des écrits de *l'Aléthéia*. Il avait parfaitement en tête le module qu'il devait tracer à l'intérieur du cercle, sur le sol, sans aucun calcul mathématique, pour déterminer le plan final de la cathédrale. Plusieurs siècles auparavant, ceux qui avaient tracé les fondations du Carla s'étaient aussi inspirés de ces lignes directrices, faisant du résultat un rapport direct entre ciel et terre. *Tout ce qui est en haut est en bas.*

Il comprit en se répétant cette phrase l'insistance de Père Dauat autrefois. Jacques observa la voûte céleste, particulièrement riche en cette soirée. Les yeux brillants, illuminés par cette image, il réalisa qu'il lui avait fallu plusieurs décennies pour comprendre ces quelques mots. *Tout ce qui est en haut est en bas.* Comme les pyramides d'Égypte en harmonie avec les étoiles, l'édifice allait trouver sa source d'orientation grâce à l'astre divin. Il ne parvenait plus à ôter cette évidence de son esprit, parce qu'il venait de saisir la profondeur de ces mots, en outre, le cœur des secrets de *l'Aléthéia*…

Chapitre XVI

Presque sonnés par ce curieux détail, aucun des deux hommes n'osa se lancer dans de vagues interprétations. Il leur fallait pourtant en savoir plus :

— Je ressens quelque chose d'anormal… dit Axel en fixant la statuette.

— Anormal ? Mais qui te dit qu'elle n'a pas tout simplement été décapitée au cours de la Révolution, par exemple ?

— Admettons. Mais l'usure de la pierre sur la base du cou et sur le reste du corps ne montre aucune différence. Quoi qu'il en soit elle est bien sans tête et personne ne s'en est soucié jusque-là.

— Où tu veux en venir, Axel ? Je ne te suis pas…

— Je pense qu'elle a été décapitée volontairement. Il est même possible que la tête n'ait jamais été sculptée, affirma le policier sans se démonter.

Perplexe, Eddie reprit le texte plus attentivement. Il insista sur la partie concernant le cloître et son initiative se révéla positive, puisqu'il souleva un détail important :

Tu es Pierre et sur cette pierre je bâtirai mon église
Notre Vicomte 1209 et ses successeurs protègent le savoir
Le nouveau Cloître abrite le Parjure,
lié dans la sentence à la voie de la mélodieuse
Ici est l'aînée et sa sœur jumelle sa protectrice
L'infini mène sous la chapelle de l'horloge
Réglé à l'outil du maître le plus parfait
À la croisée des regards bien et mal
Ainsi creusera l'élu pour faire éclore Aléthéia

Cote IHS – 33 dans la mémoire du comté.

La ligne suivante ne commençait pas par une majuscule :

— Elles se suivent, Axel, les deux sont indissociables !

L'archéologue venait de taper dans le mille ! Désormais, les termes « Parjures » et « mélodieuse » semblaient être liés. Alors qu'ils s'entêtaient à démêler le problème, les portes du cloître Saint-Salvy étaient sur le point de fermer. Axel regarda sa montre en grimaçant. Il serait bientôt dix-huit heures. Une responsable de l'église s'approcha pour leur demander poliment de quitter les lieux. La personne idéale, l'occasion ne se présenterait pas deux fois :

— Excusez-nous, madame, entama Axel, pourriez-vous nous dire à qui est dédiée cette statuette ?

— C'est la représentation de Saint-Paul, le célèbre Apôtre et fondateur de notre Église.

— Saint-Paul ? Et il fut décapité, le bonhomme ? demanda Eddie avec moins de tact.

— Il faut croire, c'est un saint martyr.

Axel se gratta le front. Les sourcils froncés, cette réponse ne l'aidait pas. La satanée « mélodieuse », devait trouver un lien avec Saint-Paul le Parjure, celui qui, d'après la Bible, avait d'abord persécuté le Christ avant de se soumettre miraculeusement. *Mélodieuse, chanteuse, musicienne…* Voyant son camarade perturbé, Eddie remercia la gardienne.

— Qu'y a-t-il, Axel ?

— Je n'arrive pas à faire le lien. Quel personnage pourrait réunir la notion de musique et le sort de cet homme ?

— Décapité, tu veux dire ?

— Oui ! lâcha-t-il.

Un silence s'instaura. Puis, sans prévenir, la voix de la curieuse gardienne, toujours dans leur dos, le brisa :

— C'est Sainte-Cécile…

Enlisés dans leurs réflexions, les deux hommes se retournèrent aussitôt :

— Si vous cherchez une musicienne décapitée,

c'est Sainte-Cécile, patronne des musiciens. Je suis moi aussi une passionnée des chasses au trésor, leur avoua-t-elle naïvement.

Une folle envie de la serrer dans ses bras envahit tout à coup le policier. Elle venait en une phrase de leur ouvrir la voie de l'évidence. Les yeux écarquillés, Axel imaginait déjà la suite :

— La cathédrale Sainte-Cécile bien sûr…

Les deux hommes se regardèrent, atterrés. La *mélodieuse* était donc Sainte-Cécile, martyre décapitée du troisième siècle. Un secret pourrait-il être enfoui au sein de sa cathédrale ? Cela semblait bien probable mais, très vite, un détail freina les conclusions du policier. Ils quittèrent le site pour rejoindre Raphaël chez lui, à quelques pas de là. Porté par sa réflexion, Axel suivit son ami machinalement. Si, comme tous l'avaient conclu, la stèle du Carla avait été gravée aux alentours de 1209, la cathédrale ne pouvait pas en être le cœur, puisqu'elle n'existait pas alors. Il avait fallu attendre l'année 1277 pour que le projet commence à se concrétiser. Mais à quelle Sainte-Cécile ce texte fait-il référence, si ce n'est pas à la cathédrale ? Une mélodie familière s'échappait des fenêtres de l'appartement du jeune homme. La sono à saturation envoyait le *Sympathy for the devil* des Rolling Stones. Une bonne raison pour les deux compères d'accélérer leur cadence.

— Entrez mes amis, j'ai justement des choses à vous montrer.

— Vraiment ? plaisanta Eddie en swinguant sur les paroles de la chanson.

— Oui, j'ai repensé à votre énigme, reprit-il en baissant le volume, et notamment à cette histoire de jumelles.

Le jeune homme farfouilla dans son bureau en bazar et parvint à en extirper ses recherches de la veille. Raphaël était insomniaque, il ne trouvait le sommeil qu'une fois qu'il obtenait des réponses à ses questions. Les cernes soulignant ses yeux laissaient deviner le travail abattu ces dernières heures. Les deux invités allaient rapidement en avoir la preuve :

— Saviez-vous que la chapelle du Carla était dédiée à Sainte-Cécile ?

— Comme notre cathédrale ! ajouta l'archéologue surpris.

— Exact ! La stèle nous dit :

Ici est l'aînée et sa sœur jumelle sa protectrice.

— L'aînée est la plus ancienne, le Carla. Sa sœur jumelle est pour moi logiquement la cathédrale Sainte-Cécile. Elle est aussi le symbole d'Albi, cité protectrice de Mazières.

À nouveau plongé dans son désordre, Raphaël

ne prit même pas le temps de lire leur réaction. L'introduction de *Satisfaction* chantée par le groupe anglais n'était rien à côté de ce que laissaient deviner leurs visages bluffés.

— Il fallait le savoir, évidemment, glissa ironiquement Axel en souriant. Notre visite tombe bien. Comment la cathédrale pourrait être la sœur jumelle du Carla, alors qu'elle a été bâtie plus de cinquante ans après la gravure de la stèle ?

Eddie se mit à filmer la scène du regard, persuadé qu'un duel s'annonçait. Sans décoller les yeux de son bureau, et vraisemblablement inquiet de ne pas trouver ce qu'il cherchait, Raphaël releva malgré tout :

— Question très pertinente, cela ne me surprend guère de ta part, Axel. Si tu as étudié quelques-unes des spécificités de notre cathédrale, tu devrais savoir que l'édifice qui existait avant sa construction se nommait déjà Sainte-Cécile.

Une grimace de complaisance fendit le visage de l'archéologue. Axel venait d'encaisser un but en pleine lucarne.

— Je ne le savais pas pour la simple raison que je me suis intéressé à l'église que l'on nommait Sainte-Croix jusqu'au Xe siècle, et non Sainte-Cécile, rebondit le policier immédiatement.

Arrêt du gardien de but sur la ligne, le ballon

n'est pas entré !

— Tu es décidément dur en affaire, mais je comprends mieux. En effet, Sainte-Croix n'était qu'une modeste petite église, dont ne subsiste aujourd'hui qu'une partie des arcades de son cloître, tout près d'ici.

— Sainte-Croix est aussi le nom d'un village à quelques minutes du Carla, ajouta son adversaire.

Le sourire de satisfaction de Raphaël laissa deviner sa joie. Il avait enfin trouvé ce qu'il cherchait. Il déplia une carte du département sans quitter le policier des yeux. Il venait de le devancer. Le jeune homme posa alors son index sur l'emplacement du Carla. Il fit ensuite le même geste pour la cathédrale, puis pour un modeste village situé au nord de Castelnau-de-Lévis, Sainte-Croix. Il se saisit d'une règle qu'il posa prudemment sur la carte :

— Axel, Eddie, regardez bien ça : la distance entre la cathédrale et le Carla est parfaitement identique à celle mesurée entre la cathédrale et le village de Sainte-Croix. Je refuse de croire que ce prodige est une coïncidence ! Nous avons un lien direct entre nos deux Sainte-Cécile, mais désormais avec un troisième élément, Sainte-Croix.

Le policer se frotta les yeux pour être certain de ne pas faire erreur. Deux sites à équidistance de la cathédrale.

— Incroyable !

Il venait de perdre son duel, la découverte du jeune homme ne laissait aucun doute. Ce n'était que le début :

— Jetons un coup d'œil sur la rue de la Piale, du haut de mes fenêtres, proposa l'hôte. Du premier étage, nous voilà donc à hauteur de la cathédrale actuelle.

Ils acquiescèrent sans broncher, appréhendant la suite. Raphaël les invita à se pencher vers l'extérieur. Épaule contre épaule, les deux amis se serrèrent pour observer les premiers touristes en train de comparer les cartes des différents restaurants traditionnels du vieil Alby. Sans interrompre leur curiosité, Raphaël continua à s'expliquer.

— Cette rue, aujourd'hui largement en contrebas de la grande place Sainte-Cécile, est la mémoire de la vie albigeoise du Moyen Âge. Les trois ou quatre mètres qui nous séparent du sol correspondent à la hauteur qui existe entre la cathédrale et l'ancienne église.

— Donc la vie au Moyen Âge se situait trois mètres en dessous ? Mais où veux-tu en venir ? l'interrogea Axel en se redressant.

— Tout simplement que s'il ne nous reste plus aucune trace visible de cette ancienne Sainte-Cécile, elle existe bien sous nos pieds.

Le policier observa longuement son interlocuteur, le regard vide. Raphaël venait de lui donner sa réponse. La sœur jumelle de la stèle ne serait donc pas la cathédrale, mais son ancêtre. Eddie parut tourmenté. Il hésita un instant puis se résolut à poser une question presque stupide :

— Peut-être est-ce évident pour vous… Mais quelle organisation aurait été capable de penser, élaborer, et mettre en œuvre un tel projet ?

Axel avait sa petite idée, mais il laissa poliment son jeune ami terminer sa démonstration. Ce dernier réagit comme si Eddie venait de toucher un point sensible.

— Le temps des cathédrales ne s'étend que sur deux siècles. Le plus souvent, les fidèles les plus aisés faisaient don d'une partie de leurs richesses afin de financer la construction de ces édifices très coûteux. Et c'est là qu'interviennent nos chers templiers. Leurs biens étaient devenus si importants à partir de 1250, que l'Église leur demanda, en tant qu'ordre religieux, de lui prêter de l'argent. Cette participation se transforma en financement quasi intégral. Si les Templiers ont financé la plupart des cathédrales du royaume, il doit en aller de même pour Albi. Et qui construisait physiquement les cathédrales à cette époque ?

— Les bâtisseurs, répondit Axel. La filiation

entre cette communauté et les Templiers n'est plus à prouver. Tu veux donc nous dire que ces derniers avaient carte blanche pour la construction, je suppose…

— Sans aucun doute. Il ne me reste qu'à trouver le rapport entre Jacques de Mazières et l'Ordre du Temple.

En quelques clics, Raphaël afficha sur une page Internet de précieuses informations sur cette fratrie. Les bâtisseurs de cathédrales, appelés aussi Compagnons, représentaient le corps de métier le plus soudé et le plus organisé de la société médiévale. Ces hommes souvent pauvres comprenaient et maîtrisaient les symboles à la perfection. Raphaël voulait démontrer à travers sa lourde argumentation, l'importance de ces confréries pour la symbolique de leur cathédrale albigeoise.

— Mais qu'est-ce qui t'a emmené sur cette piste ? lui demanda Eddie.

— Quelque chose qui ne devrait pas vous laisser indifférent. Suivez-moi !

Les premiers lampadaires de la rue se mirent en marche. Le jeune homme glissa une torche dans la main de chacun, puis quitta son appartement. Le temps de leur court chemin, Axel en profita pour examiner le nouveau texte, *l'Oméga*. Sans avoir besoin de le lui proposer, il ne fallut que quelques secondes à son jeune ami pour réaliser ce que le policier tenait en main. Il se rua sur l'énigme pour la découvrir à son tour. Dès la première ligne, planté en plein milieu de la place Sainte-Cécile, Raphaël n'eut pas besoin d'une seconde lecture pour qu'un détail ne l'arrête :

Que l'astre paternel éclairera en ce jour saint et lyrique

Que le Juste nous a légué de son frère tout-puissant
Qui porte ses mensonges et l'épée qui nous combat
Nous défiant de tout temps pour asseoir son pouvoir
La rouge martyre bientôt grande
Gravé sur le marbre oublié au temps in eminenti
Vertueux du combat dissemblable au paulinien
Comme l'ont été nos ancêtres
Sur l'œil du delta sacré

Pour lui, aucun doute n'était permis sur l'identité de cet « astre paternel ».

— On nous parle de Dieu lui-même !

— Dieu ? Mais c'est le soleil qui est cité ici, rectifia Eddie.

— Pas si sûr, reprit Axel.

— Nous savons tous que le personnage biblique de Jésus a été inspiré du culte solaire de Mithra, né d'une vierge un 25 décembre, et je te passe les détails multiples qu'ils ont en commun.

L'archéologue commença à douter, il regrettait déjà d'avoir provoqué le jeune homme. Ce dernier acheva sa démonstration sans pitié :

— Moïse a été élevé dans les traditions égyptiennes et le culte solaire. Constantin, le grand empereur fondateur du Christianisme moderne, s'est converti après avoir vénéré toute sa vie le culte solaire romain. Le premier seigneur des Trencavel ne se nommait-il pas Aton, comme vous me l'avez indiqué ? Le château de Montségur, vitrine du catharisme est dédié au soleil ! insista-t-il. Et puis…

— Et puis ?

— Jésus aurait passé une grande partie de sa vie en Égypte, au cœur du culte solaire ! Quelle est ta formule, conclut-il en se tournant vers le policier, pour résumer tant de similitudes ?

—… il n'y a de coïncidences que dans les manuels d'histoire, soupira Axel.

Une nouvelle fois, le petit génie venait de semer le trouble. La place se vidait tranquillement de ses derniers touristes. Depuis que la municipalité avait entrepris de la rénover totalement, en 1999, elle avait retrouvé ses couleurs d'antan et l'on appréciait à nouveau l'édifice à sa juste valeur. L'après-guerre avait eu tendance à sacrifier la beauté architecturale au profit de la circulation et du stationnement automobile. Depuis, la place et sa maîtresse vibraient sans broncher au rythme du XXIe siècle.

Après avoir gravi quelques marches, ils se retrouvèrent devant la porte d'entrée de la cathédrale. Si l'édifice était entièrement construit en briques rouges, il avait la particularité de posséder un baldaquin en pierres blanches, orné de sculptures gothiques éclatantes. Le jeune homme s'y arrêta, alors que les deux autres se dirigeaient tout droit à l'intérieur. Ils stoppèrent leur progression, surpris :

— C'est ici que vous allez comprendre. Je vais vous demander d'allumer vos torches et de les diriger au-dessus de vos têtes. Observez donc ce qui vous observe…

Curieux, ils s'exécutèrent. Sous le baldaquin, la voûte révélait un travail de sculpture d'une extrême précision. Les deux faisceaux de lumières s'entrecroisèrent sans relever le moindre détail flagrant, si ce n'est un couple de tourterelles contrarié.

— Je suppose que vous ne voyez rien. Maintenant, jetez un coup d'œil sur ce cliché…

Raphaël tendit une photo à ses camarades. Un visage affreux prédominait, une étoile posée sur le front. Eddie soupira, presque excédé par ce manège :

— Explique-moi le rapport entre ce cliché et la voûte du baldaquin.

Axel venait de réaliser l'évidence, il ne parvenait soudain plus à quitter cette forme du regard :

— C'est la même chose, Eddie…

Le policier n'en croyait pas ses yeux. Cette fois, il n'était pas question de phénomènes naturels ou de calculs fantaisistes, mais de sculptures travaillées et choisies avec précision. Il se replongea brièvement sur la photo, puis releva la tête dans la foulée. L'archéologue fit la même chose et se vit soudain envahi par un imprévisible frisson. Il comprit tout à coup pourquoi les Templiers revenaient sans cesse dans la bouche du jeune homme. Le murmure d'Axel vint confirmer sa désagréable impression :

— Ce visage, ce monstre, il m'est familier, il me fait penser à…

— À celui de Baphomet, l'idole maléfique qui causa la perte des Templiers, lui souffla son ami comme une évidence.

Pendant quelques secondes, ils en oublièrent la présence du jeune homme. Quand ils se tournèrent vers lui, il affichait un malicieux petit sourire en coin :

— Voilà où je voulais en venir…

Chapitre XVII

Paris, île de la Cité, 18 mars 1314

— Dieu vengera notre mort. Seigneur sachez que, en vérité, tous ceux qui nous sont contraires, par nous, auront à souffrir !

Voilà l'ultime parole de désespoir que venait de cracher le condamné au visage de ses bourreaux. Dans quelques minutes il allait rejoindre l'autre monde, laissant au bûcher le privilège d'être le guide de son ultime voyage. En cet instant, l'homme savait que sa malédiction s'abattrait inexorablement sur ses ennemis pendant les siècles à venir. Pourtant, tout au long d'une vie pauvre et chaste, il avait eu le sentiment de se battre pour une cause noble : servir Dieu et conquérir la Terre sainte. Au terme de son existence, il avait ouvert les yeux, mais un peu tard, sur les véritables intentions de ceux qu'il servait.

Tout avait commencé en l'an 1265, quand il fut admis, à l'âge de dix-huit ans, au sein de l'Ordre le plus prestigieux et le plus redouté du Moyen Âge. Cette organisation fondée par Hugues de Payns avait presque un siècle et demi d'existence alors. L'Ordre du Temple, créé à partir d'une milice chevaleresque appelée *Pauvres Chevaliers du Christ et du Temple de Salomon*, venait de naître. Pour avoir l'immense privilège d'intégrer cette élite respectée, les candidats devaient faire un « don de soi » physique, mental, financier. Comme les autres, il s'était engagé pour l'éternité, promettant chasteté et pauvreté. Une fois admis, il partit en mission afin d'assurer la sécurité des pèlerins se rendant en Terre sainte. Mais son rêve le plus inavouable était celui de reconquérir le tombeau du Christ. Tels étaient les temps des Croisades.

La foule s'agitait sous ses yeux, au rythme du vent qui secouait de plus en plus le fleuve coulant de part et d'autre de l'île. Il tenta en vain de percevoir des mots dans la clameur. Était-il un scélérat ou un martyr ? Jacques ferma alors les yeux quelques instants et se laissa emporter par ses souvenirs. Malgré les accusations, il ne pouvait regretter cette vie au service d'un Dieu qu'il s'était dessiné : tolérant, ouvert, compréhensif de l'imperfection humaine. Sa mémoire le ramena soudain à la date terrible de la bataille de Saint-Jean d'Acre, où il combattit avec bravoure aux côtés de Richard Cœur de Lion. Ce jour-là, ils cédèrent pour l'éternité cette terre aux musulmans. Mais leur réputation, elle, était restée intacte, à l'image de leur profession de foi. La présence d'un seul templier suffisait parfois à briser le courage d'un groupe d'ennemis, envahi par la peur de voir la ténacité et la maîtrise de ces chevaliers indestructibles réduire leur chance de survie.

Une fois la dernière Croisade perdue, les Templiers regagnèrent le Royaume. L'échec de toute une vie. Et pourtant… En seulement vingt ans, la renommée, la crédibilité, le respect des fidèles et surtout les finances de l'Ordre prirent des dimensions inquiétantes pour la cour royale. Porté par sa réflexion, le condamné fut tout à coup attiré par l'agitation d'un homme, poing levé, à quelques mètres du bûcher :

— Gloire à Baphomet, gloire au Grand Maître protecteur de nos secrets ! hurla le fou qui ne tarda pas à provoquer la réaction des gardes.

Jacques observa la scène, attristé de voir la dévotion de cet aliéné dépassé par la démence. Pour le faire taire, un soldat vint fracasser son bouclier contre son crâne. Le pauvre homme s'écroula de tout son poids. La garde fit mine de le relever pour l'emmener en direction du cachot. Il était mort sur le coup. *Dieu protège ton âme, mon frère…* Le temps des Templiers bienfaiteurs était terminé. Jalousie et convoitise ne faisaient plus qu'un désormais. Propriétaires d'une grande partie des terres du

Royaume, ils étaient devenus les premiers banquiers de l'histoire en inventant la lettre de change.

Mais ce fut au cours de l'année 1275 que le destin de l'Ordre bascula. Un vieil inconnu se présenta devant la grande porte de la commanderie de Vaour, dans lequel résidait depuis quelques heures à peine le Grand Maître. Nul ne put jamais expliquer comment cet homme avait pu savoir qu'il trouverait sa cible en ces lieux. Il le savait et personne ne lui posa de questions quand il exposa les raisons de sa venue. Cet homme promit au Grand Maître de lui offrir plus de terres qu'il ne pourrait en parcourir en une vie, plus d'or qu'il ne pourrait en dépenser pendant mille ans. Curieusement, il ne réclama qu'une seule chose en échange : le soutien financier de son ultime quête de vengeance.

Sur son bûcher, Jacques se souvint de cette fabuleuse histoire qui avait eu le temps de traverser les couloirs des commanderies les plus retirées. Cet inconnu portait le même prénom que lui et vivait autrefois dans un village de l'Occitanie. Il avait été témoin de la haine du sanguinaire Simon de Montfort, et les siens avaient été massacrés un à un. En tant que dernier Grand Maître, il était aujourd'hui l'héritier des secrets dévoilés ce soir-là à son ancêtre défunt. Dans son dos, lié et accusé, comme lui, Geoffroy de Charnay ne parvenait plus à garder son calme :

— Jacques, je sens la mort poser la main sur moi… Jamais au cours de nos batailles, si violentes furent-elles, je n'ai eu peur comme aujourd'hui…

— Geoffroy, mon frère, comme sur les champs de bataille nous n'allons pas mourir pour rien. Reste digne, nous sommes à la veille d'une grande renaissance. Ceux qui nous éliminent aujourd'hui le paieront très bientôt, je te le jure, je te le jure !

Les deux condamnés savaient que les raisons invoquées lors de leur arrestation n'étaient qu'un prétexte. Ils étaient accusés d'avoir renié le Christ, d'avoir craché sur la croix. Le culte voué au légendaire Baphomet, répugnant monstre à cornes, fut le coup de grâce. Voilà que l'on confondait leur esprit d'ouverture et leurs croyances. Bien sûr, Philippe le Bel, ambitieux et arrogant, avait fait de minutieuses recherches pour contrer ce Grand Maître qui lui avait refusé l'entrée dans l'Ordre. Ce que ne supportait plus le Roi, c'était de dépendre de la communauté la plus riche d'Europe, auprès de laquelle il avait dû emprunter des sommes impossibles à rembourser pour assurer le financement de ses cathédrales.

En pénétrant dans la maison du Temple à Paris, jour de la grande arrestation le vendredi 13 octobre 1307, le roi Philippe le Bel ignorait l'essaim qui se cachait derrière ses victimes.

À Paris, sur l'île des Juifs, le bourreau s'apprêtait à embraser le bûcher qui déclencherait une vague de changements dans la société religieuse. La foule attendait fébrilement la mise à mort. Du haut de son confortable balcon, Philippe le Bel observait avec dédain la répugnante tache du peuple qui s'agitait comme un nid d'insectes. L'apogée de cette tension fut palpable au moment où le bourreau se décida enfin à enflammer l'herbe séchée autour du bûcher. Le brasier monta rapidement le long du corps des otages pour venir les dévorer sans pitié. Il ne faudrait que quelques instants pour transformer en cendres les deux condamnés, silencieusement dominés par la cathédrale Notre-Dame au loin. Si Geoffroy de Charnay cria de douleur et succomba rapidement au supplice, le Grand Maître garda son calme, les yeux ouverts, le regard fixe et brillant. Au cœur de la foule, une femme montra du doigt ce qu'elle pensait être une hallucination. Le détail se propagea comme une traînée de poudre au bas du brasier crépitant. Le condamné esquissait un rictus parfaitement visible, jusqu'à ce que les flammes empêchent totalement de distinguer son corps. Le diable en personne semblait s'être invité à l'évènement ! Certains perdirent connaissance quand d'autres tentèrent de s'enfuir avant d'être possédés. Les plus fragiles se firent piétiner, la confusion s'installa parmi les gardes qui ne savaient plus comment gérer le désordre. Une force indestructible venait de l'envoûter, la douleur n'existait plus. Jacques de Molay, dernier Grand Maître des Templiers, mourait en vainqueur. Inquiet, le roi se leva pour assister au chaos. Il ignorait à cet instant que cet évènement n'était que le commencement de la fin. Grâce aux secrets confiés quelques années plus tôt par cet inconnu, Jacques de Molay avait déjà eu le temps de semer les graines du pourrissement de son plus grand ennemi…

Chapitre XVIII

Écrasés par le visage maléfique de Baphomet au-dessus de leur tête, Axel et Eddie n'en revenaient toujours pas. Les Templiers n'existaient plus depuis plus de sept siècles et pourtant leur influence perdurait. La journée avait été très riche en informations. Eddie proposa de retrouver Sarah à Castelnau-de-Lévis. Raphaël refusa poliment l'invitation, il savait le couple généreux et il ne voulait pas en abuser. Inconsciemment, il se sentait sûrement incapable de calmer son rythme de recherches. Sur le chemin du retour, l'archéologue entama la conversation pour vanter son petit génie. Elle ne dura que quelques minutes, juste le temps pour Axel de se plonger dans ses songes. Il n'interrompit son sommeil que pour sortir du véhicule, franchir la porte d'entrée et grimper dans sa chambre pour s'écrouler sur le lit comme un zombie.

Le réveil fut difficile, mais la nuit régénératrice. Quand il débarqua dans la salle à manger en début de matinée, le policier esquissa un sourire moqueur. Le couple s'était aussi accordé une longue nuit de sommeil. Pas de café pour lui ce matin. Exceptionnellement, il réclama un chocolat bien chaud. Sarah attendit qu'il croque sa première biscotte pour partager ses découvertes de la veille. Durant tout l'après-midi, elle s'était chargée de retrouver la signification d'*IHS*. Grâce à Catherine, son amie archiviste, Sarah avait pu en savoir plus. Tout d'abord, ces trois lettres, si surprenante soit-elle, n'était autre que l'abréviation du nom d'un célébrissime personnage : Jésus-Christ ! Que pouvait venir faire Jésus dans cette énigme ? Chose certaine, elles ne respectaient pas la méthode de classification conventionnelle.

Les trois premières lettres sont généralement celles de l'auteur. Malheureusement, je doute que Jésus ait écrit le moindre ouvrage, qui plus est, rangé aux archives d'Albi ! avait plaisanté Catherine.

L'archiviste ne trouva rien dans un premier temps. Pourtant, un détail lui sembla très vite anormal. Plongée dans ses données informatiques, elle dénicha une trace de la cote fournie par Sarah. Seul problème, l'ouvrage n'était nulle part dans le bâtiment. Elle se dirigea alors auprès de son supérieur, qui lui-même ne trouva pas d'explication à ce curieux manque. Aucun des deux employés n'avait déjà vécu pareille situation. Pendant une bonne heure, l'ensemble du personnel s'attela à retrouver la trace de cet ouvrage perdu. Ils firent une ultime tentative sur la liste des documents disponibles en ligne, mais sans plus de succès. Alors que leurs espoirs s'amenuisaient de minute en minute, une personne vint miraculeusement à leur secours : la doyenne des archives. Le pas lent, cette retraitée avança difficilement vers Sarah, un document à la main, suivie de près par Catherine qui s'efforçait de marcher au rythme de la vieille dame. Une intuition payante de la part de la jeune archiviste. Sans le moindre effort de politesse, la doyenne tendit le document à l'archéologue. Celle-ci parcourut rapidement le texte, partagée entre la déception et la stupeur. Une réquisition de l'ouvrage avait été prononcée par l'État en 1972, il avait été transféré à la Bibliothèque nationale de France. Le document était clair. Elle savait ce qu'il lui restait à faire ! En partant, Catherine ne put retenir sa curiosité. Que contenait cet ouvrage si précieux pour son amie ? La réponse la plus sincère facilita la tâche de Sarah : « Je l'ignore moi-même ! »

La jeune femme raconta cet épisode à ses compagnons, qui imaginèrent aussitôt les hypothèses les plus farfelues sur son contenu. De toute manière, sa décision était déjà prise : elle partirait dès demain pour la capitale. Par la même occasion, elle irait flatter les responsables d'une société qui avait participé au financement de l'un de ses projets de recherche. Elle ne resterait que deux jours, pas question de flâner. Ils se mirent tous les trois d'accord. Axel lui proposa son appartement pour la nuit, elle accepta très volontiers. *Quel sacré bout de femme* ! pensa-t-il.

Cette réflexion le ramena soudain à Lucie. Une douleur vive lui noua l'estomac. Le point de non-retour semblait bel et bien atteint désormais. C'est avec un pincement au cœur qu'il décida de partir en promenade respirer l'air réconfortant de sa ville natale. Le centre historique d'Albi n'était pas très vaste, mais d'une richesse historique rare. De la grande place du Vigan, les touristes pouvaient se laisser porter dans un voyage à travers le temps, en s'engageant dans les sombres et étroites rues piétonnes. Cette place gardait la même vigueur du matin au soir, sa couleur brique respirait le sud, sa fontaine jaillissait comme un volcan, l'été on jouait de la musique aux terrasses des cafés.

Il décida de faire un léger détour par le cloître qui les avait conduits à la cathédrale. Il se retrouva quelques secondes, figé devant la statue décapitée de Saint-Paul, sourire aux lèvres. Toutes ces heures passées ici, sans jamais imaginer un instant son poids sur l'histoire. Le regard hypnotisé par la sculpture, il fut dérangé par le son d'un chœur lointain. Cela venait de l'église. D'abord hésitant, il ne put résister à cette mélodie enivrante. En pénétrant dans le sacré, Axel aperçut une modeste chorale qui psalmodiait au rythme d'une guitare entraînante. Peu coutumier des ambiances christiques, il paraissait pourtant allégé par l'atmosphère. Il décida de s'asseoir quelques secondes, puis ces secondes se transformèrent en une bonne heure, tant cette sérénité l'apaisait. Pendant ce temps, un homme s'était installé non loin de lui, sans lui prêter la moindre attention. Il profita comme Axel de l'ambiance apaisante et s'agenouilla pour prier à face à l'autel central, une épaisse capuche sur la tête. *Quelle étrange manière de se présenter dans une église…*

Sans perdre ses réflexes de physionomiste, le policier observa avec attention ces fidèles venus s'isoler, loin de la pesanteur quotidienne de la vie en société, avec femmes, enfants ou petits enfants. Pendant des années, Axel avait parcouru en détail l'histoire des religions avec pragmatisme. Il s'était acharné à décortiquer les évangiles, pensant déceler le secret de la faiblesse des hommes à s'inventer un *Être suprême*. Convaincu qu'il maîtrisait tout, une révélation le frappa brusquement en pleine face : il ne savait rien ! Le visage de chacun de ces choristes semblait lui avoir soufflé la vérité : la foi ne s'étudiait pas, elle se vivait.

Ce combat qu'il menait depuis des années paraissait soudain trop violent. Les agnostiques, qui ne comprenaient pas la foi, refusaient d'alimenter cette entreprise parfois plus lucrative qu'exemplaire. Axel en faisait partie. Cette matinée lui révéla des erreurs passées, sans qu'il ôte pour autant de son esprit l'idée que le fanatisme religieux avait enterré beaucoup trop d'êtres humains au cours de l'Histoire.

Encore sous le coup de l'émotion, il sortit pour se retrouver dans un flot de touristes espagnols. Le policier tenta de se frayer un chemin pour rejoindre la place Sainte-Cécile. L'activité touristique battait son plein en cette fin d'été, se dit-il en apercevant la foule réunie au pied de la cathédrale. Le contraste entre le silence et le brouhaha extérieur lui déclencha un violent mal de crâne. Il s'arrêta quelques instants, la tête entre ses mains et les yeux fermés, pour tenter d'apaiser la douleur. Cela avait l'air de fonctionner.

Quand il les rouvrit, la foule rassemblée sur la place s'était tue. Tous les yeux étaient rivés dans une même direction. Axel ne parvenait pas à apercevoir ce qui concentrait autant d'attention chez tous ces gens. Il tenta de se faufiler discrètement pour y voir plus clair.

Une odeur infecte lui donna la nausée. Elle lui était familière, on ne pouvait oublier un mélange de transpiration et de mort aussi désagréable. Un mauvais pressentiment l'envahit soudain. Cette odeur était la même que celle perçue le soir de son arrivée, rue Sainte-Cécile. À peine eut-il le temps de réaliser son état, que l'homme sur l'échafaud passa à l'action :

— Ces deux hérétiques ont tenté de désavouer notre Bible sacrée ! Ils sont nombreux parmi vous, mes enfants ! Voyez le sort qui vous sera réservé par le jugement de Dieu si vous ne dénoncez pas les vôtres.

La main tendue vers les condamnés, l'homme fit un signe de la tête en s'adressant au bourreau. Celui-ci s'exécuta et retira la planche où reposaient les pieds des deux malheureux encore debout. D'un violent coup sec, leurs jambes traversèrent l'échafaud, le cou attaché à une corde. La vue des cadavres, langues pendantes, dégoûta Axel. Son attitude attira l'attention :

— Cet homme qui cache son visage n'ose pas regarder la volonté de notre seigneur ! cria l'exécuteur. C'est un hérétique !

La foule se regroupa autour de lui, il était pris au piège. L'homme descendit précipitamment de l'échafaud pour exécuter lui-même sa victime. Déterminé, il s'apprêtait à se jeter sur le policier pour l'étrangler, quand tout à coup une main posée sur son épaule le tira brusquement vers l'arrière…

— Axel, tu es là ! Tu as vu l'heure, bon sang ?

Pris de panique, il se retourna, prêt à en découdre. Eddie l'avait attendu pendant une demi-heure à la terrasse d'un troquet. Le policier dévisagea son ami comme un étranger. La place avait retrouvé sa plénitude.

— Nous devons rendre visite à monsieur Michelet, ne tardons pas. Tu es sûr que tu es dans ton assiette ?

— Oui… allons-y, répondit-il, encore fébrile.

Michelet profitait depuis deux décennies de l'activité touristique albigeoise, grâce à son commerce truffé de cartes postales, de guides et autres bibelots de la cathédrale. Âgé d'une cinquantaine d'années, l'homme était un original, connu et reconnu dans toute la ville. Eddie appréciait tout particulièrement son franc-parler, à l'affût de la moindre anecdote locale sur les légendes les plus rocambolesques de la cité épiscopale. Le quinquagénaire possédait une cave sous sa boutique, dans laquelle il affirmait avoir découvert une potentielle entrée souterraine, condamnée aujourd'hui. Il n'en fallut pas plus pour attiser la curiosité des deux chercheurs :

— C'est ce que dit l'État mes amis, mais je n'en crois pas un mot, affirma-t-il péremptoire.

— Mais alors, monsieur Michelet, demanda

Eddie, pourquoi selon vous ont-ils voulu condamner cette entrée ?

— Cette entrée ? Mais enfin mon petit, il y en a des dizaines sous nos pieds, c'est un véritable gruyère, ici.

— Attendez, vous voulez dire qu'il y a des galeries sous la place ? reprit Axel. Ce n'est pas une légende ?

— Comment ça, une légende ? Tu n'es jamais allé dans cette discothèque avec ses voûtes en briques, ou dans les restaurants alentour ?

— Mais qui a donc construit ces galeries et pourquoi ?

— Mais Bon Dieu ! Vous pensez que les curés étaient plus téméraires au Moyen Âge que de nos jours ? Ils ont tout simplement réfléchi au moyen de s'enfuir avant même de la construire ! Et ce tunnel qui part de la cathédrale pour aller jusqu'au château de Castelnau-de-Lévis, encore une légende ?

Perplexe, le policier échangea un sourire discret avec l'archéologue. Même si le personnage manquait cruellement d'objectivité, il avançait ses arguments avec une telle conviction qu'il aurait été maladroit de ne pas le prendre au sérieux.

— Mais ces galeries, on peut les visiter ?

— Ah là, mon petit Eddie, je ne peux rien pour vous… par contre j'ai un copain qui est spécialiste de Sainte-Cécile, il est guide touristique. Ce genre de choses, il peut y répondre sans problème. Allez le voir de ma part, il s'appelle Olivier, il ne se méfiera pas de vos questions tordues.

Sans perdre un instant, ils prirent la direction de la cathédrale. Au moment de franchir la grande porte d'entrée en bois, tous deux eurent le même réflexe : lever la tête pour admirer la découverte de Raphaël sous le baldaquin. En entrant, ils avaient pleinement conscience de devoir exploiter des pistes encore inexplorées. Axel sortit les deux textes de sa poche : *l'Alpha*, celui de la stèle, et *l'Oméga*, transmis par le dernier Trencavel.

Selon Raphaël, ce n'était pas la cathédrale qui pourrait les intéresser, mais l'église qui la précédait. Peut-être existait-elle encore dans les souterrains ? L'initiateur de l'énigme connaissait, à coup sûr, le projet de construction d'une « grande » Sainte-Cécile pour succéder à la « petite ». Le sens de son message était très explicite :

Que l'astre paternel éclairera en ce jour saint et lyrique
Que le Juste nous a légué de son frère tout-puissant
Portant ses mensonges et l'épée qui nous combat
Nous défiant de tout temps pour asseoir son pouvoir
La rouge martyre bientôt grande

Gravé sur le marbre oublié au temps in eminenti
Vertueux du combat dissemblable au paulinien
Comme l'ont été nos ancêtres
Sur l'œil du delta sacré

D'ailleurs, d'après le policier, le fameux « marbre oublié » confirmait qu'il pourrait y avoir ici un vestige très ancien. Il le garda pour lui, mais sa pensée immédiate fut celle d'un autel en marbre, peut-être le plus ancien de l'église. En parcourant le site, Eddie attira l'attention de son camarade :

— Regarde Axel ! Trois lettres entrelacées…

— Le symbole *IHS* ! reprit le policier stupéfait.

— Je crois que cet Olivier va pouvoir nous en dire plus. Allons le trouver.

Ils s'adressèrent d'abord à un gardien qui les envoya près du jubé. Là, ils aperçurent un jeune homme d'une trentaine d'années occupé à orienter les visiteurs. C'était bien Olivier. Eddie l'interpella et décida de jouer franc-jeu. Il fallait savoir s'il connaissait l'existence d'un accès souterrain à l'édifice. Le guide se braqua illico :

— Toutes ces histoires sont de pures inventions, messieurs, lâcha-t-il fermement. Ne voyez-vous pas que ce vieux Michelet veut faire tourner son commerce ? Les interprétations fantaisistes sur les légendes chevaleresques ne m'intéressent pas, c'est le minimum de respect que je dois à ceux qui ont entrepris de fonder cette belle cathédrale.

Surpris par cet accueil austère, Axel prit les devants et décida d'utiliser une autre approche. Il ne le fit pas de gaieté de cœur, mais il leur fallait absolument avancer :

— Très bien Olivier, je suppose donc que la chapelle de l'horloge ne vous évoque rien…

Le policier savait très bien où il allait. En utilisant ce terme, il faisait directement référence à la phrase qui suivait dans le texte de *l'Alpha* : *L'infini mène sous la chapelle de l'horloge.* Il y eut un instant de silence. Le visage du guide devint blême. Il observa les deux hommes l'un après l'autre, inquiet. Banco ! pensa Axel. Ce dernier savait que ce nom n'apparaissait nulle part dans le guide touristique, c'était un coup de poker qu'il tentait, puisqu'il ignorait lui-même de quoi il parlait :

— D'accord, messieurs, peut-être que nous avons certaines choses à nous dire…

Le bluff avait fonctionné, le guide se laissa fourber, convaincu que ces curieux visiteurs en savaient beaucoup. Les deux camarades ne s'attendaient pas un instant à recevoir de telles confessions :

— La chapelle de l'horloge est le nom donné à une chapelle invisible. Elle abriterait l'entrée d'un passage souterrain qui mènerait à un trésor. Mais… comment avez-vous entendu parler de cette histoire ? Peu de gens la connaissent.

— Je travaille pour les services du renseignement intérieur, et nous enquêtons actuellement sur une affaire classée *Secret défense*, rétorqua Axel en jouant son rôle à la perfection.

Sceptique, le guide tiqua. Le policier ne lui laissa pas le temps de la réflexion :

— Voici ma carte. Capitaine de Police. Et voici celle de mon service, insista-t-il avant de vite refermer son porte-carte.

— Évidemment, nous sommes ici incognito, ajouta Eddie, imitant à la perfection la réplique d'un James Bond.

— Très bien, Capitaine. Vous savez, je ne suis que le responsable des guides touristiques, je n'ai pas de grande marge de manœuvre ici. Je pourrais peut-être vous mettre en relation avec…

Axel l'arrêta. Il n'était pas question d'alerter une nouvelle personne.

— C'est inutile ! Vos informations nous suffiront amplement, Olivier.

Le guide hésita quelques secondes. Son silence pesa, puis il se résout enfin à parler :

— Cette chapelle mènerait aux subconstructions de l'ancienne église Sainte-Cécile. Au-dessus de l'autel de marbre, une immense horloge dominerait les lieux. Cet autel aurait été découvert au XVIIIe siècle par l'historien et archéologue Alexandre Du Mège.

— Du Mège ?

— Oui, monsieur l'inspecteur. C'est lui qui retrouva les traces de l'ancienne église, ainsi que l'autel conservé intact.

— Il y a un moyen d'accéder à cette…

— Pièce ? Je l'ignore. On nous interdit d'y faire référence. Quand on en demande plus, on nous répond de ne pas demander !

Eddie leva les yeux, le regard attiré dans un coin de la cathédrale :

— Et cette horloge là-haut ?

— L'horloge de la chapelle Saint-Paul ? Oh non, dit-il en souriant, j'ai vu de hauts fonctionnaires de l'État, accompagnés de scientifiques, venir y chercher leur Graal, mais il n'y a rien à cet endroit, je peux vous l'affirmer, ce serait tellement simple que cette entrée se trouve sous la chapelle du même nom, vous ne croyez pas ? L'horloge est un symbole d'éternité dans notre église.

Axel fustigea son ami du regard en repensant à la statue décapitée de Saint-Paul. *L'Oméga* lui revint soudain en tête. De toute évidence, Saint-Paul semblait jouer un rôle important dans cette histoire, mais pas forcément dans une position favorable :

Fidèle au combat dissemblable au paulinien. Aucun doute, le treizième apôtre était leur ennemi !

— Merci, Olivier, notre conversation reste privée, bien sûr.

— Cela va de soi, Capitaine.

Le jeune guide se retira. Eddie éclata de rire, il se voyait déjà jouer les premiers rôles dans un film d'espionnage. Axel ne partageait pas sa bonne humeur. Le plan de l'édifice en main, il passa immédiatement en revue le nom de chaque chapelle et leur position. Celle de Saint-Paul se situait le plus à l'est du plan. À l'ouest, il n'y avait que deux possibilités. *L'infini mène sous la chapelle de l'horloge.* Le policier réclama son cahier à spirales et un crayon à papier. Eddie sortit le matériel de son sac et le lui tendit sans poser de question. Son camarade se mit à aligner les mots, visiblement absorbé par un exercice complexe. Les sourcils froncés, Axel s'entêtait pour finalement colorier une parcelle délimitée sur le plan : l'archéologue se pencha pour en savoir plus. C'était celle exactement située à l'opposé de celle de Saint-Paul. Cette notion d'opposition le tourmentait. Eddie tenta d'apporter son aide, mais se ravisa vite. Au milieu des touristes, le policier tirait des flèches dans tous les sens sur son cahier, inversant les lettres, juxtaposant les mots, si bien que son ami se résolut à sortir fumer une cigarette. Après une demi-heure d'attente, l'archéologue le retrouva en état de transe, des perles de sueurs sur le front. Il commença à s'inquiéter et s'apprêtait à le soutenir quand soudain le policier explosa :

— Je l'ai eu ! Je l'ai eu, ce bougre de Jacques de Mazières !

Effrayé, Eddie recula d'un pas, la main posée sur son cœur, secoué :

— Tu m'as fait peur, idiot !

Le policier ne releva même pas :

— Jacques de Mazières est un adversaire coriace, je peux te l'affirmer, mais j'ai trouvé !

— Mais trouvé quoi, à la fin ? demanda-t-il encore balloté.

— *L'infini* qui doit nous mener sous la chapelle de l'horloge est là, devant nous…

— Devant nous ?

— Oui… la porte d'entrée du souterrain est sous nos yeux, dans cette pièce curieusement fermée au public : la chapelle des *Trois Marie*…

Chapitre XIX

Monsieur le Ministre, je m'empresse de vous avertir que la hache de la destruction est prête à frapper la belle cathédrale d'Albi, qui est un des plus magnifiques monuments que la piété des hommes ait élevé dans le Moyen Âge à la gloire de l'Être suprême. (…) Si nous arrogeons ainsi le droit d'anéantir les monuments que nous devons au génie, à la munificence et à la piété respectable de nos anciens, quel droit pouvons-nous avoir nous-mêmes à la stabilité que ceux que les évènements mémorables des temps présents vont inspirer et faire surgir ? (…)

Je vous prie donc Monsieur le Ministre, d'interposer votre autorité pour empêcher qu'il ne soit porté aucune atteinte à la cathédrale d'Albi, qui est si digne d'être conservée par la sublimité de sa destination et par la majesté que les arts lui ont imprimée en étalant la magnificence de leurs productions.

Jean-François Mariès, 1792.

Albi, ruisseau du Bondidou, avril 1819...

Assis sur les berges, Mariès avait pris soin de se protéger des premiers rayons, particulièrement ardents en ce début de printemps. À l'ombre d'un acacia déjà fourni, il attendait patiemment que son interlocuteur daigne se manifester. Il ignorait tout de celui qui l'avait convié ici, il n'avait fait que suivre des instructions précises pour se retrouver au confluent des deux cours d'eau albigeois. La lettre qu'il tenait entre ses mains avait permis de sauver in extremis la cathédrale de la destruction. Mais, plus important encore, l'architecte albigeois avait sauvegardé un secret immémorial. C'est ce qu'on lui avait dit le jour où sa vie avait basculé. Si l'édifice religieux avait été cédé aux armes des révolutionnaires, le chemin tortueux menant à *l'Aléthéia* aurait été sérieusement ébranlé, condamné à un devenir sans issue. Les protecteurs de ce savoir ne connaissaient que peu de choses sur leur mission. Mais ils savaient que la cathédrale Sainte-Cécile devait survivre quoi qu'il arrive. Cette grande sœur ne pouvait être déliée de leur sanctuaire établi au Carla. Tel était l'extraordinaire secret qui avait été confié à Jean-François Mariès, quelques jours avant qu'il n'active ses relations pour sauvegarder le joyau albigeois.

Un matin de février 1792, sa vie avait basculé. Une visite impromptue avait bouleversé cet homme jusque-là rangé dans son quotidien. L'inconnu qui s'était présenté à lui avait étalé sans scrupule des arguments auxquels Mariès ne pouvait que se soumettre. L'architecte était devenu le dernier rempart, le seul à pouvoir convaincre son ami le ministre de ne pas détruire ce trésor de mémoire. Jamais il n'aurait réussi à accumuler en une seule vie la somme d'argent qu'il recevrait en échange de ce service. Cette faveur n'était pourtant pas un cadeau. L'inconnu l'avait quitté en précisant un détail important : un jour viendrait où une nouvelle personne se manifesterait et userait de son pouvoir de bienfaiteur. Il patienta quelques jours, quelques mois, et puis, après trois années, il reprit le cours normal de sa vie espérant qu'on l'aurait oublié, puisque la cathédrale demeura intacte. Et pourtant ce jour arriva, dix-sept ans après la première visite.

Sans un mot, un homme vint s'asseoir à ses côtés sur un banc de granite grossièrement taillé. L'inconnu déposa son parapluie à ses côtés, qui lui servait plus d'accessoire que de protection, par ce temps resplendissant. Il se laissa caresser quelques secondes par le souffle d'un vent rafraichissant, puis, regardant au loin, s'adressa enfin à l'architecte :

— Bénis soient ceux qui ont planté cet arbre pour nous préserver de la canicule, lança-t-il évasif.

Mariès ne répondit pas. Quand il osa tourner ses yeux vers lui, il fut stupéfait. Son visage lui était familier, aucun doute, la réputation de cet homme n'était plus à faire malgré son jeune âge. Il hésita un instant, puis se ravisa, de peur de ne pas être à la hauteur.

— N'ayez aucune crainte, monsieur Mariès. Notre discrétion nous rend efficaces. Je suis ici pour vous offrir l'immortalité.

Interloqué, l'architecte se redressa :

— Vous avez parfaitement entendu. Il y a dans cette enveloppe le projet de votre vie, celui qui fera de vous un homme comblé, dont on se souviendra ici, pendant des siècles. Nombre de vos confrères paieraient cher pour connaître son contenu…

Mariès saisit le document d'une main fébrile. Son interlocuteur acquiesça pour le mettre en confiance. L'architecte osait à peine montrer sa curiosité, pourtant tourmenté par des questions évidentes sur une organisation discrète, dont il ignorait tout. D'un caractère faible, allant parfois jusqu'à la paranoïa, il resta silencieux en ouvrant l'enveloppe. Il sortit un document frappé du sceau de l'État, un plan assez curieux :

— Ce que vous tenez entre vos mains est

unique, monsieur Mariès. Ce sont les subconstructions de l'église Sainte-Cécile, l'édifice précédent la cathédrale dont vous êtes le sauveur, ajouta-t-il en souriant.

L'architecte commençait à reprendre confiance, mais ne parvint pas à saisir les raisons de cet entretien :

— Que me voulez-vous ? Le service rendu à votre organisation il y a plus de quinze ans ne vous a-t-il pas suffi ?

L'homme sourit, peu surpris par la réaction de Mariès. Il l'invita alors à fouiller dans l'enveloppe pour en sortir un second document. L'architecte s'exécuta et parcourut le texte qui lui était adressé. Au fur et à mesure qu'il progressait dans sa lecture, son visage s'éclaircissait. Il termina et tourna son regard vers l'homme, croyant à une mauvaise blague :

— Monsieur Mariès, la patience est une vertu que peu d'hommes savent dompter. Je viens vous proposer d'honorer la promesse que mes prédécesseurs vous ont faite il y a presque trente ans. Mais vous avez le choix : vous pouvez refuser et nous n'aurons jamais eu cette conversation. Dans le cas contraire, je vous propose de vous faire un nom, un des plus célèbres, ancré pour le siècle à venir dans l'esprit de cette ville, et de l'associer à un secret dont vous n'imaginez pas la grandeur !

L'architecte aurait pu douter du ton employé, mais l'homme était suffisamment reconnu pour prendre ses dires au sérieux. Chacune des rumeurs qui planaient au-dessus de sa personne laissait une part d'ombre. Il dégageait un charisme très intimidant malgré son jeune âge.

— C'est en échange de vos services que vous serez inscrit dans la légende de la ville d'Albi. Nous connaissons vos talents d'ingénieur, d'urbaniste, de visionnaire, voilà pourquoi nous vous avons choisi. Si vous acceptez de terminer votre mission, un rôle prépondérant vous sera confié : celui d'architecte en chef de ce département qui vous est si cher…

Les mots, scrupuleusement choisis, ne pouvaient laisser Mariès insensible. Une offre aussi alléchante ne se refusait pas.

— Vous me proposez de prendre la tête d'un projet de développement urbain au sein de la cité ?

— Je vois que vous comprenez vite, monsieur Mariès. Pour cela, vous devrez abattre le centre historique actuel et ses rues étroites, tortueuses, mal pavées, lugubres, pour le transformer en un quartier respectant une harmonie et des règles dictées par avance.

— Lesquelles ? demanda l'architecte dubitatif.

— Celles d'un savoir ancestral, influencé par des

orientations sacrées, des tracés rectilignes et précis.

Mariès semblait fasciné à l'idée d'utiliser et d'apprendre des techniques méconnues. Se sentant en position de force, il devint tout à coup plus familier :

— Quel délai de réflexion me donnez-vous, monsieur Du Mège ?

Aucun trait du visage de l'homme ne trahit la moindre réaction. Impassible, il répondit par une lente expiration. Puis, avec une assurance déroutante, il jeta son regard vers la rivière :

— Le temps de laisser filer cette gabarre au loin, monsieur Mariès…

La répartie de Du Mège lui glaça le sang. Il venait d'annoncer la couleur. L'esprit chamboulé, Mariès prit le temps qui lui était alloué. Quelques jours plus tôt, une altercation sévère avait emmené son propre père à lui reprocher son manque d'ambitions. La réponse était donc toute faite, cette proposition devenait la chance de sa vie, il ne la laisserait pas filer :

— Très bien, j'accepte !

— Je suis heureux de votre décision, mon ami. Vous pouvez dès demain considérer que vous entrerez dans l'Histoire. La ville entière marchera sur vos travaux durant des décennies.

Fort de cette décision, Du Mège s'apprêta à

quitter les lieux pour remonter paisiblement vers la cathédrale. Une apparente fierté se lisait sur son visage, personne ne lui avait jamais refusé un marché, mais Mariès semblait frustré. Du Mège le comprit :

— Vos interrogations sont perceptibles. Le savoir que vous appliquerez très bientôt est bien plus ancien que toutes les civilisations auxquelles nos livres d'histoire font référence.

Il se retira. À travers ce projet, l'architecte n'imaginait pas un instant l'impact qu'il aurait sur l'avenir de sa cité. Il ignorait que ses travaux d'urbanisme se prolongeraient jusqu'au lieu exact où il se situait en cet après-midi printanier. En recouvrant ce bras ruisselant du Tarn d'une couche goudronneuse, les générations futures allaient y parquer la masse de ce qu'on appellerait « automobiles ». Saurait-il qu'un jour la rue qui porterait son nom serait le point de départ d'une ligne sacrée allant jusqu'à l'église du Carla ? Alexandre Du Mège s'était suffisamment éloigné pour ne devenir qu'un point dans le paysage. Son ombre énigmatique allait, à travers les siècles, flotter silencieusement au-dessus du destin de l'ancienne cité hérétique. Et pourtant elle demeurerait visible, mais seulement pour les érudits les plus éclairés…

Chapitre XX

Eddie se tourna en direction de la porte close. Il se gratta la tête pour comprendre quelles raisons poussaient Axel à s'obstiner sur cette pièce de la cathédrale :

— La chapelle des *Trois Marie* ? Mais enfin, Axel, c'est la chapelle de l'horloge que nous cherchons !

— Tout à fait ! Jacques de Mazières n'a pas ménagé sa peine pour nous en détourner. La chapelle des *Trois Marie* est la chapelle de l'horloge, rétorqua-t-il sûr de lui.

Le policier tourna une nouvelle page en demandant une attention particulière à son camarade. Il réécrit le nom de la chapelle en modifiant un détail : il remplaça le mot *trois*, par le chiffre.

— Au premier coup d'œil, le point commun entre les Trois Marie est leur prénom. Mais là, c'est la lettre M qui nous intéresse plus particulièrement.

Eddie acquiesça, concentré. Axel inscrivit sur sa feuille le résultat de sa réflexion : *3 M.* L'archéologue fronça les sourcils :

— 3 mètres ?

— Non, pas trois mètres, idiot ! Fais pivoter le chiffre 3, à quatre-vingt-dix degrés vers la droite pour le transformer en lettre.

— Oui, cela donne un « w », dit-il en s'exécutant.

— Très bien. Maintenant, pose la lettre au-dessus de l'autre…

Eddie procéda machinalement. Une fois le résultat sous les yeux, il attendait la suite. Rien ne vint. Son ami le regarda avec insistance, un sourire malicieux sur le coin des lèvres. L'archéologue jeta un nouveau coup d'œil et, cette fois, il fut consterné : la clé était sous ses yeux !

— Le symbole de l'infini…

— Exactement ! Comme nous l'a indiqué le guide, l'horloge symbolise l'éternité, l'infini. Eddie, le souterrain menant à l'ancienne église se trouve derrière cette porte, bizarrement fermée au public. Souviens-toi de l'énigme : *L'infini mène sous la chapelle de l'horloge.*

— Mais comment allons-nous y accéder ? On va se faire embarquer au bout de quelques secondes, et là, pas de carte de police pour nous sauver ! s'enquit-il.

Les yeux pétillants, Axel avait déjà élaboré ses plans :

— Nous y rentrerons ce soir, à l'abri des regards.

— Tu veux pénétrer dans la cathédrale ce soir ? Comme un cambrioleur ?

— Non, on ne va pas y pénétrer, on va s'y faire enfermer !

La voix du policier fit frémir son ami. Axel ne lâchait plus la porte du regard, il la dévorait, derrière elle se cachait peut-être la réponse à toutes leurs questions. Eddie se laissa convaincre, c'était leur seule solution. Si pendant des siècles aucune armée n'avait pu assiéger cette forteresse, les deux énergumènes ne feraient guère mieux. Il fallait maintenant convaincre Raphaël, qui allait leur être indispensable. Plutôt que de s'enfermer, ils s'installèrent à la terrasse du café *Le petit voisin*, élixir de bonne humeur tout près de l'appartement du jeune homme. Avec sa chaleur habituelle, Redouane, le patron, salua l'archéologue qui le présenta au policier. En quelques secondes, la voix enjouée du propriétaire avait déjà fait le tour du quartier ! Pour la discrétion, c'était raté. Mais peu importe, Axel savoura cet instant de simplicité en attendant Raphaël. Fidèle à sa réputation, le petit génie n'avait dormi que deux heures. Il venait de passer la nuit à scruter le moindre détail de *l'Oméga*. Et ses deux compères n'allaient pas être déçus. À peine assis, il sortit un feutre de son sac et releva deux phrases cruciales pour le sens de l'énigme : *Que le Juste nous a légué de son frère tout-puissant.*

— J'avais une petite idée sur le sujet, et je pense qu'elle est en opposition directe avec la cinquième ligne qui nous dit : *Vertueux du combat dissemblable au paulinien.*

À première vue, Axel et Eddie restaient dans le flou pour créer un lien entre les deux. Redouane déposa la commande sur la table et se retira.

— Nos textes font référence à des hostilités, à un combat. Ce fameux *Juste* me semble être un allié du savoir, tandis que le paulinien en est un adversaire. Inutile d'aller chercher très loin, simplifia Raphaël. Le seul combat de l'Histoire entre un Juste et un paulinien, autrement dit Paul, est celui de Jacques le Juste, frère de Jésus contre Saint-Paul !

— Saint-Paul, l'apôtre ? Notre fameuse statue…

— … décapitée, enchaîna le policier sur la réflexion de l'archéologue. Voilà pourquoi il est appelé *Parjure* sur *l'Alpha*.

— Non seulement l'apôtre, mais le pionnier et fondateur de l'Église chrétienne ! renchérit le jeune homme.

Il replongea ses deux camarades dans le contexte de l'époque. À la mort de son frère crucifié, Jacques le Juste décida en effet de perpétuer son combat et sa volonté de réformer le judaïsme. À la même période, Paul avait entrepris de persécuter la mémoire de Jésus et de sa communauté, les Nazaréens. Mais un jour, sur le chemin de Damas, une illumination s'empara de lui : le Christ lui apparut, lui demanda de cesser son combat de persécution et de rejoindre ses frères nazaréens. Il s'exécuta immédiatement, se rendit auprès de Jacques le Juste, se présenta comme le plus fidèle allié du Christ :

— Il devint alors le prêcheur le plus prolifique de l'Histoire, et le plus fanatique, expliqua le policier.

— Certes. Le problème est que Paul n'était pas un Nazaréen, ajouta le jeune homme comme un bémol. Voilà la source d'un désaccord entre les deux, qui se transforma en un schisme qui nous suit encore aujourd'hui ! Les Nazaréens tombèrent définitivement dans l'oubli. Et c'est la voie empruntée par Paul qui survécut. Les termes du Concile de Nicée confirmèrent ses dires en 325.

— Jésus devint malgré lui fondateur divin du Christianisme. La nouvelle religion voulue par Paul voyait le jour, et Jacques le Juste fut pratiquement effacé des mémoires.

— Tu es en train de nous dire que ce que nous cherchons est un secret hérité de Jésus lui-même ?

Emporté par son enthousiasme, Eddie réalisa que sa question venait d'interpeller quelques curieux. Un touriste feignit de s'arrêter pour consulter la carte du restaurant. Le trio se retourna vers lui, activement aidé par Redouane qui n'était pas à un client près. Le regard noir du patron acheva son indiscrétion en le faisant déguerpir. Un clin d'œil lancé à l'archéologue confirma la réputation de confiance de la maison. Raphaël rapprocha ses deux amis pour parler à voix basse :

— Soyons prudents, il n'est dit nulle part que ce secret vienne directement de Jésus. L'histoire sous-entend que Jacques et Paul n'étaient pas en accord. Mais j'avoue que cette hypothèse expliquerait certains détails obscurs de la vie du Christ.

— Que veux-tu dire par « détails obscurs », demanda Axel ?

— Jésus-Christ a voyagé, il a même passé une grande partie de son enfance en Égypte, berceau du culte solaire. N'était-il pas en avance sur son temps ? Médecin et philosophe à la fois ? Et puis, rappelons que la Bible fait l'impasse sur sa vie entre ses quinze et trente ans.

La quasi-totalité des deux textes avait été décryptée, les choses devenaient plus claires. La prochaine étape serait sûrement la plus périlleuse, mais il y avait encore beaucoup trop de questions en suspens :

— Nous devons lui parler de ce Du Mège, proposa Eddie.

— Alexandre Du Mège ? s'étonna Raphaël.

— Oui. Tu as déjà entendu parler de cet homme ? enchaîna Axel.

— Absolument ! J'avais créé un dossier sur lui au cours de mes recherches sur la cathédrale. Personnage insaisissable !

Tous se tournèrent vers l'ordinateur. Alexandre Du Mège était né aux Pays-Bas en 1780. Érudit, historien et archéologue, il fut chargé par l'État, à partir de 1814, d'établir un inventaire culturel et archéologique du sud de la France. Il fut le premier à retrouver des traces de l'église construite à Albi avant la cathédrale. Il se battit une grande partie de sa vie pour la conservation du patrimoine et mourut en 1862.

— Voilà pour la biographie officielle, précisa Raphaël. Voici maintenant le dossier « occulte ».

Axel tiqua. Il pensa avoir mal entendu. Il regarda l'archéologue qui ne semblait pas non plus comprendre. Alexandre Du Mège a été un des premiers à prendre conscience de la nécessité de sauvegarder le patrimoine, dans une époque où les priorités se situaient ailleurs pour les pouvoirs publics. Le château de Castelnau-de-Lévis en fit les frais ces deux derniers siècles.

— Grâce à sa forte personnalité et sa science, Du Mège réussit à ouvrir des portes jusque-là infranchissables. Son père était un franc-maçon très respecté et il fut lui-même initié aux alentours de 1804. Il s'engagea rapidement dans la fréquentation de loges de « hauts grades », où il découvrit un monde beaucoup plus secret, ésotérique et spirituel, en quête de mystères divins.

— C'est sûrement à cette époque qu'il flirte pour la première fois avec nos énigmes, remarqua Axel.

Plus il avait avancé, plus Raphaël s'était heurté à une raréfaction des informations. À partir de 1809, les écrits concernant son activité maçonnique devinrent plus obscurs. Sa complicité dans une affaire de faux en 1832 et certaines de ses découvertes mystérieuses dans la région albigeoise lui valurent tantôt d'être discrédité, tantôt d'être accusé de pratiques occultes.

— La voilà, l'explication. Du Mège savait où il allait quand il s'est engagé dans la recherche de l'ancienne église.

— Admettons, Eddie, releva le policier, mais alors comment expliques-tu qu'il ne soit pas allé au bout de sa recherche ? Pourquoi n'a-t-il pas découvert le lieu où se cache *l'Aléthéia* ?

— Souviens-toi de ce que nous a dit le moine d'Ambialet : l'énigme ne peut se résoudre que dans un sens. Du Mège n'avait certainement pas tous les éléments pour achever sa quête.

Ils n'en sauraient pas plus. Eddie prit des nouvelles de Sarah, ses recherches devaient avoir bien avancé. Dès son arrivée dans la capitale, la jeune femme avait pris la direction de la Bibliothèque nationale de France. Sa carte professionnelle lui en avait facilité l'accès. En moins d'une demi-heure, elle avait enfin pu mettre la main sur l'ouvrage rangé exactement à l'emplacement indiqué, et portant la cote *IHS – 33*. Seul problème : il lui était impossible de l'emprunter. Elle s'était alors installée dans un coin discret pour relever un maximum d'informations. À première vue, ce manuscrit ressemblait à la biographie d'un homme vivant dans l'antiquité. Mais au fur et à mesure qu'elle tournait les pages, une étrange intuition l'avait envahie. L'histoire qu'elle avait sous les yeux ne lui apprenait rien. Pire, elle connaissait la vie de cet homme ! Une angoisse désagréable l'avait retournée. Un tel ouvrage ne pouvait pas rester enfermé dans ce bâtiment sinistre. Quitte à commettre un larcin impardonnable, elle n'avait pu retenir son envie. Après l'avoir discrètement glissé dans son sac, elle avait filé. Marchant vivement, le regard rivé vers la sortie, tremblant à chaque fois qu'elle avait croisé quelqu'un, elle avait tenu bon jusqu'au métro où elle s'était engouffrée les yeux fermés. L'homme décrit dans ce livre ne pouvait pas avoir vécu ce qui était raconté, c'était impossible. Au téléphone, elle ne s'étendit pas sur sa découverte. Un évènement inattendu semblait la préoccuper. Au son de sa voix, Eddie sentit que ça la tourmentait :

— J'ai autre chose d'important à te dire, et c'est assez délicat…

La jeune femme s'apprêtait à se dévoiler, quand son homme fut subitement interrompu par une nouvelle trouvaille d'Axel. Elle n'eut pas le temps de terminer sa phrase. Eddie, emporté par sa joie, avait raccroché après l'avoir embrassée. En faisant quelques recherches, le policier avait mis la main sur un détail de l'Histoire plutôt déroutant. La dépouille du maréchal Franchet d'Esperey, aujourd'hui aux Invalides, avait reposé entre 1942 et 1947 dans la cathédrale Sainte-Cécile. Le lieu avait de quoi sidérer l'archéologue :

— Dans une crypte de la chapelle de l'horloge !

Pourtant, à leur plus grande surprise, aucune autre source abordant ces funérailles ne citait ce nom.

— Nous ne sommes pas les seuls à connaître ce secret, affirma Axel, voilà qui est certain !

Trop excités par leurs avancées, ils saluèrent Redouane pour partir préparer leur escapade nocturne. Le Maghrébin observa leur démarche, un chiffon sur l'avant-bras, son plateau tenu sur le bout des doigts. Il était une bibliothèque de secrets et de ragots à lui tout seul. Pour le trio, la manœuvre serait simple : les portes de la cathédrale fermaient à dix-neuf heures. Il fallait s'y rendre une heure avant et trouver un moyen de se cacher. L'ultime gardien bouclerait alors les portes pour la nuit entière. Eddie, habitué aux activités nocturnes, avait prévu tout le matériel nécessaire. Peu avant dix-huit heures, ils étaient fin prêts.

Le système de sécurité d'une église n'était pas le plus rigoureux du monde. Axel le savait et tenta dès son entrée de repérer les potentielles caméras de surveillance. Il avait pris soin d'équiper ses camarades de casquettes touristiques pour dissimuler leurs visages. Il fallait surtout trouver un endroit où ils pourraient se cacher en attendant la fermeture définitive. Ils jalonnèrent les chapelles les unes après les autres pour tenter de repérer un coin discret où se glisser le moment venu. Axel opta pour l'une d'elles, infiltré au milieu des statues. Une inspection générale serait surprenante, mais il fallait rester prudent. D'ailleurs, le dernier tour de garde fut étrangement bref. Le gardien acheva à la hâte ses vérifications et se précipita vers la sortie. Après quelques minutes d'attente, Eddie décida de se montrer le premier :

— La cathédrale Sainte-Cécile est à nous pour une nuit entière !

— Oui, je ne l'échangerai pour rien au monde,

ironisa Raphaël sans marquer sa joie.

La bonne humeur des deux ne semblait pas être partagée par Axel. La tournure des évènements inquiétait le policier :

— C'est presque trop facile, cela ne me plaît pas trop…

— Oh ! arrête un peu de te la jouer parano, tu n'es vraiment pas un flic pour rien toi !

— Tu as sûrement raison Eddie, je dois être parano… mais ne perdons pas une minute, prenons le moins de risques possible.

Il ne leur laissa même pas le temps de contempler ce lieu grouillant habituellement de touristes ébahis. La porte de la chapelle en question n'était pas fermée à clé. En entrant, ils comprirent qu'elle servait de remise aux religieux. Face à eux, un tapis immense recouvrait une partie du mur :

— Voici l'enfeu du tombeau de Franchet d'Espérey.

Axel souleva le tapis. Évidemment, l'emplacement était vide. Éclairé par sa torche, Eddie passa en revue ce trou béant. Au fond, comme s'il les attendait, le symbole qui confirma le chemin à prendre :

— L'infini ! s'écria l'archéologue.

Raphaël se glissa doucement à l'intérieur pour tenter de briser le mur. Le jeune homme s'efforça de donner quelques coups de marteau, mais les grimaces sur son visage témoignaient de sa difficulté à en venir à bout. Eddie l'éclairait du mieux qu'il pouvait, tentant d'encourager son jeune ami qui luttait contre l'épaisseur des briques. Axel tournait en rond, toujours préoccupé. Soudain, il stoppa sa marche. L'archéologue remarqua sa figure devenue blême :

— Qu'est-ce qu'il y a Axel ? Ça ne va pas ?

Le policier resta figé, l'oreille tendue vers l'extérieur :

— Alors ? Qu'est-ce qu'il te prend tout à coup ?

— Mes doutes étaient fondés…

— Mais quoi, bon sang ?

— Ils nous ont repérés, lui répondit-il les yeux grands ouverts. Ils arrivent…

Chapitre XXI

Les inquiétudes d'Axel se confirmaient. Il connaissait mieux que personne cette sirène à deux tons :

— Les flics, ils arrivent, vous n'entendez pas ? Et c'est ça que tu appelles être parano, Eddie ?

Le son s'amplifia, en quelques secondes la situation devint problématique. Ce raffut annonçait une véritable armada à leurs trousses. Ici, la cathédrale était sacrée ! La panique commença à prendre le pas sur l'enthousiasme de départ, chacun se mit à chercher la solution dans le regard de l'autre. Raphaël s'efforça d'appuyer ses coups de marteau sans renoncer, mais la force lui manquait. La police était aux portes de l'édifice, elle n'allait pas tarder à forcer l'entrée. Axel se creusa les méninges pour sortir de ce bourbier, mais ses collègues auraient, à coup sûr, l'idée de condamner toutes les issues. Dès leur arrivée, ils lancèrent une première sommation. Raphaël s'acharnait contre ce mur infernal. Axel ne réagissait pas, inerte, ce qui eut le don d'agacer l'archéologue :

— Alors, nom de Dieu, bouge-toi !

Désormais pris au piège, le policier l'observait, le regard vide. Il fallait faire vite. L'insistance de son ami força Axel à prendre sur lui. Un bref coup d'œil sur la porte d'entrée, puis il hocha sèchement la tête. Il saisit le jeune homme par les pieds pour l'éjecter du tombeau, et attrapa une poutre déposée près du chantier de rénovation du grand orgue.

— Il nous reste, au mieux, deux minutes. Plus question de denteler le mur. On l'enfonce !

L'utilisation du bélier se montra vite efficace. À l'extérieur, les policiers venaient d'ouvrir l'immense porte de bois. La prudence dont ils firent preuve en pénétrant dans la cathédrale permit aux trois hommes de gagner quelques secondes. Pas à pas, ils progressaient, arme au poing. Dans la chapelle, le mur commençait à s'effriter, mais le temps ne suffirait pas. Les douze policiers avançaient lentement, attirés par le bruit des coups de bélier. Les malfaiteurs n'auraient aucune chance de leur échapper. Sûrs d'eux, ils n'étaient plus qu'à quelques mètres de la chapelle. Mais soudain, le déferlement d'un tir de mitraillette attaqua les premiers entrés qui ordonnèrent, pris de panique, un repli général.

— Dégagez les gars, on nous tire dessus !

Ils détalèrent à toute vitesse vers la sortie. Surpris, le trio s'arrêta pendant quelques secondes. Ils crurent un instant que les policiers chargeaient. Cet intermède fut bref. Motivés par la volonté d'Axel, ils reprirent leurs efforts. Le mur commença à se fragiliser sérieusement, il allait céder d'une seconde à l'autre. L'espoir revint subitement : la poutre transperça l'obstacle de briques et emporta avec elle les trois hommes. Le visage d'Axel retrouva quelques couleurs :

— Il n'y a plus un instant à perdre. Raphaël, glisse-toi à l'intérieur, vite !

Eddie suivit le jeune homme et le policier ferma la marche. Il rabaissa derrière lui le tapis protégeant le tombeau et replaça tant bien que mal les briques encore intactes. Avant de filer, il eut un instant d'égarement. Qui avait bien pu s'en prendre aux forces de l'ordre ? Cela ressemblait en tout cas à une violente technique de diversion. Quelqu'un avait voulu les protéger, le policier en avait la certitude. Ils ne réalisèrent qu'après quelques minutes l'ampleur des risques qu'ils venaient de prendre. Ils avaient été à deux doigts de se faire boucler comme de vulgaires malfaiteurs. La pression retomba peu à peu pendant leur lente progression dans ce tunnel étroit. Axel, formaté pour affronter le danger, ne paraissait guère perturbé. Ce n'était pas le cas de ses deux camarades, en particulier Eddie qui ne parvenait pas à cacher son anxiété :

— Qui a fait ça, Axel ? Tu connais une milice armée qui nous protège ?

— Je n'en ai pas la moindre idée, je vous assure que je n'ai strictement rien à voir avec tout ça. Le plus étrange, c'est que je n'ai aperçu aucun point d'impact…

— C'est quand même incroyable, cette histoire, nous sommes à deux doigts de nous faire enfermer et des balles invisibles viennent nous sauver les fesses !

— C'est vrai… souffla le policier. Mais ne traînons pas ici, de toute façon ça ne servirait à rien, conseilla-t-il sagement.

Ils se mirent à marcher à petits pas dans l'obscurité d'un lieu que personne n'avait sûrement foulé depuis plusieurs siècles. La hauteur des murs les obligea à rester courbés, mais peu à peu le tunnel s'agrandit. Inconsciemment, l'anxiété de l'archéologue se transforma en un humour nerveux, qu'il transmit au jeune homme :

— Tu crois qu'il y a le nom des rues, sous terre ?

— Et toi, tu crois que les moines étaient aussi petits que la hauteur des plafonds ?

Axel resta silencieux, le contrecoup d'être passé à deux doigts de la garde à vue se ressentait. Au bout de quelques minutes, Eddie aperçut une porte qu'il ouvrit sans prudence. Elle laissait deviner une salle immense. En pénétrant dans cet espace, il remarqua grâce à sa torche qu'il distinguait difficilement les murs opposés. Pourtant, un détail immanquable attira son attention. Un bloc de marbre encastré les attendait patiemment : l'autel. Raphaël partit en éclaireur, il inspecta le coin puis rassura ses amis qui reçurent l'écho de sa voix :

— C'est ici, il n'y a aucun doute. Nous sommes à coup sûr dans l'ancienne église Sainte-Cécile.

— Vous vous rendez compte de l'endroit où nous nous trouvons ? lâcha l'archéologue presque émerveillé. Devant l'autel d'une église perdue, construite au début de notre ère. Et au-dessus, ça grouille, ça mange, ça dort, une ville entière du XXIe siècle !

— Tu as raison, acquiesça Axel, c'est assez particulier comme sensation.

Un impressionnant cadre trônait au-dessus de cet autel ancestral : l'horloge.

L'infini mène sous la chapelle de l'horloge.

La chapelle de l'Horloge était bien le nom donné à l'ancienne église par Jacques de Mazières. Pendant que ses deux camarades gravitaient autour du meuble, Axel remarqua, en s'approchant sous le cadran, une expression latine qui lui sauta aux yeux : *In eminenti.* Il reprit les deux textes pour confirmer ses doutes :

Tu es Pierre et sur cette pierre je bâtirai mon église

Notre Vicomte 1209 et ses successeurs protègent le savoir
Le nouveau Cloître abrite le Parjure,
lié dans la sentence à la voie de la mélodieuse
Ici est l'aînée et sa sœur jumelle sa protectrice
L'infini mène sous la chapelle de l'horloge
Réglé à l'outil du maître le plus parfait
Cote IHS – 33 dans la mémoire du comté.
À la croisée des regards bien et mal
Ainsi creusera l'élu pour faire éclore Aléthéia

Il souligna les termes qui pourraient potentiellement l'aider à progresser.

Que l'astre paternel éclairera en ce jour saint et lyrique

Que le Juste nous a légué de son frère tout puissant
Portant ses mensonges et l'épée qui nous combat
Nous défiant de tout temps pour asseoir son pouvoir
La rouge martyre bientôt grande
Gravé sur le marbre oublié au temps in eminenti
Fidèle au combat dissemblable au paulinien
Que la main ornée devra révéler
Sur l'œil du delta sacré

— Le terme « *In eminenti* » vous est-il familier ?

Personne ne parut inspiré par cette expression. Pourtant, il était évident que cet élément pourrait être leur porte de sortie.

— Pas plus que *l'outil du maître le plus parfait*, ajouta Eddie qui se pencha sur les notes de son ami.

Un long silence s'instaura, chacun se mit à réfléchir. Ils avaient jusque-là franchi les obstacles les plus improbables, mais ce que leur demandait cette quête allait bien au-delà de leurs limites. Jacques de Mazières, à travers ses ancêtres, s'était évertué à rendre difficile la tâche de ceux qui s'aventureraient sur les traces de son secret. Axel pensait avoir fait le plus dur en décodant l'infini, mais cette fois il calait.

— De toute façon, on aura bien le temps d'y méditer en prison, lâcha Eddie, replongé dans le désespoir.

— Pourquoi dis-tu cela ?

— Ne fais pas l'ignorant, Axel. Tu crois qu'ils vont nous abandonner une fois la pause repas arrivée ? Même si on attend quelques heures, la police viendra nous cueillir dès notre sortie, c'est évident. La seule solution serait de rester plusieurs jours, voire plusieurs semaines ici, mais nous n'avons qu'un jour de vivres en réserve. En d'autres termes, nous sommes perdus !

Le mot prononcé par l'archéologue résonna en

écho dans toute l'église. Il n'avait peut-être pas tort, personne ne renchérit. Raphaël jeta un coup d'œil sur son téléphone portable, aucun réseau. La situation était grave. Un silence s'installa pendant plusieurs minutes, chacun essayant de raisonner dans son coin. Raphaël, persévérant, prit un bloc-notes et un crayon à papier. Eddie ne parvenait plus à contenir son stress et commença à faire les cent pas. Les deux autres le regardèrent s'éloigner et réalisèrent la vastitude des lieux. Axel se tourna vers le jeune homme, visiblement fort concentré sur sa tâche, éclairé par la faible lueur d'une bougie :

— Raphaël, ça va ?

Un grognement lui somma de bien vouloir se taire. Très concentré, le petit génie chuchotait face à sa feuille, sans qu'il ne soit possible d'en retirer le moindre mot compréhensible. Ses traits n'affichaient aucune inquiétude, il paraissait glisser vers une sortie imminente dans un labyrinthe inviolable. Comme une évidence, il retrouva, après quelques minutes, son sourire le plus radieux :

— *Nine in time !*

Le policier, qui s'était presque assoupi, se releva brusquement :

— Pardon ?

— Jacques de Mazières nous apprend à l'apprivoiser. Il n'est nullement surprenant une fois que nous maîtrisons sa manière de penser. C'est un adepte des anagrammes, Axel.

Raphaël avait raison. *In eminenti* était probablement une expression latine synonyme de grandeur, mais surtout une anagramme parfaitement appropriée, pour leur indiquer un moyen de sortir de cette église :

— *Nine in time*, neuf dans le temps ! Le cadran au-dessus de l'autel représente le temps. Il nous suffit de régler l'horloge à neuf heures.

Axel explosa de joie et se jeta sur lui pour le serrer dans ses bras. Eddie lui, ne comprit pas tout de suite. Le policier grimpa sur l'autel et fit pivoter les lourdes aiguilles de l'horloge pour placer une perpendiculaire parfaite. La petite sur le neuf et la grande sur le douze. Neuf heures : un gong assourdissant retentit.

Réglé à l'outil du maître le plus parfait.

— L'équerre… souffla-t-il stupéfait. Jacques de Mazières connaissait l'existence de la symbolique sacrée !

L'astucieux système, mis en place plusieurs siècles auparavant, se déclencha pour partager le cadran en deux. Eddie tendit fébrilement sa torche. Un nouveau couloir s'ouvrait à eux, celui de la délivrance. Une question tourmentait tout de même le policier :

— Pourquoi en anglais ?

La question pouvait logiquement se poser, dans un temps où le latin était largement utilisé dans le royaume. Mais Raphaël avait sa petite idée :

— L'histoire ne nous enseigne-t-elle pas que les Templiers se réfugièrent en Écosse après la rafle du vendredi 13 octobre 1307 ? Ce sont eux qui ont hérité d'une partie du secret, nous en avons la preuve désormais. Jacques de Mazières était de toute évidence en avance sur son temps. L'anglais est aujourd'hui la langue la plus couramment parlée à travers le monde…

Fatigué par les interrogations de l'un et de l'autre, Eddie prit son sac à dos et grimpa dans le tunnel sans le laisser terminer.

— Je me fiche de la langue de cette anagramme, anglais, latin ou gaélique, ce Jacques commence à me taper sur le système avec ses énigmes !

Cette galerie était encore plus étroite que l'autre, il faudrait désormais la traverser à genoux. Bien qu'ils aient eu connaissance d'un passage entre la grande cathédrale et l'ancienne église, ils ignoraient complètement où pouvait mener ce second tunnel. Avant de s'y engager, Axel contempla une ultime fois ce lieu abandonné. Il passa en revue la pièce avec sa torche, quand il aperçut soudain un détail qui l'effraya, de l'autre côté : *bon sang, quelqu'un nous observe depuis le début...*

Un vieil homme se tenait debout, au fond de l'église. Une nouvelle vision au mauvais moment pour Axel. Déjà dans le tunnel, Eddie s'impatientait :

— Les gars, il faut y aller ! Imaginez que l'horloge se remette en marche à neuf heures et une minute et que tout se referme !

Surpris par la grosse voix de l'archéologue, Axel prit peur. Quand il tourna à nouveau sa lampe, plus personne. Le policier insista, mais l'église demeurait vide. Il se résigna et choisit de garder le silence. *Je l'ai pourtant parfaitement vu.*

Aucun d'eux ne souffrait de claustrophobie, mais ils eurent beaucoup de difficultés à gérer leur respiration dans cet espace clos. La progression lente les poussait à espérer une issue imminente. Une vingtaine de minutes plus tard, cette lueur arriva. Un courant d'air vint d'abord les caresser, puis un bruit perceptible fit écho au loin. C'était de l'eau, de l'eau qui s'écoulait le long d'une paroi, la rivière était toute proche. Ils continuèrent sans broncher à ramper dans l'obscurité, jusqu'à ce qu'Eddie s'arrête net. Une pierre bloquait l'accès et marquait la fin de leur calvaire. Il pointa sa lampe torche :

À tu, Matilda, mon Oméga, permets-me de te rejonher per enfin trebar lo repaus dins lo cor del sacrat. J. 1277

Cette fois, la traduction occitane de cette phrase ne posa aucune difficulté aux trois aventuriers :

À toi Mathilde, mon Oméga, permets-moi de te rejoindre pour enfin trouver le repos dans le cœur du sacré. J. 1277

— Sûrement l'ultime déclaration de Jacques à sa bien-aimée… soumit l'archéologue à ses camarades.

Ce dernier voulut prendre un cliché de la pierre et sentit subitement une goutte d'eau venir s'écraser sur son front. Il releva la tête et nota une délimitation, c'était une dalle. Il tenta de la soulever seul, mais son poids l'en empêchait. En s'y attelant à trois, ils réussirent à la déplacer. Après un bel effort, ils parvinrent à atteindre ce qui ressemblait à une vieille cellule de prison. Un petit escalier menait un peu plus haut. Ils remarquèrent la présence étonnante d'un canapé, d'un réfrigérateur et de quelques vieux articles de journaux. Une porte rouillée les attendait un peu plus loin. Eddie lâcha un petit clin d'œil à Raphaël. Tout cela ressemblait à une évasion réussie… Mais où avaient-ils pu atterrir ?

— Le secret est derrière cette porte, les gars ! assura-t-il tout à coup revigoré.

En l'ouvrant très prudemment, Raphaël comprit :

— Nous ne sommes pas dans une cellule, mais dans une cave !

Leur périple les avait conduits dans le sous-sol d'une maison albigeoise, à quelques centaines de mètres de la Cathédrale. La pièce donnait pratiquement sur l'entrée d'une grande salle à manger. Une vieille dame, assise dans son fauteuil, semblait captivée par la télévision, un spécial *Question pour un champion* en première partie de soirée. Malgré son âge, elle avait gardé une ouïe sensible et les visiteurs imprévus ne purent rester discrets très longtemps :

— Ah, messieurs, je vous croyais déjà partis. Vous êtes de vaillants ouvriers, rien à voir avec la nouvelle génération de fainéants.

Axel, désorienté, tenta d'expliquer leur présence en bafouillant :

— Heu… pardonnez-nous madame… mais…

— Ma chaudière est à nouveau en fonctionnement ? Vous savez l'hiver arrive, vous imaginez une vieille dame comme moi sans chauffage… Il est vrai qu'avec tous ces dérèglements climatiques, il n'y a plus de saisons de nos jours.

Stupéfait par le burlesque de la situation, le policier resta sans voix. Raphaël tenta une approche différente :

— Madame, écoutez-moi, nous ne sommes pas des…

Eddie posa rapidement sa main sur la bouche du jeune homme et prit le relais de la négociation :

— Oui madame, excusez-nous pour ce petit retard, nous voulions terminer notre travail à temps.

— Eh bien, mes enfants, avant de partir vous ne refuserez pas une tasse de thé ?

La dame était de toute façon convaincue qu'elle avait affaire à des chauffagistes. L'archéologue comprit rapidement qu'il serait inutile de l'alerter. Axel lui saisit le bras et lui glissa un petit conseil au creux de l'oreille :

— Tu as intérêt à ce qu'elle fonctionne, sa chaudière !

— Je trouverai une combine, rétorqua-t-il avec malice.

Tandis que les deux autres étaient un peu gênés par la situation, Eddie n'hésita pas à questionner la propriétaire des lieux. Il était bien impatient de savoir où ce tunnel avait pu les mener :

— Vous avez là une bien belle demeure, madame. Vous y avez toujours vécu ?

— Deux siècles que ma famille en a pris possession. Le grand-père de mon arrière-grand-père l'avait achetée en 1820, et en avait fait une auberge très réputée du Castelviel.

— Le Castelviel ?

— Vous n'êtes pas du coin, c'est le plus vieux quartier de la ville.

— Si bien sûr, le Castelviel, suis-je bête.

Le Castelviel était en fait l'ancien bourg limitrophe de la cité albigeoise. Axel ne pouvait plus contenir sa curiosité. Il prétexta une envie pressante pour trouver une fenêtre susceptible de l'orienter. Il aperçut l'amas de vieilles maisons du faubourg et le petit parking dégagé qui, autrefois, était occupé par le château. Ce qui semblait surprenant, c'est que tous les jours de jeunes lycéens rejoignaient le lycée Toulouse-Lautrec sans savoir qu'ils ne se trouvaient qu'à quelques mètres de ce qui fut le principal bastion de la ville. L'horodateur maudit par les Albigeois se situait peut-être à l'emplacement même du trône du Vicomte…

Axel se mit à imaginer le quotidien de cette place autrefois. Lui qui avait voulu jeter ses passions aux oubliettes pour se contenter de mener une vie illusoire, il se demandait si tous ses sacrifices n'avaient pas un but : celui de demeurer là, à cet instant précis, pour lever le voile sur un secret vieux de plusieurs milliers d'années. Il ferma les yeux et se mit à penser à ce destin qui l'avait conduit ici. En plein cœur d'un obscur Moyen Âge, secret et saupoudré de mystères, une sensation étrange se mit à le dompter : il eut tout à coup la certitude que cette époque était sienne…

Chapitre XXII

Albi, Cathédrale Sainte-Cécile, octobre 1307

Tant de fois son père spirituel, Jacques de Mazières, le lui avait répété : *Le temps est maître, mais le savoir est juste.*

Ces mots résonnaient dans l'esprit de Giovanni comme une fatalité, une impuissance face au temps qui s'écoulait, et que la transmission du savoir permettait de prolonger éternellement. Un matin, Jacques était venu lui annoncer son départ pour l'ultime voyage. Le vieil homme le savait prêt à affronter seul l'immense entreprise qui s'offrait à lui désormais. La quête de Giovanni était pure et il méditait la pensée de son maître, du fond de l'inconfortable lit de fortune de sa modeste demeure du Castelviel. Après plusieurs années de labeur intense au sein de la communauté des compagnons bâtisseurs, il comprenait peu à peu les vertus auxquelles le vieil homme l'avait initié. Aucun être humain ne pouvait défier le temps. Ces vertus, Jacques avait réussi à les cultiver malgré la haine et la rancœur qui habitaient son cœur, chaque heure de chaque jour. Cette résistance à une vengeance de sang-froid, il l'avait puisée dans la puissance de l'*Aléthéia.* Ce savoir lui avait valu tant de sacrifices et avait coûté la vie à ses proches. Juste, ce savoir l'était.

Aujourd'hui, Giovanni avait pleinement conscience de sa mission. Dans ses veines coulait le sang des Trencavel et il défendait l'honneur d'un homme infiniment respectable et unique détenteur du lourd poids de sa lignée. Les revenus du compagnon ne lui permettaient pas de mener le train de vie des hauts dignitaires qu'il côtoyait au quotidien sur le chantier de la grande cathédrale. Depuis le commencement de cet immense projet, il déplorait la perte de centaines de ses hommes, maçons, sculpteurs, peintres. On honorait la plupart du temps leur mémoire en les emmurant au cœur même des parois de l'édifice. Son rang ne l'exemptait pas de tâches, il connaissait la brique, savait la dompter, il la choyait comme un enfant que l'on voudrait protéger. Le travail quotidien durait environ douze heures. Le soir, les ouvriers se retrouvaient au cœur de la cité, non loin du château, pour manger, boire, échanger des paroles.

Peu à peu, Giovanni comprit que ces réunions improvisées étaient la seule distraction de ses hommes. Elles devinrent ainsi indispensables pour développer leur créativité. La première brique de la cathédrale avait été posée en 1282. Il œuvrait dans l'ombre depuis vingt-cinq ans. Jacques de Mazières avait passé sa vie à parachever la quête du Vicomte Raimond-Roger, qui l'avait élevé autrefois. Il ne restait à Giovanni qu'à s'assurer que ce chemin soit tracé naturellement à travers l'espace architectural.

Les ecclésiastiques ne cherchaient guère, fort heureusement, à discuter les choix des sculptures parfois étranges, d'ouvriers bâtisseurs. Bernard de Castanet, Évêque impitoyable, supervisait régulièrement, tel un contremaître, les avancées des travaux ; souvent avec plus d'attention qu'il ne le laissait penser. Un matin, sur le point d'achever la taille d'un symbole bien mystérieux, Giovanni fut interrompu :

— Qui est cet homme ? demanda l'ecclésiastique à ses subordonnés.

— Il se fait appeler Giovanni, Monseigneur. Architecte et disciple de Jacques de Mazières, le vieil homme auquel vous avez fait appel il y a quelques années.

— Ah oui, je me souviens. Jacques de Mazières, ce fou qui acheva à lui seul des plans que vous étiez incapables de me fournir !

Bernard de Castanet, ventripotent, s'approcha

de Giovanni sur l'échafaudage et s'adressa directement à lui en se grattant le bout du menton :

— Giovanni… Une connotation bien méditerranéenne dites-moi… Où donc Jacques de Mazières vous a-t-il déniché ?

La discrétion était de mise. Il ne devait dévoiler sous aucun prétexte sa descendance directe avec la famille Trencavel. Cet inquisiteur était moins idiot qu'il ne le laissait paraître. C'était un vrai chacal :

— Je viens de Florence, Monseigneur.

— Florence… oui, je vois. Une bourgade en plein essor, dit-on… Et qui fourmille d'artistes excentriques !

Attiré par le travail de l'architecte et peu enclin à le laisser en paix, l'évêque cherchait à satisfaire sa curiosité :

— Dites-moi, un architecte n'est-il pas censé établir des plans et faire en sorte qu'ils soient respectés ? Que faites-vous sur cet échafaudage à vous salir les mains ?

— Mon maître m'a toujours enseigné que le travail le plus accompli naissait de nos propres mains. Et puis il m'a confié cette mission : vous doter du plus bel édifice du royaume, Monseigneur.

Flatté, mais pas dupe, l'évêque persista :

— Vraiment ? Et quelle est cette étrange sculpture que vous travaillez là, cher Giovanni ? Ma cathédrale sera-t-elle ornée de taches florentines ?

La question sous-entendait bien des subtilités. D'abord, il paraissait clair que l'homme n'appréciait guère la culture italienne, mais surtout qu'il ne comprenait pas le sens de ce symbole, représentation du monde ancien des Celtes païens. Le danger se profilait. Les soupçons de l'évêque étaient-ils fondés ou n'était-ce qu'un leurre ? Giovanni osa une parade :

— Monseigneur, voudriez-vous que votre cathédrale ressemble à toutes les autres ?

— Non, bien sûr…

— Alors peut-être que les mystères des bâtisseurs vous seront exclusifs…

Les traits rigoureux du saint homme trahissaient une profonde réflexion. Le cœur de Giovanni commençait à tanguer. Tout pouvait s'effondrer en un instant. Castanet s'approcha plus attentivement, observa de près la sculpture puis, dans un sourire narquois, il s'inclina :

— Ah les artistes ! Je ne comprendrai jamais cette nouvelle vague qui veut enterrer notre art roman pourtant si raffiné…

La réflexion ne toucha pas Giovanni. Bernard de Castanet s'éloigna avec dédain sans lui laisser la possibilité de répondre. L'architecte le regarda se pavaner et comprit le sentiment que put éprouver

Jacques lors de leur première rencontre. Plus que jamais, sa quête était juste au vu de la décadence de ses ennemis. Un de ses ouvriers interrompit soudain le fil de sa pensée :

— Monsieur Giovanni ! Monsieur Giovanni ! Un messager vient d'arriver sur le chantier. Il vous réclame expressément !

— Un messager ?

Il descendit en toute hâte de son échafaudage et se présenta à l'inconnu :

— Vous êtes Giovanni, disciple du dénommé Jacques de Mazières ?

Giovanni eut un réflexe de méfiance. Personne ici ne connaissait sa réelle identité et il percevait pourtant quelque chose d'anormal dans le regard de cet homme :

—Oui, c'est bien moi.

Le messager lui tendit une lettre scellée :

— Un évènement très grave vient de se produire, mon maître m'envoie clandestinement vous remettre ce message.

Inquiet, Giovanni ouvrit rapidement la lettre. Il commença sa lecture et plus il avançait, plus son visage se décomposait. En quelques secondes, il réalisa l'ampleur de l'évènement qui venait de se dérouler. Ces quelques lignes insoutenables lui conféraient la tâche la plus écrasante de son existence. Son expéditeur n'était autre que Jacques de Molay, Grand Maître des Templiers. Le matin même, le roi Philippe le Bel, accompagné du Pape en personne, venait d'ordonner la première rafle de l'Histoire : l'arrestation de tous les membres de l'Ordre du Temple. Eux, que Jacques de Mazières avait sollicités presque trente années auparavant, pour financer et protéger sa quête. En échange, il leur avait transmis un trésor inestimable, un document de *l'Aléthéia* qui allait leur permettre de mettre en marche la grande renaissance de l'humanité. D'après cette lettre, le projet ne devait pas être remis en cause. Il prendrait plus de temps que prévu, mais Giovanni venait d'apprendre qu'il devenait à cet instant précis le maître d'œuvre du plus grand voyage de toute l'Histoire occidentale ! Très vite, il allait devoir désigner un homme de confiance pour en être l'instigateur. Ce navigateur génois ne verrait pourtant le jour qu'en 1451. Giovanni remercia profondément le messager et se laissa aller à une confidence inattendue :

— Il est désormais temps, mon cher, de mettre les voiles en direction du bout du monde…

Chapitre XXIII

— Tout va bien, Axel ?

Le policier rouvrit subitement les yeux. Eddie jeta un coup d'œil à travers la fenêtre pour comprendre ce qui attirait l'attention de son ami. Il n'y avait rien. La nuit venait de tomber, la place était déserte.

— Excuse-moi. Je crois que toute cette histoire me dépasse un peu.

Ils échangèrent un regard chaleureux. Ensemble, ils avaient fait les quatre cents coups et, malgré les années, ils se retrouvaient liés ce soir par une aventure qu'ils ne maîtrisaient plus. Raphaël venait de remercier la vieille dame qui ne le lâchait plus. Au moment de leur départ, le jeune homme tendit l'oreille vers le poste de télévision, les informations locales débutaient :

— Les gars, venez voir ça !

Le journaliste parlait d'une tentative de cambriolage dans la cathédrale d'Albi. Le commissaire de police assurait avoir une piste très sérieuse sur l'identité des présumés coupables et, selon ses dires, il ne tarderait pas à les dénicher. L'homme bedonnant voyait là un acte terroriste, une attaque armée face à des fonctionnaires de police. Action indéfendable et impardonnable ! L'inquiétude ressurgit soudain, mais Axel, lui, souriait :

— Si le commissaire Balard a une piste, je veux bien être nommé préfet dans l'heure !

Interloqués, ses deux camarades attendaient des explications :

— Je le connais très bien, j'ai été sous ses ordres au début de ma carrière. Ses capacités sont sans limites… pour ce qui est de se faire inviter dans les réceptions d'ambassadeurs ! Pour le reste, je ne m'inquiète pas vraiment. Ce qui me tourmente plutôt, c'est de connaître l'identité de celui qui a déclenché cette fusillade.

Malgré son assurance, la discrétion était de mise, au moins pendant quelques heures. Raphaël regagna à la hâte son studio et les deux autres prirent la direction de Castelnau-de-Lévis. En retrouvant le véhicule, Eddie réalisa que Sarah lui avait laissé plusieurs messages téléphoniques. Son insistance l'inquiéta, cela semblait urgent. Il demanda à Axel de prendre le volant. À l'heure qu'il était, elle devait être déjà rentrée, mais à peine eut-elle décroché qu'il ne put s'empêcher de s'étendre fièrement sur leurs dernières péripéties. La jeune femme, pourtant si expressive en temps normal, ne parut pas très captivée. La raison de ses appels s'avérait malheureusement plus grave. La fin de son séjour à Paris avait mal tourné. Elle lui expliqua calmement la situation, le visage de son homme se mit à pâlir au fur et à mesure de la conversation. Cinq minutes interminables s'écoulèrent avant qu'il ne raccroche, l'estomac noué. L'archéologue respira un grand bol d'air et se tourna vers son camarade qui gardait sa bonne humeur. Axel remarqua immédiatement que quelque chose ne tournait pas rond :

— Que se passe-t-il ? Sarah a un problème ?

— Non, pas exactement… As-tu allumé ton téléphone portable ces derniers jours ?

— Oui… non… une fois… pourquoi ?

— Lucie a tenté de te joindre… lâcha Eddie, désolé.

En un instant, l'annonce électrisa le policier qui serra le volant de toutes ses forces. La seule évocation du prénom le mit dans un état de démence. Le pied sur la pédale de frein, il fit déraper le véhicule sur le premier terre-plein qui se présenta :

— Pourquoi me parles-tu de Lucie ?

— Sarah a trouvé chez toi un mot de Lucie glissé sous la porte, datant d'il y a quelques jours. Je ne sais pas trop comment, mais elle est parvenue à la joindre. Elle s'est permis de prendre les devants. Lucie pensait que tu le lirais avant ou après ton départ, je n'en sais rien. Elles se sont rencontrées. Ce que voulait te dire Lucie était d'une extrême importance, voilà pourquoi Sarah a décidé pour ton intérêt de l'amener.

— Quoi ? s'indigna-t-il. Ta femme est devenue folle ? Tu crois que j'ai envie d'entendre que tout est définitivement terminé entre elle et moi ? Je connais très bien Lucie, il faut toujours qu'elle…

— Arrête !

Le cri poussé par l'archéologue figea le policier. Jamais il n'avait entendu son ami s'adresser à lui de la sorte.

— Lucie est à l'hôpital de Toulouse ! hurla-t-il. Sarah n'a pas voulu m'en dire plus. Maintenant, à toi de prendre tes responsabilités !

Il n'eut pas besoin de réfléchir très longtemps. Il redémarra le véhicule et enclencha la première. La maison n'était pas loin, l'A68 juste derrière.

— Je te dépose chez toi et je pars pour Toulouse.

— Pas question. Je viens avec toi !

Ce soutien immédiat le rassura. Le véhicule longea le chemin de la maison sans qu'aucun des deux n'y jette le moindre regard. Un peu plus loin, l'attraction que la chapelle du Carla opérait sur eux détourna leur attention un court instant. En silence, Axel puisa en sa force et se surprit à prier. Il ne leur fallut qu'une demi-heure pour atteindre le péage d'entrée de Toulouse. Le CHU se trouvait à quelques minutes. Pas question de respecter les limitations de vitesse. L'inquiétude croissait de seconde en seconde. À leur arrivée, Axel se rua sur la secrétaire de l'accueil :

— Désolé, monsieur, personne de ce nom-là n'a été admis aux urgences ce soir.

— Mais ce n'est pas possible, madame, je vous dis que…

Tout à coup, Sarah surgit dans la pièce. Axel accourut vers elle pour l'abreuver de questions :

— Calme-toi, l'implora-t-elle. Venez avec moi, elle n'est pas loin.

Ils traversèrent les couloirs angoissants de l'hôpital et empruntèrent les escaliers pour se rendre au chevet de Lucie. Au fur et à mesure qu'ils marchaient, Eddie réalisa que le service vers lequel ils se dirigeaient ne correspondait pas à leurs craintes. Rongé par l'angoisse, Axel n'avait pourtant rien remarqué. Sarah se décida enfin à lever leurs doutes :

— Elle se trouve derrière cette porte.

— Mais tu vas me dire ce qui s'est passé ?

— Axel, Lucie est sur le point d'accoucher. Tu es stupide ou quoi ? Nous sommes au service obstétrique !

Nouveau choc. À aucun moment il ne s'était posé la question d'un accouchement. Mais comment n'y avait-il pas pensé ? Il se tourna vers Sarah :

— Pourquoi ne m'a-t-elle rien dit ?

— Elle a essayé, tu n'as rien voulu entendre. Elle s'en est rendu compte assez tard. À l'époque, vous n'étiez pas en bons termes et tu n'étais pas prêt. Elle a d'abord décidé de le garder pour elle, puis vos relations se sont peu à peu améliorées. Elle ne voulait pas d'un enfant sans père. Et puis… bon sang, Axel, cette femme t'aime !

Et pourtant, il en avait tant douté…

— Elle m'aime ? Après tout ce que je lui ai fait subir, toute la patience demandée ? Elle ne veut donc pas que l'on se sépare ? Elle n'a personne d'autre dans sa vie ?

— Mais non, idiot, elle t'aime. Elle voulait te parler de vive voix. Seulement, ton entêtement à ne jamais affronter la réalité nous a menés ici.

— Et comment va-t-elle ?

Sarah hésita. Elle n'avait pas encore abordé le sujet le plus délicat. D'inquiétantes conséquences avaient été envisagées par le médecin. L'anxiété de la jeune fille n'avait rien arrangé. Son désespoir l'avait poussée à transmettre une dernière lettre à Axel et c'est Sarah qui était tombée dessus. Elle l'avait aussitôt contactée. Elles avaient parlé des heures durant, de lui, d'Eddie, de leurs aventures, de l'énigme, de ses envies, de leurs vies respectives. Sarah avait décidé de ramener Lucie avec elle, sa grossesse arrivant à son terme. Malheureusement, elle avait fait un malaise durant le vol. L'état de la jeune femme était critique :

— Il y a eu quelques complications, Axel, lui avoua-t-elle avec franchise. Nous attendons des nouvelles d'une minute à l'autre.

— Non, elle ne peut pas m'abandonner… Mon dieu non !

Sarah le prit dans ses bras. Impuissant, Eddie ne put qu'assister à l'effondrement de son meilleur ami, la tête posée sur l'épaule de la jeune femme. Le policier versa toutes les larmes qu'il avait contenues au cours de ces derniers mois de solitude. Il craquait. Sa mélancolie marquait l'issue de la période la plus noire de sa vie. Le médecin sortit enfin du bloc, les traits tirés :

— Docteur, voici le compagnon de Lucie, le père de l'enfant.

Le père de l'enfant… Pour la première fois, il prit conscience d'une responsabilité qu'il n'avait jamais envisagée tant il vivait son quotidien à cent à l'heure.

— Bonjour docteur. Comment va-t-elle ?

— Monsieur, entama-t-il en retirant sa paire de

lunettes, elle a visiblement subi une grande période d'hypertension. Votre compagne est malheureusement dans le coma. Je suis navré.

L'atmosphère devint tout à coup glaciale. Axel voulut en savoir plus. Le médecin tenta d'être plus clair :

— Elle a perdu beaucoup de sang pendant l'accouchement, nous avons été obligés de la transfuser. Elle peut se réveiller à tout moment. Son état est désormais stable, mais je ne peux malheureusement pas me projeter sur son issue.

— Et l'enfant ? demanda Sarah.

— Tout va bien. Vous avez la possibilité de vous rendre à la maternité si vous le souhaitez.

— Non ! répondit sèchement Axel. On le verra ensemble ! Je refuse de le voir sans Lucie. Docteur, puis-je la retrouver ?

— Oui bien sûr, je vous y conduis.

Le médecin l'accompagna dans une chambre sombre. Étendue sur le lit, Lucie semblait reposée. Axel décida alors de rester seul à ses côtés. Le couple, lui, avait besoin de repos. Il les invita à rentrer à Castelnau-de-Lévis. L'instant devint pesant. À chacune de ses baisses de régime, de ses moments de doute, elle avait été présente, toujours compréhensive, patiente. Les problèmes venaient de lui, seulement de lui. Axel se préparait à vivre des jours, peut-être des mois difficiles.

Il resta éveillé une bonne partie de la nuit. Le lendemain, Sarah et Eddie vinrent le soutenir, accompagnés de Raphaël qui désormais était considéré comme un membre de la famille. Tous lui firent la promesse que l'avancée de l'énigme du Carla ne continuerait pas sans le principal intéressé. Axel croyait en Dieu, son Dieu, sans adhérer à aucun de ces dogmes sacrés écrits par d'autres et en d'autres temps. Il lui implora de l'aider, mais rien ne se passait. Le doux visage de Lucie restait impassible. La deuxième nuit fut identique à la précédente. Si ses trois amis paraissaient peu à peu envahis par le désespoir, lui ne se posait aucune question. Le destin lui imposait une épreuve qu'il se devait d'affronter. La faiblesse lui était interdite.

Le troisième jour, il choisit les vers d'Oscar Wilde pour occuper son après-midi avec Lucie. Elle adorait ce poète. Le policier réalisa un peu tard la richesse des moments échangés avec sa bien-aimée. Lorsqu'ils se chamaillaient sous un flot de citations, Lucie citait Wilde : *Il me semble que Dieu, en créant l'homme a quelque peu surestimé ses capacités.*

Et Axel rétorquait avec ironie : *Ne serait-ce pas l'homme qui a surestimé les capacités de Dieu, en le créant ?*

Elle seule parut capable, durant leur idylle, de

pénétrer sans se brûler, l'esprit tortueux et sensible du policier. Tous ces souvenirs comblèrent la longue journée d'attente au chevet de la femme de sa vie. Il n'avait conscience de l'état de Lucie qu'une fois qu'il la quittait, pour aller fumer une cigarette ou manger un morceau.

La troisième nuit se présentait déjà et personne n'osait le froisser. Il y croyait de toutes ses forces, transmettait toute son énergie à Lucie pour qu'elle reprenne connaissance. Malheureusement, plus le temps passait, moins elle avait de chance de revoir la lumière du jour. Un tragique destin se profilait alors pour lui. Un destin parallèle à celui de ce Jacques de Mazières qui hantait ses nuits et dont il suivait la quête. Devrait-il subir les mêmes épreuves que cet homme détruit par la perte de sa bien-aimée Mathilde ? Dieu semblait avoir décidé pour lui du prix à payer pour devenir l'élu de cette quête. Pour la première fois, il envisagea de découvrir son enfant seul, et pour toujours…

Il devait être six heures du matin quand il céda enfin au poids de la fatigue, la tête délicatement posée sur le bras de la jeune femme. Plongé dans un sommeil profond, Axel rêvait d'une famille nombreuse, heureuse, avec elle à ses côtés. Ce conformisme qu'il avait tant rejeté devenait son idéal de vie. Apaisé par ses songes, il savourait inconsciemment cet instant de bonheur, jusqu'à ce qu'une convulsion de Lucie le fasse tressaillir. Elle ouvrit alors lentement les yeux et le prit dans ses bras. La jeune femme se mit à sourire comme si elle n'avait jamais été malade. Il versa toutes les larmes de son corps, envahi par une joie extrême.

Soudain, un bruit de porte le fit sursauter, il passa en un instant de l'extase à la sinistre chambre d'hôpital. Lucie demeurait inerte. Le policier déchanta, ce n'était qu'un rêve. Le mouvement qu'il avait perçu n'était que le fruit de son imagination, le corps de la jeune femme restait immobile, animé par sa seule respiration. Cette épreuve devenait insupportable et l'espoir des premiers jours s'amenuisait. Raphaël venait d'entrer dans la chambre. Il trouva Axel assis dans son fauteuil près du lit, les yeux rougis, totalement désabusé :

— Ça va vieux ? Tu devrais aller prendre l'air, je vais veiller sur elle quelques minutes.

— Tu as raison. Tu ne peux imaginer comme je m'en veux d'avoir été aussi…

— Arrête, c'est inutile, lui concéda le jeune homme très calmement. Elle a besoin de toi, de nous. Je ne connais pas Lucie, mais je peux t'assurer que je serai avec toi tant qu'elle ne se sera pas décidée à revenir… Tu le sais bien, les femmes sont si capricieuses !

Axel esquissa un timide sourire et ce modeste réconfort lui fit du bien. Il sortit de la chambre, son paquet de cigarettes à la main, et appela l'ascenseur qui se fit attendre. Mais alors qu'il languissait devant la porte métallique, un cri d'alerte retentit jusque dans le couloir. Cela venait de la chambre. Il rebroussa chemin et se jeta précipitamment sur la porte. Il découvrit le jeune homme complètement paniqué :

— Trouve une infirmière, Axel ! Je t'en supplie, fais vite !

Chapitre XXIV

Environs de Jérusalem, aux alentours de l'an 40…

Jacques le Juste semblait tourmenté par la tournure récente des évènements. Le malicieux Paul avait réussi à prendre de l'ampleur au sein de la communauté nazaréenne, et il semblait prêt à tout pour devenir le successeur du défunt Messie. Depuis quelques mois, leurs désaccords idéologiques et politiques s'étaient transformés en une violente opposition, au point que les rumeurs récentes posaient la question du premier qui éliminerait l'autre. Jacques n'avait pu refuser, quelque dix années plus tôt, la présence de cet homme au sein de sa communauté, prêt à donner sa vie pour le Seigneur, pour sa mémoire, et qui prétendait l'avoir vu ressusciter de ses propres yeux.

— Paul, nous t'avons accepté parmi nous parce que ton dévouement au Seigneur paraissait pur et sans limites. Mais mon frère, ô grand Dieu, n'a jamais eu la moindre intention de fonder une nouvelle religion.

— C'est toi qui le prétends, Jacques. Tu es juste, mais naïf. As-tu vu ton frère revenir d'entre les morts ? Non ! Moi, je l'ai vu. Il s'est présenté devant moi, il m'a choisi comme son élu.

Les craintes de Jacques le Juste se confirmaient. Paul lui avait récemment avoué qu'il n'hésiterait pas, au nom du Christ, à éliminer tous ceux qui se dresseraient sur son chemin. Envahi par une force aveugle lui ôtant toute lucidité, il ne savait discerner les bonnes orientations des plus nuisibles. Seulement pour y parvenir, il avait dû tenter de gagner la confiance du chef, successeur nommé du Seigneur à la tête de la communauté discrète des Nazaréens. Mais Jacques, qui n'avait pas l'ambition de son adversaire, demeurait l'homme de confiance de son frère mort sur la croix. Les rumeurs disaient de lui qu'il s'agenouillait tant pour prier, que la corne de ses rotules devint aussi dure que la plante de ses pieds. À l'heure où il sentait le destin des siens menacé, il se souvint de la promesse faite à Jésus de son vivant :

— Quel est ce secret, ô Seigneur, dont tu me parles tant ?

— Vois-tu, Jacques, tous les hommes ont hérité d'un don que rares sont capables de développer. J'ai appris à mes dépens que Dieu m'avait offert le privilège d'en être l'ambassadeur.

— Mais tous les hommes ne peuvent donc jouir de ce phénomène divin ?

— Il fut une époque où tous savaient le maîtriser. Une époque révolue dans laquelle prospérait un peuple dont tous les membres sans exception connaissaient ce secret. Grâce à lui, ce peuple était capable de construire des bâtiments géométriques atteignant les cieux, mon frère. Ils avaient hérité d'un savoir datant de la nuit des temps : le secret de *l'Aléthéia*.

— Continue, Seigneur. Parle-moi du peuple de l'*Aléthéia*.

— Leur philosophie serait capable de te transporter dans une méditation immensément plus grande que le rêve. Ainsi, ils purent étendre leurs connaissances bien au-delà de leurs propres terres.

— Au-delà ? Mais quelles sont les limites de cette science ?

— Elle n'a pas de limite, Jacques, elle est infinie…

Dès sa naissance, Jésus avait été considéré comme un élu. Il avait quitté les siens pour une destination inconnue, et son retour à l'âge de trente ans avait été un évènement sans précédent. Il maîtrisait alors toutes les vertus de *l'Aléthéia*, qu'il s'était efforcé de partager auprès de ses apôtres. Les deux frères, unis, avaient d'énormes points communs, certains prétendaient même qu'ils étaient jumeaux. Leur ressemblance physique était d'ailleurs frappante. Jacques se remémora ce moment terrible où Judas avait donné un baiser au Seigneur afin que les juifs ne le confondent pas avec lui. Seuls les très proches savaient les distinguer.

Assis sur un rocher saillant au bord d'une falaise, Jacques jetait son regard au loin pour tenter d'apercevoir, de l'autre côté de la mer, une terre que le Christ avait foulée durant son initiation. Sur cette terre, ses maîtres lui avaient donné un nom, hérité du dieu du soleil : *Apollonius*.

— Seuls les initiés me reconnaissent comme tel, lui avait-il dit. Nulle autre personne ne peut me nommer ainsi.

— Mais alors, Seigneur, pourquoi me fais-tu l'honneur de cette confidence ?

— Parce que tu es mon frère, Jacques, et mon successeur.

Se sachant déjà condamné, Jésus concentra tous ses efforts pour que Jacques puisse trouver la force de combattre ceux qui n'auront aucune pitié pour lui. À cet instant, le corps du Christ avait déjà été déposé, selon ses propres volontés, à l'abri des profanations.

— Ton heure viendra le jour de mon martyre, mon cher frère. À ma mort, comme mes illustres ancêtres, Dieu me donnera le pouvoir de sourire, à défaut de souffrir. J'aurais accompli mon œuvre.

Le visage fouetté par la pluie qui se mit à tomber, Jacques quitta la falaise. Sans se retourner, il marcha vers un destin malheureux. Paul allait avoir raison de lui. Lapidé, la cervelle éclatée par une perche à foulon, il prierait jusqu'à son dernier souffle pour que le savoir confié par son frère soit précieusement gardé. Ses vœux allaient être exaucés, puisque Paul, le persécuteur, finirait décapité. Tout comme le fidèle disciple, Pierre, crucifié la tête vers le sol, qui, comme le lui avait prédit son maître, l'avait « renié trois fois avant que le coq chante deux fois ». Des années s'écouleraient, et une religion verrait le jour, avant que le premier secret de *l'Aléthéia* ne ressorte des ténèbres, à l'aube de cette période appelée Renaissance…

Chapitre XXV

Un moment de panique agita la chambre. Planté face au jeune homme, Axel imaginait déjà le pire :

— Mais que se passe-t-il enfin ?

À peine venait-il de poser sa question que le policier crut soudain être à nouveau pris d'hallucinations. Le poignet de Lucie s'agitait :

— Nom de dieu, elle revient !

Non, ce n'était pas un rêve, ce mouvement nerveux, il l'avait bien ressenti quelques minutes plus tôt. Il se précipita à ses côtés, laissant à peine le temps à Raphaël de lui céder sa place. Elle tentait d'ouvrir les yeux :

— Allez mon amour, vas-y, je t'en supplie, tu vas y arriver.

Alertées, trois infirmières déboulèrent dans la chambre pour assister la malade. Axel n'en croyait pas ses yeux. Il insista pour rester à ses côtés et se fichait éperdument du protocole. La jeune femme reprenait connaissance, elle était sauvée. Comme un gamin, il glissa sa tête, puis son corps entier sous les bras des infirmières pour arriver à hauteur du visage fatigué de Lucie. Encore dans les vapes, elle s'efforça de lui offrir un sourire rigide :

— Ma chérie, je suis là, excuse-moi pour tout… je ne savais pas que…

Elle tenta avec difficulté de poser son index sur ses lèvres, puis marmonna la première phrase qui lui vint :

— Tais-toi… je t'aime.

Il se retira et appela immédiatement Eddie pour lui annoncer la nouvelle. Au cours de cette lourde épreuve, une envie avait mûri dans son esprit : faire de son meilleur ami le parrain de son enfant. L'archéologue ne cacha pas son émotion :

— Avec plaisir Axel. Mais, simple question : c'est une fille ou un garçon ?

Le sujet n'avait encore jamais effleuré son esprit. Ce qui était passé au second plan devenait tout à coup crucial. Le couple d'archéologues sorti de l'ascenseur une heure plus tard, et dans le couloir ils aperçurent la nurse s'entretenir avec le nouveau papa englué dans une totale confusion :

— Comment ? Je pense que c'est une erreur, madame.

Axel paraissait surpris par l'annonce qu'elle venait de lui faire. Eddie décida de s'en mêler :

— Que se passe-t-il Axel ?

— Cette gentille dame, là, elle prétend que…

Titubant de fatigue, il ne parvenait pas à exprimer correctement sa pensée :

— Que quoi ?

— Je vais être papa…

— Oui ça je le sais, Axel.

—… de jumelles !

— Saperlipopette !

— Tu l'as dit.

Les deux hommes n'avaient pas avalé la moindre goutte d'alcool, mais c'était tout comme. Peu importe, la joie serait double. Après quelques minutes interminables, le moment tant attendu arrivait. Les deux parents allaient enfin pouvoir découvrir leurs deux petits bouts :

— Alors ma chérie, quels noms allons-nous leur donner ?

— Que dirais-tu de Carla et Cécile ?

— Carla ? Tu ne trouves pas que cela fait trop femme de président quand même ?

— Et que Cécile, trop cathédrale ? Sarah m'a pourtant confié que la chapelle et la cathédrale étaient jumelles non ?

Lucie était au courant de son aventure avec ses amis, mais son homme comprit immédiatement le message fort qu'elle lui faisait passer : elle y adhérait. L'heure était à la fête, Axel ne tenait plus en place. Il se tourna vers Sarah qu'il remercia chaleureusement, puis vers son ami qui n'attendait qu'une chose : l'aval du policier pour aller au bout de cette aventure.

— C'est reparti ?

— Oui, et pour de bon cette fois !

Sur le chemin du retour vers le calme albigeois, Lucie savoura chaque parcelle de cette région tant imaginée, celle du père de ses enfants. Axel, lui, était au volant et pendant les quarante-cinq minutes de trajet il ne parvint pas une seule fois à fermer son sourire. Jamais l'homme n'avait jubilé de la sorte. En arrivant à Castelnau, elle découvrit la bâtisse radieuse dans laquelle elle allait pouvoir reprendre ses forces. À cet instant, le policier consulta la messagerie de son téléphone portable. La voix ne lui était pas familière. Un homme mystérieux souhaitait le rencontrer, en privé.

De son côté, Eddie décida de tenir une assemblée autour d'un repas convivial, afin de faire le point sur leurs avancées. Bien que fatiguée, Lucie ne voulait rien manquer de la suite de cette aventure passionnante. Le moment était venu pour Sarah de dévoiler enfin sa précieuse découverte rapportée de Paris. Le récit de cet étrange manuscrit l'avait bouleversé, il racontait l'histoire d'un illustre inconnu : Apollonius de Tyane. Mais si elle avait pris le risque de le dérober, ça n'était pas par hasard. Après quelques recherches, elle put éclairer ses camarades. Fidèle à sa réputation d'archéologue rigoureuse, elle distribua le travail de synthèse qu'elle avait établi sur le personnage. Tous s'y penchèrent avec une grande attention :

Lieu : Albi
Date : septembre 2009
Sujet : Apollonios ou Apollonius, dit, de Tyane.

D'après la plupart de mes sources et de ce récit, Apollonius aurait vécu autour de l'an un. Errant d'abord entre l'Égypte et la Grèce, philosophe influencé par la doctrine pythagoricienne, il voyagea ensuite une grande partie de son existence : Chypre, la Crète, l'Espagne, l'Éthiopie, L'Inde, la Sicile, l'Italie… Sans que l'on sache vraiment quelle était sa vocation, sa réputation de prophète se répandit rapidement dans les contrées qu'il visita. Déjà considéré comme un être hors norme durant son enfance, ses maîtres avaient pu achever son initiation dès l'âge de quatorze ans, grâce à sa grande précocité. D'après le manuscrit, il semblait parfaitement maîtriser la médecine et était réputé pour avoir accompli d'innombrables miracles.

Je note néanmoins dans cette biographie quelques faits étranges. Selon la légende, cet homme semblait doté du pouvoir de bilocation : être vu à deux endroits différents au même instant. Un long chapitre raconte ensuite son passage et sa découverte d'un vaste territoire inconnu des Indo-européens. Ce récit le décrit comme un rassembleur controversé, soutenu par douze disciples. Ses miracles et ses prédictions le mirent rapidement en danger par rapport aux autorités et sa mort devint l'énigme principale de son existence. Elle survint brusquement et il disparut de la surface de la Terre sans laisser la moindre trace. Le plus grand mystère reste celui-ci : il aurait été condamné à la crucifixion quelques jours avant de disparaître à jamais.

Eddie termina le premier. Il pianota patiemment contre la table, en attendant que les autres soient à l'écoute. Visiblement très troublé par ce récit, quelque chose le préoccupait sérieusement :

— Ma chérie, l'histoire que tu nous racontes là est très…

— Je sais ce que tu vas me dire, l'interrompit-elle en hochant la tête. Problématique ?

— C'est à peu près cela…

— Je sais mon lapin, cet homme est né à la même époque, doté des mêmes talents, des mêmes dons, personnalité parfaitement similaire, moyens identiques et même influence sur la population qu'un certain… Jésus de Nazareth… Vous voulez mieux ? La cote *IHS – 33* est l'abréviation grecque du nom JÉSUS, et 33 l'âge de sa mort !

Un silence envahit soudain la pièce. Sarah venait de lancer un sacré pavé dans la mare. Personne n'osa porter le premier commentaire. Elle ajouta un élément qui n'arrangea pas leurs réflexions :

— Le nom Apollonius vient d'Apollon, le Dieu du soleil…

— Attendez une seconde, stoppa Raphaël. Vous êtes en train de me dire que ce manuscrit pourrait être la véritable biographie… de Jésus-Christ ?

— Sans se lancer dans la moindre hypothèse, une chose est bien certaine : nous avons deux noms pour une vie similaire. Alors, qui est qui ?

Ce manuscrit, que le jeune homme feuilletait délicatement, était peut-être un trésor historique inestimable. Désormais, tous prenaient conscience de l'immense charge qu'ils détenaient avec un document pareil. En quelques jours à peine, cette stèle découverte dans le cimetière du Carla donnait des réponses bien inattendues. La discussion se termina. Axel prit l'archéologue à part, conscient tout à coup du rôle qu'avait joué son meilleur ami :

— Merci, tout cela n'aurait jamais pu arriver sans toi. Tu as continué le travail que j'avais abandonné par lâcheté…

Ému, le policier avait les larmes aux yeux. La

gorge serrée, il admit que l'accumulation des évènements ne lui avait pas laissé le temps de prendre le recul nécessaire. Aujourd'hui, il pouvait à nouveau prétendre au bonheur, c'est tout ce que demandait son ami qui le serra dans ses bras.

— J'ai le pressentiment que demain sera un grand jour, lui dit-il pour rompre son malaise.

— Qui sait… En attendant, je dois vite me rendre à Albi.

— Ah bon ? C'est si important que ça ?

— Quelqu'un souhaite me voir. Je n'en ai pas parlé aux autres, je préfère en savoir un peu plus. Mais cela concerne le Carla.

— D'accord, je resterai discret, répondit l'archéologue avec un clin d'œil malicieux.

En arrivant au magnifique jardin de l'évêché, peu animé en cette fin de journée, le policier réalisa qu'il était très en avance sur l'horaire fixé. Il descendit la centaine de marches menant au magnifique jardin à la française. Son mystérieux interlocuteur lui avait donné un rendez-vous près du bassin, au pied des fenêtres du Palais de la Berbie. Ce surprenant édifice entièrement bâti de briques rouges abritait le musée du peintre le plus célèbre de Montmartre, Henri de Toulouse-Lautrec.

Le policier s'était risqué à une rencontre avec

un interlocuteur dont il ignorait tout. Cet homme mystérieux venait vraisemblablement en ami et possédait des informations sur la chapelle. Cette manière de procéder ne l'inquiéta pas, la plupart des indics ne donnant que rarement leur nom dans leur quotidien professionnel. Il tenait malgré tout à respecter une règle à laquelle il ne dérogeait jamais, et qui devint même sa devise : *connaître, paraître, disparaître !* En savoir un maximum sur son client, ne pas dévoiler sa vraie personnalité et ne laisser trace d'aucune identité. En cas de problèmes, il serait ainsi plus difficile à identifier. Mais aujourd'hui, Axel était pris à son propre jeu. Ce n'est pas lui qui fixait les règles et il allait devoir redoubler de vigilance. Le Carla était devenu un sujet délicat, élever des soupçons n'en serait que plus dangereux.

Un jeune couple s'était assis sur l'un des bancs graniteux du chemin dominant les berges. Durant quelques secondes, il se vit à leur place, une dizaine d'années auparavant, avec un de ses premiers grands amours, comme si c'était hier. Lunettes de soleil sur le nez, il longea le jardin pour se rendre vers le lieu de rendez-vous. En passant à proximité des deux tourtereaux, il ne put s'empêcher de tendre l'oreille. Le jeune homme proposait à sa petite amie de découvrir le dernier Polanski au cinéma. Il lui suggérait *Le pianiste*, long métrage à succès, assurant que c'était devenu son film préféré. Axel sourit sans stopper sa marche, quand tout à coup il réalisa… *Mon Dieu, c'est aussi mon film préféré !*

Sans le moindre doute, il se souvint avoir eu la même démarche, moins de dix ans plus tôt. Il n'avait pu oublier ce moment, puisque sa petite amie avait détesté le film ! *Mais il est sorti il y a presque huit ans… comment est-il possible que…*

Un désagréable sentiment se mit à le ronger. Ce couple ressemblait étrangement au sien. Impossible. Cela relèverait de la démence. Il hésita un instant, mais ne put se retenir : il fit demi-tour. Plus personne, plus un bruit, comme si ce jardin avait été désert. Seul un homme profitait de la vue, en savourant un cigare d'où s'échappait une épaisse fumée. Axel resta quelques instants figé, persuadé de n'avoir pas rêvé. Abasourdi, il se décida enfin à prendre la direction du bassin. Il se retourna plusieurs fois, rien à faire, il devenait fou. À proximité du lieu indiqué, il déposa son paquet de Lucky Strike sur un muret, en guise de signal. Pas d'oreille nuisible aux alentours. L'endroit choisi était parfait. Il s'assit sur un banc et profita de ce moment de calme pour apprécier les photos de ses deux petites jumelles sur son téléphone portable, et ainsi se remettre de cette vision. Une paire de chaussures cirées surgit tout à coup sous ses yeux, le sortant de sa rêverie. Surpris, le policier leva la tête :

— Monsieur Clervoix ? Axel Clervoix ?

— Oui, c'est bien moi, répondit-il en rangeant discrètement son téléphone.

— Très heureux. J'ai pas mal d'informations à vous confier…

— À me confier, à quel sujet ?

— Je crois que nous avons beaucoup de choses à nous dire… sur les mystères de la chapelle Sainte-Cécile du Carla.

Chapitre XXVI

Le policier sursauta presque. Venu de nulle part, l'homme rompit le bref égarement dans lequel Axel s'était plongé. Il était distingué, un peu plus de soixante-dix ans, un béret posé sur son front dégarni et équipé d'un parapluie qui lui servait de canne.

— À qui ai-je l'honneur ?

— N'allons pas si vite, monsieur Clervoix, c'est très impoli de ma part je le conçois, mais vous allez vous rendre compte très vite que mon nom n'a que très peu d'importance. Puis-je m'asseoir ?

— Je vous en prie.

Axel tenta rapidement de flairer les moindres faits et gestes chez cet homme raffiné, de lire ses intentions. Mais le sourire cordial qu'il reçut en échange le troubla :

— Sachez que je viens ici en ami. Je n'ai en aucun cas l'intention de vous nuire en quoi que ce soit. Nous avons tous les deux des intérêts et des passions communes, des alliés et des ennemis. Si je suis là, c'est pour vous dire que vous touchez au but, à un but que personne n'a pu atteindre depuis des centaines d'années. La plupart des informations que je vais vous communiquer sont considérées comme *Secret défense*, d'autres sont de simples faits historiques trop vite oubliés. Pour cela, je ne vous demande qu'une chose en échange.

— Je vous écoute.

— Votre confiance.

Déterminé à ne pas se laisser fourber, Axel plissa les yeux pour fustiger du regard son interlocuteur. Malgré cela, il décelait chez cet inconnu une véritable sincérité. Sa main tendue empoigna celle de l'homme comme un pacte de non-agression. Par ce geste de reconnaissance, la conversation pouvait démarrer :

— Pour vous prouver ma bonne éducation, je vais brièvement vous parler de moi. J'ai débuté ma carrière en tant que pompier professionnel puis, grâce à des relations, j'ai intégré le service de sécurité du gouvernement en 1964. C'est dans ce cadre que j'ai commencé à fréquenter malgré moi les lieux les plus secrets et les plus mystiques que l'on puisse recenser dans tout le pays. J'ai participé aux fouilles du château de Gisors, de Montségur, ou encore à la découverte de la crypte de l'abbé Saunière à Rennes-le-Château…

— Attendez, il y a eu des fouilles à Rennes-le-

Château et à Montségur ? Je n'en ai jamais entendu parler.

L'homme hocha la tête, un léger sourire en coin, comme pour faire comprendre au policier qu'il y avait bien des choses qu'il ne saurait jamais.

— Il n'y en a pas eu officiellement, je vous l'accorde. Un beau jour, j'ai pu accompagner mon patron sur le site d'une mystérieuse chapelle, appelée Carla. Je dois vous avouer qu'elle n'était pour moi qu'un amas de pierres tombant inexorablement en ruine. Pourtant, il y avait chez elle quelque chose d'inexplicable. Il s'est avéré qu'en farfouillant un peu, son destin m'apparut bien plus extraordinaire que tous les sites réunis que j'avais pu fréquenter jusque-là. Pour que vous compreniez les raisons qui me poussent à raisonner ainsi, je dois d'abord vous parler de la région, votre région, un comté sur lequel le Roi, au Moyen Âge, avait une autorité, comment dire… inexistante.

Le visage surpris du policier n'étonna pas l'homme.

— La région avait la particularité de ne disposer que d'elle-même, à son gré, sans autorité permanente. Les moyens de transport n'étaient pas ce qu'ils sont aujourd'hui et la cour royale n'avait que faire d'un pays lointain, grouillant d'illettrés et de troubadours indomptables. Nous avons là la raison du développement naturel de l'hérésie locale, le catharisme.

— Voilà pourquoi il s'est développé aussi facilement…

— J'ai eu accès, enchaîna-t-il en hochant la tête, aux informations les plus secrètes et les plus controversées. Je vais vous en confier une partie, vous êtes sur les traces de la partie manquante. Je vais vous demander d'oublier, le temps de notre entretien, toutes les notions d'Histoire de France que l'on vous a enseignées, bougonna-t-il.

La rancœur fut presque perceptible dans sa voix à cet instant. Même si Axel gardait en tête que l'Histoire subissait parfois quelques retouches arrangeantes, il allait devoir se préparer à quelques surprises.

— Ce qui nous intéresse aujourd'hui, c'est la base, les éléments fondateurs de notre nation, les barbares celtes. Pour cela, vous allez me suivre.

L'homme invita le policier à quitter l'évêché pour remonter lentement vers la place Sainte-Cécile.

— Connaissez-vous la culture celte, monsieur Clervoix ?

— Oui, plus ou moins. J'ai entendu parler de l'évangélisation du pays par saint Patrick, des druides, des Gaulois et de leur rudesse.

— Certes, soupira-t-il. Je vois que les grands clichés sont toujours d'actualité, mais je vais essayer de venir à l'essentiel pour expliquer l'importance des Celtes dans notre histoire. Déjà, vous oubliez l'évidence : ils sont nos ancêtres !

Confus, Axel admit son erreur. L'inconnu voulut insister sur les raisons qui avaient poussé les Celtes à ne devenir que de verts irlandais indociles :

— Savez-vous qu'elle est la différence entre les Celtes et les Gaulois mon ami ?

— Je n'en vois pas de flagrante.

— Certes, hormis le fait que tous les Gaulois sont celtes, mais tous les Celtes ne sont pas gaulois. Malheureusement, nous avons une idée très « romanisée » de nos ancêtres barbares, et qui dit « romanisée », dit religieuse. Pour les Romains, se nommaient barbares tous ceux qui n'étaient pas romains. On ne peut faire plus simple. Je vais donc vous raconter pourquoi notre histoire de France est, dès le départ, faussée. Projetons-nous un instant vers Alésia, en 52 av. J.-C. Face au grand César, se dresse un nouveau chef celte gaulois, Vercingétorix !

L'homme insista sur l'image erronée que l'on pouvait se faire des Gaulois, indisciplinés, vulgaires, incultes. Il souleva pourtant une question intrigante :

— S'ils étaient si inintéressants que cela, pourquoi autant d'argent et de soldats furent-ils déployés par le général César ? Vous connaissez les raisons invoquées par ce dernier pour envahir la Gaule ? Les protéger d'un peuple affreux, lâcha-t-il plein d'ironie, composé en majorité de femmes, d'enfants et de vieillards, nos Suisses actuels, les Helvètes ! Il les protégea tellement bien qu'il finit par envahir toute la Gaule, tuant et réduisant en esclavage environ deux millions d'individus.

Il termina cet épisode en détaillant les conditions de la bataille d'Alésia. Elle avait réuni soixante-dix mille Romains, et la construction d'un rempart de presque quarante kilomètres autour de la cité gauloise fut nécessaire pour vaincre cette coalition menée par Vercingétorix. Axel connaissait le récit d'Alésia, mais ne saisissait pas :

— Où voulez-vous en venir ?

— Monsieur Clervoix, avant cette bataille finale, les Celtes étaient des barbares sans intérêt dans l'esprit de la merveilleuse cité. Pourtant, après cette période, l'or coule à flots à Rome, de grands bâtiments civilisés sont construits sur les temples celtes. César prospère miraculeusement, alors qu'on qualifierait son action de « génocide » aujourd'hui. Il savait ce que les autres ignoraient.

Peu à peu, la réflexion à laquelle l'homme voulait faire appel se développa chez le policier.

— Jules César était à la recherche d'un bien particulier ?

— Ces « barbares primaires » comme il l'écrivait, construisaient des réseaux routiers immenses en plein Âge de fer, quand de simples chemins menaient à Rome. Ils maîtrisaient les sciences comme les mathématiques ou l'astronomie, les cycles lunaires et solaires, quand le calendrier romain faisait tomber le printemps en plein mois d'août. Les Celtes étaient en avance sur toutes les autres civilisations de l'époque !

Jamais Axel n'avait interprété l'histoire de ces ancêtres de cette manière. En effet, la version des vainqueurs était souvent l'unique récit donné au peuple. Cette romanisation laissa place à une nouvelle religion venue d'orient, créée à la même époque : le christianisme. Le policier eut peur de comprendre. Un destin commun en Europe occidentale et aux abords de Jérusalem avait peut-être, exactement à la même époque, décidé de l'avenir de vingt-et-un siècles ensuite. Saint-Paul et Jacques le Juste en orient, César et les Celtes en occident. *Les Celtes auraient eu un secret commun avec la communauté de Jésus… Ce qui expliquerait la légende de…* Les pensées du policier dépassaient la fiction. Revenir sur l'histoire du Graal rapportée en Gaule était trop grossière. Les tribus celtes possédaient des connaissances que le monde ignorait encore aujourd'hui. S'appuyant sur le pommeau de son parapluie, l'inconnu se leva. Il n'allait pas tarder à démontrer que les traces des ancêtres païens subsistaient encore dans le paysage touristique :

— La culture celte a bien survécu malgré les efforts de certains pour l'enterrer.

— Survécu ? Elle aurait été immédiatement rognée par l'Église si cela avait été le cas.

— Ah, vous en êtes sur ? Venez voir.

En remontant vers l'entrée de la cathédrale, Axel eut une légère appréhension. C'est ici que ses amis policiers s'étaient amassés pour le cueillir avec ses deux camarades, quelques jours auparavant. Une fois sous le baldaquin gothique, observé par le regard de Baphomet, l'homme pivota sans prévenir pour diriger son index dans la direction opposée. Il indiqua précisément un symbole sculpté dans la pierre :

— Pouvez-vous me dire ce que vous voyez là ?

Très intrigué, Axel fit la moue, incapable de relever la moindre hérésie dans cette curieuse sculpture :

— C'est un Triskel, le symbole celte par excellence !

— Un Triskel, mais que vient faire un Triskel sur notre cathédrale ?

— Êtes-vous toujours aussi convaincu de la destruction complète de la culture celte, monsieur Clervoix ? Certains des plus grands édifices d'Europe sont bâtis sur des fondations celtes. Et puis, fait non négligeable, connaissez-vous l'anagramme phonétique de ce mot ?

Fasciné par le jeu des anagrammes, le policier médita un court instant. L'inconnu lui laissa le temps de réfléchir, et le vit soudain cesser ses chuchotements :

— Leksirt, le ksirt, non, le krist !

— Le Christ, exactement. Alors, le Christ était-il un allié païen aux Celtes, ou celui que la Bible nous enseigne ?

Évidemment, la démonstration était flagrante, mais Axel restait dubitatif. Les lèvres pincées, il voulait comprendre les raisons d'un tel raisonnement :

— Mais quel rapport entre ces histoires et notre Carla ?

— Les fondations celtes, mon cher. Le Carla n'a pas toujours été une église, mais un temple précisément orienté. Ce bâtiment a été édifié au début de notre ère, selon des mesures utilisées par les Celtes.

L'homme sortit de son sac un rouleau qu'il étala contre une paroi de la cathédrale. Un plan incroyablement précis de la chapelle, soigneusement étudié par ses soins.

— Nous savons qu'il existait un village à l'époque de l'invasion barbare. Le site du Carla fut pour moi l'épicentre de toute la Vicomté d'Albi !

Voilà pourquoi le Vicomte Trencavel y donnait une si grande importance.

— Mes calculs sont simples et précis, Monsieur Clervoix. Le Carla est soutenu par un contrefort situé à l'angle sud-est. Tous les matins du 22 novembre, le soleil à l'aube vient précisément s'aligner avec ce contrefort. Quel saint célébrons-nous ce jour-là ?

— La Sainte-Cécile, répondit Axel stupéfait par l'exactitude de ses données.

En une minute, il venait tout simplement de lui prouver que cette modeste bâtisse oubliée était en réalité le fruit d'un calcul extrêmement complexe. Et il ne s'arrêta pas là, chaque détail semblait soigneusement orienté. Il sortit un calendrier de sa poche intérieure, et le tendit au policier :

— La Sainte-Cécile tombe le 22 novembre. Avez-vous entendu parler d'Apollonius ?

— Apollonius ? s'étonna Axel. Oui, bien sûr… répondit-il sans se dévoiler.

— En fait, les Celtes utilisaient aussi la symétrie dans leurs calculs.

Ce système presque inconnu permettait de tirer des comparaisons symboliques entre les jours de l'année. Le premier jour servait de base, la symétrie se concluait en fonction de lui seul. L'homme expliqua comment avec ce système ingénieux, il fit une découverte étonnante :

— Prenez par exemple mon calendrier et trouvons la symétrie du jour de la Sainte-Cécile de l'année civile. La base est le 1er janvier. Entre le 22 novembre et le 1er janvier nous avons quarante jours.

— Oui, jusque-là je vous suis.

— Tirons donc une symétrie de l'autre côté, toujours en fonction de ce 1er janvier, et rajoutons naturellement quarante jours. Nous arrivons au 9 février.

Il compta attentivement et fut stupéfait du résultat :

— C'est la sainte Apolline…

— Clin d'œil incroyable, vous ne trouvez pas ? Apollonius n'était pas un saint, il fallait donc faire avec les moyens du bord, si je puis dire.

— En effet… lâcha Axel qui ne savait plus où donner de la tête.

— Nous venons, en seulement une petite heure, de démontrer la science de nos brutes barbares. Ces gens-là avaient hérité de quelque chose que la doctrine chrétienne a tout fait pour enfouir, que Simon de Montfort, comme Jules César à son époque, cherchaient comme le Graal. Et c'est sur ce chemin que vous êtes, monsieur Clervoix.

Voyant le policier farfouiller dans ses poches, l'inconnu prit soin de lui tendre un briquet pour qu'il puisse allumer sa cigarette. Difficile pour lui de recevoir en pleine face une autre version de l'Histoire, totalement controversée et ayant peu de rapport à celle qu'il avait apprise. L'émotion passée, l'homme enchaîna avec une découverte que lui-même avait faite quelques années auparavant :

— Vous connaissez, j'en suis certain, l'alignement géométrique de Paris ?

L'homme faisait allusion à cette célèbre ligne traversant la capitale, avec comme points d'ancrage, quelques-uns de ses plus beaux monuments :

— Absolument oui. L'Arche de La Défense, l'Arc de Triomphe, l'obélisque de La Concorde, la Pyramide du Louvre, la tour Saint-Jacques, l'Opéra Garnier et l'Hôtel de Ville.

N'écoutant que d'une seule oreille ce que le policier maîtrisait déjà, son interlocuteur déplia cette fois une carte d'Albi et de ses environs. Armé d'un feutre noir, il démarra de la préfecture du Tarn et traça une ligne sur le modèle parisien. Quand il eut terminé, il lui proposa de relever les points couverts par l'épais trait noir. Le feutre avait longé la rue Mariès après la préfecture, recouvrant la cathédrale et l'endroit exact situant l'ancien château des Vicomtes au Castelviel. Dans l'alignement de la rue de l'architecte Mariès se rejoignaient donc trois hauts lieux de la cité albigeoise. Axel réagit avec surprise, mais la carte n'était pourtant pas entièrement dépliée. La découverte la plus sensationnelle de son aventure se profilait. L'homme lui laissa le soin d'ouvrir lui-même la carte dans son intégralité. Le trait dessiné par le feutre se prolongeait bien au-delà de la ville. Le policier parcourut cette ligne pour arrêter son nez au-dessus d'un lieu auquel il ne s'attendait pas. Il resta sans voix et pensa un instant avoir la berlue. Fait incroyable, la ligne recouvrait avec une précision indiscutable la chapelle du Carla ! Les deux Sainte-Cécile, malgré les sept kilomètres et plus qui les séparaient, se trouvaient exactement sur la même latitude. La bouche grande ouverte, Axel regarda son interlocuteur d'un air effrayé. Au-delà de son caractère sacré, le Carla prenait là une dimension tout autre. Elle était, de toute évidence, un cœur bâti par un peuple éclairé par des connaissances ancestrales complexes.

— Mais pourquoi n'ont-ils pas reconstruit un village après le passage de Simon de Montfort ?

— Pour oublier un secret trop important, mon cher ! Continuez à vous poser des questions, retournez l'Histoire, elle n'appartient qu'à ceux qui la font, pas à ceux qui l'écrivent.

Un instant de doute s'installa chez Axel. Un flot d'informations tourbillonnait dans son esprit, mais quels pouvaient être les intérêts de cet inconnu ?

Comment en savait-il autant sur ses recherches ?

— Je le conçois, vous êtes sceptique et je le serais tout autant à votre place. J'ai tenté de vous apporter mon aide parce que sans vous, je ne pourrais pas aller plus loin sur ce mystère. Vous possédez des éléments encore plus importants que les miens, liez donc les deux, c'est tout ce que je vous demande.

— Mais comment savez-vous cela ?

— Je suis aujourd'hui responsable touristique de Sainte-Cécile. En fait, avoua-t-il avec un sourire discret, je suis la mitraillette qui vous a permis de fuir le soir de votre opération.

— Comment ça, c'est vous qui avez tiré sur les policiers ?

— Oui, si on veut…

Son téléphone portable à la main, l'homme pianota quelques instants sur le clavier, puis sortit de sa poche un petit amplificateur de voix qu'il plaqua dessus. Un bruit assourdissant s'échappa : un tir de mitraillette !

— Arrêtez, nom de Dieu !

— Voilà l'attaque aux fonctionnaires de police. Ils peuvent encore chercher les douilles ! Je vous ai observé dans votre interrogatoire avec Olivier, l'autre jour. Je me suis immédiatement douté que vous étiez sur une piste, et j'ai eu mes réponses. De toute manière, l'important ce n'est pas moi, ce sont eux.

— Eux ? Qui ça ? La police ? Ne vous inquiétez pas pour…

— Non, eux, ce sont ceux qui veillent sur ce que vous cherchez. Ils vous suivent partout. Ils veulent savoir si vous êtes un danger, ils vous mettent à l'épreuve. Ces gens protègent un secret de génération en génération, mais ignorent où le trouver. Vous êtes à la fois leur danger et leur espoir.

Axel fronça les sourcils, vexé de ne pas avoir pu détecter cette filature.

— Rappelez-vous de tous les endroits où vous avez dû vous rendre pour vos recherches. Ils étaient là, à chaque instant, à vous observer.

Aucun souvenir ne lui vint immédiatement. Puis, en réfléchissant, l'homme avait peut-être raison. À chacune de ses visites, Axel avait été confronté à une contradiction, un refus, une impression de nuisance. La nuit de son arrivée d'abord, au cimetière, l'homme qu'il poursuivait n'était donc pas Eddie, mais bien une tierce personne. Cet homme ensuite, après qui avait aboyé Bruce sur le plateau de la tour de Castelnau-de-Lévis. Puis ce moine à Ambialet qui les avait évincés du prieuré. Ou encore ce fidèle de l'église Saint-Salvy qui cachait son visage. Et ce vieil homme, apparu dans les fondations de la cathédrale, était-il réel ? Enfin, ce fumeur de cigares, observant naïvement les berges du Tarn il y a une heure, aucun n'était là par hasard.

— Vous avez raison, comment n'ai-je pu m'en rendre compte ? Sont-ils dangereux ?

— Je l'ignore. Sachez seulement qu'ils sont prêts à tout pour protéger leur bien.

— Je ne l'oublierai pas. J'ignore comment vous remercier.

— C'est facile : trouvez le secret !

— Je vous promets de faire mon possible.

L'homme offrit à Axel une poignée de main chaleureuse et sincère. Il se retira et laissa le policier sous le baldaquin de la cathédrale, entre le regard de Baphomet et le Triskel. Avant qu'il s'éloigne, Axel tenta une dernière question :

— Quelle était la personnalité dont vous aviez la charge dans les années soixante-dix ?

L'homme déposa avec rigueur son béret sur la tête :

— Un grand homme, mon cher. Un enfant du Général, un enfant du pays, comme nous tous au fond, conclut-il les yeux pétillants.

Axel accompagna du regard cet homme providentiel et lâcha un sourire à son tour. Les mots employés étaient suffisamment clairs pour ne pas souffrir du moindre doute :

Alors comme ça, même le Président de la République était dans la confidence…

Chapitre XXVII

Castelnau-de-Lévis, octobre 1973

Le cadran de l'horloge de la Citroën SM indiquait 17h15. Dominique Rivières, chauffeur fidèle et discret, découvrait cette tortueuse route du Midi de la France. Élevé dans le Cantal, son père connaissait très bien le patron et avait contribué à l'embauche de son fils pour ce boulot qui demandait une grande disponibilité. À bord, les trois personnalités qu'il conduisait se côtoyaient depuis des années. Des hommes cultivés et influents. Maurice était à l'avant avec lui. Derrière, son patron parlementait avec son plus vieil ami, André. La route de campagne qu'ils avaient empruntée ne correspondait pas aux trajets qu'ils fréquentaient habituellement, mais cela ne regardait pas un banal chauffeur. Son patron avait voulu faire une visite éclair sur les terres de son enfance, conduit par ses deux amis qui, depuis quelque temps, tenaient à ce qu'il découvre une mystérieuse chapelle. Habituellement, le cortège était composé d'une voiture éclaireuse à l'avant, et d'une suiveuse. Exceptionnellement, le protocole était entaché. Cette excursion n'était pas officielle, contrairement à celle que Monsieur avait effectuée en mai 1964. Cette fois, il avait seulement souhaité faire le tour de la ville et se diriger directement vers l'objet principal de son voyage :

— La voilà ! indiqua André.

— Très bien, tournez donc à gauche, Dominique, et empruntez le petit chemin.

— Bien, monsieur.

Dominique engagea le véhicule à suspensions hydrauliques sur ce sentier cabossé visiblement peu entretenu. Le chauffeur stoppa la voiture à hauteur de la grille d'entrée rouillée du cimetière. Il descendit en toute hâte pour ouvrir la porte à son principal passager qui venait d'allumer une Winston. Le soleil n'allait pas tarder à s'effacer en ce début d'automne, tous sentirent, dès leur arrivée, une sérénité palpable. André ne cachait pas sa fierté de se retrouver ici, sur le site de cette chapelle perdue qu'il admirait tant. Depuis le temps qu'il priait son ami de venir fouler cette terre sacrée, nourrie par tant de questions, il ne cachait pas son excitation :

— Voilà ! C'est elle ! Vois-tu comme elle est majestueuse ?

— Oui, c'est vrai, avoua-t-il sur un ton soporifique. Cette chapelle dégage quelque chose, mais elle est en très mauvais état. Es-tu bien certain qu'elle vaut tout ce que l'on raconte sur elle ? s'interrogea le patron en tirant une bouffée de sa cigarette.

— Absolument ! Maurice le sait aussi bien que moi ! Tu es ici au cœur de notre histoire et de celle de tes prédécesseurs ! Le monde entier pourrait nous envier un tel site.

Le patron avait la réputation de ne pas mâcher ses mots. Longtemps sous les ordres de personnes de caractères, il jouissait en plus d'une renommée culturelle et intellectuelle importante. Plus jeune, il avait fait ses études ici, dans le Tarn, avant de s'envoler pour la capitale. Il n'aimait pas le superficiel et donnait la priorité au concret. Engagés dans ce cimetière laissé en apparence à l'abandon, les trois érudits se glissèrent entre les herbes hautes et les ronces pour rejoindre l'entrée de la bâtisse. Silencieux mais à l'écoute, le patron retenait chacun des détails expliqués par ses deux amis sur la lourde histoire du site. S'il montrait peu d'enthousiasme, il ne fallait pas pour autant se fier aux apparences. Sa nonchalance ne faisait que dissimuler l'intérêt conséquent qu'il y portait.

Voilà pourquoi il avait choisi de se déplacer malgré un emploi du temps surchargé. Le patron connaissait les raisons de sa venue. À l'heure qu'il était, lui seul avait le pouvoir de consolider la protection de cette chapelle. Il s'arrêta plusieurs fois pour admirer ou relever un détail qui pouvait lui sembler suspect. Ils arrivèrent enfin sous le porche. André glissa la clé dans la serrure et ouvrit la vieille porte grinçante :

— Nous voici dans le sacré ! s'écria-t-il en faisant résonner son propre écho.

L'intérieur était en très mauvais état, la température particulièrement fraîche et la toiture prête à rendre l'âme.

— Il y a donc un secret à protéger ici. Mais on ignore où le trouver, c'est bien cela ?

— En effet, répondit Maurice. Autrefois, un bâtisseur en aurait hérité de son maître pour faire perdurer la protection du secret. Ce maître aurait échappé à l'attaque de Simon de Montfort venu y chercher son Graal.

— Je suppose que vous ne m'avez pas fait venir ici pour des légendes ?

— Non, rassure-toi, rétorqua André. Ce que Maurice omet de te dire, c'est qu'avant sa mort, cet homme aurait dispersé plusieurs indices menant à un trésor inestimable. Mais personne ne l'a jusqu'ici trouvé, regretta-t-il.

— Et de quoi ce secret traiterait-il ?

Les deux hommes se regardèrent, cherchant la réponse la plus précise possible chez l'autre. André se lança :

— Eh bien, entama-t-il prudemment, il chamboulerait notre histoire et celle de toutes les institutions chrétiennes.

En retrait comme à son habitude, Dominique observait la scène, attentif aux moindres faits et gestes des trois éminentes personnalités qu'il accompagnait. Il en savait peu, mais assez pour avoir la certitude que le moment qu'il vivait était rare au point qu'il ne doive jamais en parler. Saisi par la richesse historique du lieu, il prenait réellement conscience que cet endroit cachait quelque chose d'immense. Voilà pourquoi cette visite si lointaine était restée non officielle.

Fasciné par la plume de « monsieur Maurice », comme il l'appelait, Dominique avait parcouru tous ses ouvrages avec passion. André l'intimidait beaucoup plus. Rien d'antipathique chez cet homme, mais son caractère insaisissable le rendait très mystérieux.

S'il était encore aux côtés de son patron aujourd'hui, c'est parce qu'il avait eu maintes fois l'occasion de prouver sa discrétion. Le regard fixé sur l'autel de la chapelle encore intact et qui semblait attirer ses trois passagers, son esprit s'évada quelques secondes vers le souvenir le plus marquant de sa vie. Dominique se rappela ce fameux 10 février 1964. Son baptême du feu avec le patron.

André en était déjà. Il dirigeait alors les fouilles les plus extraordinaires de ce siècle en France, en compagnie du 12e Régiment du Génie. Ce jour-là, ils s'étaient enfoncés dans les profondeurs d'un château historique cathare, au cœur des cryptes de Gisors. Le chauffeur n'en avait pas cru ses yeux. Et aujourd'hui encore, il doutait d'avoir été témoin de ce qu'il avait vu ce jour-là. Seulement âgé de vingt-deux ans à l'époque, d'une tape dans le dos, André lui avait gentiment murmuré cette phrase qui l'avait marqué :

— Petit, il serait bien déraisonnable de ta part de penser que tu as vu quoi que ce soit ici aujourd'hui, n'est-ce pas ?

Dominique n'avait pas très bien compris ce qu'André Malraux avait voulu dire ce jour-là. Peu bavard, son patron avait estimé qu'il n'y avait rien à ajouter. Mais le chauffeur réalisa vite la portée de ce conseil laconique quand il découvrit dans les journaux le compte rendu « approximatif » des fouilles :

Le château de Gisors n'a malheureusement révélé aucun trésor. Les recherches se sont avérées infructueuses. Nous avons la preuve aujourd'hui que les légendes n'avaient rien de fondé.

Pour quelles raisons André avait-il menti aux journalistes ce jour-là ? Dominique l'ignorait encore. Il sortit de ses réflexions pour partager la conversation du trio :

— Cette église mérite une attention particulière, confirma le patron. Personne n'est donc parvenu à percer ce secret, Maurice ?

— Personne en effet, pourquoi ?

— Il est peut être mieux qu'il en soit ainsi, répondit-il plein de sagesse. Je vais dès demain faire en sorte qu'elle soit sous notre protection, de manière non officielle bien sûr.

Quelques minutes après avoir quitté ce sympathique policier sous le baldaquin de la cathédrale, Dominique Rivières avait fait un nouveau détour par le Carla, pour revivre cette scène presque trente-six ans après ce jour mémorable. Le site était resté le même que cet après-midi d'octobre 1973 où il était le chauffeur privilégié de trois grandes figures de l'État français. Maurice Druon et André Malraux avaient tous deux occupé le poste de ministre de la Culture, mais c'était leur proximité avec le Président qui avait justifié leur présence ce jour-là, au Carla. Pendant presque dix ans, Dominique avait accompagné Georges Pompidou dans tous ses déplacements, sans jamais douter de sa loyauté, sans jamais trahir sa confiance. À la mort du « patron », il se promit de percer un jour le mystère de cette chapelle. Son après-midi passée incognito en compagnie d'Axel Clervoix était l'ultime pierre qu'il pouvait apporter à l'édifice de cette quête de trente ans.

Envahi par la nostalgie, il s'apprêta à remonter dans son véhicule après cette visite éclair quand une dernière image du Président lui revint en tête. En jetant un ultime regard vers la chapelle, il se souvint que Georges Pompidou avait tiré une énième bouffée de sa cigarette et glissé une dernière réflexion à ses deux amis :

— J'ignore si ce secret existe bel et bien, mais l'élu qui le percera n'a pas encore vu le jour…

Chapitre XXVIII

Fidèle à sa mission de planton, le chien dressa les oreilles quand il entendit le vrombissement du véhicule d'Axel, qui déboula à vive allure sur le sentier menant à la maison. Impatient de partager cette incroyable rencontre avec ses amis, le policer fut accueilli comme il se doit. Tout le monde l'attendait avec une grande impatience, en particulier Lucie qui reprenait des couleurs et qui se laissa tomber dans les bras de son homme. Elle devança Bruce qui était pourtant à l'affût de la moindre caresse. L'animal avait été un peu délaissé ces derniers jours. D'un œil curieux, il scrutait attentivement les faits et gestes des deux petites machines à pleurs qui l'empêchaient de savourer de si profondes nuits de ronflements. D'abord sceptique, le chien se rapprochait avec prudence des deux nouvelles têtes de la maison. Parfois, quand l'un d'eux accordait un câlin aux bébés, Bruce se glissait discrètement sous une main à portée de son museau et partageait amicalement l'attention avec les nouvelles venues.

En compagnie de l'archéologue, Raphaël avait profité de son temps libre pour se pencher sur les énigmes. Ensemble ils avaient fait le point, les avaient disséquées une par une, mot par mot pendant trois heures, mais rien de très positif ne sortit de ce travail. Ni l'imagination débordante d'Eddie ni les brillantes connaissances de Raphaël ne parvinrent à dénouer les questions en suspens. Ce fut autour d'un apéritif improvisé qu'Axel leva enfin le secret sur son absence. Le temps se prêtait à une agréable conversation en terrasse. Il laissa les autres de marbre en racontant avec force cet extraordinaire après-midi. Le policier prit soin de détailler son entrevue avec la sérénité qui le caractérisait. D'abord réservée, l'assemblée se révéla peu à peu bluffée par les confessions si précises de cet inconnu. Ces nouvelles informations leur permettraient peut-être de résoudre enfin ces énigmes. Le destin, la chance et leurs connaissances respectives les avaient conduits jusqu'au point de « non-retour ». Pourtant, le constat n'était pas si reluisant que cela. Depuis la découverte de l'autel, ils stagnaient. Eddie tenta d'amorcer un début de raisonnement :

— Dis-moi, ma chérie, j'ai jeté un coup d'œil au manuscrit que tu as dérobé à Paris…

— Tu sais déchiffrer l'araméen, toi, maintenant ?

— Non, toujours pas, enchaîna-t-il sans relever,

mais par contre, j'ai pu y découvrir ce que j'appellerais un léger problème.

— Quoi donc ?

— Il manque les deux dernières pages !

Croyant à une mauvaise plaisanterie, la jeune femme se jeta sur l'ouvrage pour se rassurer. Sur la reliure intérieure, elle constata en effet que deux fines bandes de papier révélaient des traces d'un découpage. Sarah pesta entre ses dents, ce détail lui avait échappé :

— Il est impossible de savoir si ce geste est volontaire ou non.

— Mais pourquoi arracher seulement les deux dernières pages ? se demanda Raphaël. Un pilleur aurait emporté le manuscrit avec lui. Ce geste est insensé !

— Pas si celui qui a fait cela considérait leur contenu comme encore plus inavouable, remarqua Axel. Mais ça ne nous permet pas pour autant d'avancer, regretta-t-il.

Voyant que le travail infructueux commençait à peser sur l'humeur de son homme, Lucie lui proposa une balade pour se détendre et renouer avec leur intimité. Le policier prit son sac à dos et ne se fit pas prier pour la suivre. Raphaël et Eddie choisirent la partie d'échecs comme moyen de détente. Sarah, elle, semblait préoccupée par l'avenir. La jeune femme raisonnait avec lucidité. L'issue de cette aventure arrivait à son terme, elle le sentait, même si c'était un échec. Axel, qui s'était donné un mois de répit, allait devoir retrouver cette vie dans laquelle il s'était enfermé pendant plusieurs années. Cette pensée lui effleura l'esprit sur le chemin du Carla :

— Tu as l'air pensif, Axel…

— Oui, c'est vrai. Je me demande comment je vais pouvoir gérer notre retour à la réalité, nous sommes tellement heureux, ici.

— Tu envisagerais de rester ?

— Cela te plairait ? rebondit-il.

— Tu sais, la région à l'air vraiment très agréable et tellement passionnante. Et puis, entre te voir te détruire la santé à Paris et amoureux ici…

— C'est à méditer, lui dit-il avant de lever subitement les yeux comme si tous ses soucis s'évaporaient. Regarde, le Carla !

Tout à coup, le policier se métamorphosa. Dès qu'il aperçut la chapelle, il ne lui aurait manqué que des ailes pour rejoindre le haut de son clocher. Sur les hauteurs, c'était d'une vue imprenable que Lucie découvrait pour la première fois l'édifice :

— Alors c'est de ça que tu me parles depuis des années ?

— Quoi, « ça » ? rétorqua-t-il vexé.

— Mais non, je te taquine. Voici donc le Carla. Intrigante, en effet…

Ils descendirent prudemment le chemin qui menait à la chapelle. Quelques mètres avant leur arrivée, Axel stoppa la marche et prit tendrement ses filles dans ses bras :

— Voilà, je te présente mes deux amours.

Lucie observait la scène, moqueuse, ce qui ne sembla pas importuner le nouveau papa :

— Vous voyez, c'est ici que papa a passé toutes ses heures de solitude à penser à l'inutile, voilà pourquoi il semble si tourmenté, parfois. Il a trop pensé.

Les deux petits bouts arrondirent leurs yeux pour exprimer leur curiosité, un mélange de grimaces et de sourires se lisait dans leurs expressions. Lucie, qui trouvait son homme ridicule quelques secondes plus tôt, se laissa pourtant attendrir à son tour :

— Tu sais, c'est bien ainsi que je t'aime. Tourmenté. Je suis heureuse que te rejoindre ait pu t'aider à retrouver le repos et à apaiser ton cœur. Le mien en tout cas est comblé. Je tiens à ce que tu le saches.

Axel déposa les deux bébés dans leur landau. Les yeux brillants de la jeune femme ne résistèrent pas longtemps à ses bras rassurants. Mais ce moment fut de courte durée. Apaisé il l'était, mais son insatisfaction aurait intérêt à devoir rapidement être gérée. D'un pas hâtif, il se dirigea brusquement vers la porte d'entrée de la bâtisse. Il déposa son sac à ses pieds, l'ouvrit et se saisit d'une petite barre métallique en forme de pied-de-biche, sous le regard interdit de la jeune maman. La porte paraissait très ancienne, solide :

— Chéri, d'où tu sors ça ? Ne me dis pas que tu vas la forcer ?

— Tu as tout compris, répondit-il, soudain ancré dans son entêtement. J'ai piqué ça dans le garage d'Eddie. La réponse à toutes nos questions est derrière cette porte, j'en suis sûr !

Elle tenta de l'en empêcher, mais l'idée était bien trop avancée dans l'esprit du policier pour qu'il daigne faire machine arrière. Le bois était très épais, mais en insistant, la serrure plutôt archaïque céderait. La jeune femme, elle, particulièrement tendue, commença à perdre patience après un quart d'heure sans résultat :

— Bon, Axel, soyons sérieux, filons, tu risques d'alerter les curieux.

À peine le temps pour elle de terminer sa phrase que d'un ultime coup sec, il arracha un morceau de la porte, qui lui permit de glisser sa main pour soulever le loquet de fermeture ancré dans le sol. Axel poussa un souffle de satisfaction et s'engouffra à l'intérieur. Peu fière, Lucie aussi s'engouffra malgré elle avec son landau. Le spectacle offert allait rapidement lui faire oublier son inquiétude. Tous les deux furent écrasés par la magnificence des lieux. La chapelle était parfaitement entretenue, ornée d'une peinture éclatante dans un style étonnamment moderne. Chaque mur portait en lui un message d'espoir, les fresques représentaient des scènes et des personnages qui semblaient cohabiter dans une harmonie picturale parfaite. Axel leva les yeux et parcourut en détail ce chemin familier qui s'offrait à lui à travers les voûtes. Quatre éléments, comme quatre épreuves, dominaient ce plafond céleste : la terre, l'air, l'eau et le feu. La fin de ce lot symbolique menait irrémédiablement au regard omnipotent de Dieu. *Ceux qui veillent sur ce site savent maîtriser les symboles, il n'y a aucun doute...* Mais en s'avançant un peu plus vers le chœur, Lucie fut attirée par un détail qui se détachait sensiblement de l'ambiance :

— Regarde Axel, le couple sur cette fresque. Celle-ci semble beaucoup plus ancienne.

— Le dessin de Père Dauat ! lança-t-il stupéfait.

— Pardon ?

Cet aveu maladroitement lâché interpella Lucie :

— Cette fresque était apparente à l'époque où tu étudiais la chapelle ?

— Non, je la découvre aujourd'hui, comme toi. Elle se trouve dans un léger enfoncement et devait être recouverte de terre autrefois, supposa-t-il en caressant le mur.

— Comment peux-tu la connaître, dans ce cas ?

Le poids de ses visions devenait insupportable. Axel devait se libérer de ce fardeau. Dos à la jeune femme, il ferma les yeux, inspira une grosse bouffée d'oxygène et se lança :

— Écoute chérie, dit-il posément, crois-le ou pas, mais je l'ai rêvée. J'ai assisté dans mon sommeil à la conception de cette œuvre, comme à la destruction de Mazières et à la fuite de Jacques. J'ignore d'où me vient ce don. Ces choses-là cessèrent pendant mes années passées à Paris et il ne m'a suffi que d'une nuit ici pour y replonger. Je sais, c'est insensé, je ne te demande pas de me croire.

Elle s'approcha et posa délicatement son index sur les lèvres de son homme :

— Je n'ai aucune raison de ne pas te croire, Axel.

C'était la première fois qu'il faisait cet aveu à quelqu'un. Jamais il n'aurait pensé que ce serait si simple, au final. Elle comprenait, elle le comprenait, il n'en demandait pas plus. Il se retourna pour observer le duo amoureux et ne put s'empêcher de faire un parallèle avec son idylle avec Lucie.

— Les voici réunis à tout jamais, souffla-t-elle. Ne trouves-tu pas magnifique que les années passent et que leur union traverse les siècles ?

Un long silence plana en guise de réponse. Axel restait figé face à l'œuvre, comme si quelque chose le tourmentait. Un morceau de phrase lui revint en tête :… *te rejoindre pour enfin trouver le repos dans le cœur du sacré.*

— Que viens-tu de dire ?

— Comment ça, demanda-t-elle étonnée ?

— Ta dernière phrase ?

— Tu ne m'écoutes pas ?

— Si mais, je t'en prie, répète-moi ce que tu as dit, insista-t-il.

Pensant à tort avoir lâché une bêtise, elle tenta de se remémorer sa réflexion :

— Eh bien je trouvais que cette union, à travers ce tableau qui perdurait, était assez touchante. Je sais, ça fait très fleur bleue…

— Non ! Non ce n'est pas fleur bleue ! Oh ma chérie tu es tout simplement fantastique ! s'enflamma Axel en l'embrassant.

Lucie ne saisissait pas la curieuse attitude de son ami.

— Tu as ton portable avec toi ? lui demanda-t-il impatient.

— Heu… oui, pourquoi ?

— Appelle les autres, s'il te plaît. Dis-leur de venir de suite avec les textes, et que c'est urgent !

Elle s'exécuta en silence, tellement l'état dans

lequel était tombé son homme devenait inquiétant. Elle crut un instant le voir embrasser la fresque tellement il la scrutait avec attention. Il tenta sans succès de la rassurer :

— Ne t'en fais pas, il faut juste que j'éclaircisse un petit détail et tant que cela ne sera pas évident, je ne serai pas tranquille.

Cinq minutes plus tard, Raphaël, Eddie et Sarah déboulèrent, inquiets de savoir ce qui avait pu se passer. En arrivant, tous jetèrent un regard furtif sur les jumelles. Elles somnolaient sagement. Lucie leur fit signe qu'elle aussi se portait à merveille. Elle les orienta plutôt en direction d'Axel :

— Qu'est-ce qu'il t'arrive ? Tu nous as fichu la trouille ! grommela Eddie.

— Tu as les énigmes ? Donne-les-moi ! répondit-il sans transition.

L'archéologue ne posa pas de questions. Sans précaution, Axel déchira la feuille pour séparer les deux textes écrits l'un au-dessus de l'autre et les joindre côte à côte :

Tu es Pierre et sur cette pierre je bâtirai mon église/ que l'astre paternel traversera en ce jour saint et lyrique

Notre Vicomte 1209 et ses successeurs protègent le savoir/ que le Juste nous a légué de son frère tout-puissant

Le nouveau Cloître abrite le Parjure/ portant ses

mensonges et l'épée qui nous combat

Lié dans la sentence à la voie de la mélodieuse/ nous défiant de tout temps pour asseoir son pouvoir

Ici est l'aînée et sa sœur jumelle sa protectrice/ la rouge martyre bientôt grande

L'infini mène sous la chapelle de l'horloge/ gravée sur le marbre oublié au temps In Eminenti

Réglé à l'outil du maître le plus parfait/ fidèle au combat dissemblable au paulinien

À la croisée des regards bien et mal que la main ornée devra révéler

Que creusera l'élu pour faire éclore Aléthéia sur l'œil du delta sacré

— Il suffisait d'y penser ! Seule l'union des deux textes peut nous permettre d'aller plus loin.

Médusé, son meilleur ami le lui arracha des mains. Il voulut comprendre :

— Mais comment as-tu su ?

— Très simple. Quel était le dernier indice que nous ayons eu ?

— Le texte de *l'Oméga,* répondit l'archéologue hâtivement.

— Faux ! C'est la déclaration d'amour de Jacques de Mazières, gravé sous le tunnel de la cathédrale : *À toi Mathilde, mon Oméga, permets-moi de te rejoindre pour enfin trouver le repos dans le cœur du sacré.*

— Mais oui, je comprends tout, ajouta Raphaël. Si Mathilde est son *Oméga*, lui est *l'Alpha*. C'est donc leur union qui nous emmène dans le cœur du sacré.

— Tout à fait. C'est cette fresque, dit-il en la désignant, qui m'a mis sur la voie. Elle représente leur union ! Mais j'ai encore mieux. Je crois avoir décodé notre énigme. Je sais où se trouve ce que nous cherchons. Si cette quête paraît complexe, je peux vous assurer que tout était pourtant écrit.

— Si tu sais où se trouve notre réponse, allons-y ! s'impatienta l'archéologue.

— Inutile de te presser, Eddie, tempéra le policier. Nous sommes là où souhaitait nous mener Jacques de Mazières depuis le départ : dans la chapelle du Carla.

— Tu veux dire que…

— Oui, le secret est ici.

Chapitre XXIX

Eddie regarda le policier, les yeux écarquillés. Ce serait donc la chapelle qui abriterait ce savoir depuis toutes ces années. Jacques de Mazières aurait bel et bien tracé une quête circulaire pour ramener nos aventuriers au point de départ. Ce long chemin semé d'embûches n'avait qu'un but final : revenir à sa source. En joignant les deux textes, Axel avait été frappé par la toute première phrase, celle qui lui avait donné sa réponse : *Tu es Pierre et sur cette pierre je bâtirai mon église que l'astre paternel éclairera en ce jour saint et lyrique.*

Absolument rien de religieux là-dedans, seulement l'indication d'un lieu, celui sur lequel le soleil allait frapper le jour de la Saint-Cécile.

— Comme nous le savons désormais, l'église est orientée en fonction du soleil. Ses rayons viennent s'aligner au contrefort sud-ouest chaque 22 novembre. À aucun moment le nom de la sainte patronne *lyrique* des musiciens n'a été choisi au hasard. Le soleil nous indique la voie à suivre. Une parmi les milliers de pierres cache son savoir.

Eddie passa amicalement son bras au-dessus de l'épaule du policier :

— Ta découverte est déjà immense. Nous trouverons cette fichue pierre !

En disant cela, il repensa à la manière dont le destin les avait menés jusqu'ici. De ce message improbable sur la boîte mail d'Axel, à leur union dans cette ancienne église, qui conservait depuis des siècles un secret pour lequel des milliers de personnes avaient dû payer de leurs vies. Axel prit un instant de réflexion. Il fallait être sur ses gardes. Comme le lui avait conseillé l'homme le matin même, si près du but, il n'avait plus droit à l'erreur.

— Rentrons, maintenant. Nous allons réfléchir posément à cette ultime énigme et nous reviendrons le moment venu.

La température avait baissé. Une bonne occasion de se réchauffer au crépitement d'un feu de cheminée. Aussitôt au chaud, Eddie visualisa en quelques secondes le texte qu'il connaissait presque par cœur, régalé par un morceau de crumble aux fruits rouges qu'il dévorait. Raphaël ne se fit pas prier pour l'accompagner, excité à l'idée d'en découdre. Axel s'isola dans sa chambre, préoccupé par l'expédition discrète de la soirée. Désormais convaincu d'être épié, il cherchait un moyen de déjouer le plan de ses ennemis.

Le bœuf bourguignon du soir n'eut pas le succès escompté. Personne n'avait d'appétit. Sans qu'aucun ne l'exprime, il était évident que cette soirée allait être le tournant de cette aventure. Par pudeur, les deux jeunes femmes gardèrent le silence, mais une désagréable appréhension les rongeait en voyant le trio préparer le matériel nocturne. La décision fut prise à l'unanimité de démarrer l'expédition aux alentours de minuit, pas avant. L'attente plongea Axel dans un profond sommeil. La nuit tomba rapidement et le calme s'installa au cœur de la paisible demeure. Dehors, le chant des oiseaux avait laissé place aux animaux errants, pour leur virée nocturne à la recherche d'une proie. Les chats sauvages les plus téméraires se laissaient aller à s'aventurer la nuit dans ce coin de campagne, au risque de croiser quelques renards peu conciliants. Toujours endormi, le policier s'agitait de plus en plus. Après quelques minutes d'inquiétude et voyant que son état empirait, Lucie décida de le sortir de sa lutte apparente :

— Axel, Axel réveille-toi répéta-t-elle !

Étendu sur le canapé, il poussa un cri effroyable qui fit paniquer les deux nourrissons. En émergeant, il réalisa que tous les regards étaient dirigés sur lui. Deux heures s'étaient écoulées.

— Quelle heure est-il ? demanda-t-il les yeux gonflés.

Elle n'eut même pas le temps de lui répondre, les douze coups de minuit retentirent. La douzième heure, le moment était venu, le Carla l'appelait. Il se leva, embrassa ses filles et quitta la maison avec une détermination aveugle. Sur le chemin, les raisons de l'agitation du policier intriguèrent Raphaël :

— Dis-moi Axel, ce rêve a l'air de t'avoir bouleversé, je me trompe ?

— Ne t'inquiète pas, il m'arrive de faire des cauchemars quand je suis un peu fatigué, comme tout le monde.

Le jeune homme, perplexe, insista.

— Fatigué… Tu dors huit heures par nuit, tu es dans le pays le plus reposant qui puisse exister et tu es fatigué ?

Surpris par le ton sec employé par son jeune camarade, Eddie lui fit signe de calmer le jeu, ce qui ne sembla pas le perturber outre mesure :

— Enfin moi je dis ça, c'est pour toi. Si tu as besoin d'exprimer tes connaissances en latin, n'hésite pas…

Les questions très orientées de Raphaël n'étaient pas anodines. Axel le savait. Leur itinéraire les mena au sommet de la colline, d'où ils pouvaient apercevoir la silhouette de la chapelle. Le policier, qui ruminait encore la réflexion de son cadet, brisa le silence :

— Très bien, Raphaël. Ces derniers temps mes nuits sont assez agitées, en particulier à cause de cette histoire d'horloge, et cela depuis notre escapade dans la cathédrale. Le nombre douze m'obsède, jusqu'à venir hanter mes rêves. Mais pourquoi t'acharnes-tu à vouloir en savoir plus ?

— Parce que je comprends le latin mon vieux, toi non ! Quand tu demandes trois fois « qui êtes-vous ? » dans cette langue, sans la connaître, je me pose des questions.

Axel avait donc bien parlé pendant son sommeil, et ces mots que personne ne comprenait, Raphaël les avait parfaitement traduits.

— Cela dit, le nombre douze est un vaste sujet. Je n'ai pas l'habitude d'interpréter les rêves, mais les symboles oui.

— Continue…

— Eh bien, pour tout te dire, nous pouvons donner une signification aux nombres. Celui-ci va au-delà de la simple interprétation. Il est à la fois religieux, mythologique et même ésotérique, dit-il en prenant garde de ne pas s'entraver les pieds dans les ronces.

— Intéressant…

— Douze, c'est le nombre d'arêtes d'un cube, le nombre de mois, d'apôtres, de signes zodiacaux, ou encore le nombre de pommettes qui ornent notre croix occitane. À ton avis, les Européens auraient-ils placé douze étoiles sur leur drapeau alors que l'Union comptait déjà quinze états, si ce nombre n'avait pas eu d'importance ? Il est universel et sacré pour nos ancêtres. Sais-tu que nous avons douze quartiers à Albi ? Une ville fragmentée et réglée comme une horloge, beau destin, non ? ironisa-t-il. Mais pour moi, sa symbolique la plus importante est celle liée à un nombre inévitable. Si tu additionnes les deux chiffres qui le composent, tu obtiens trois…

Curieuse façon de rassurer un ami. Mais Raphaël donna néanmoins au policier un peu de réconfort dans l'interprétation de son rêve. Malgré la fraicheur nocturne, le ciel dégagé présentait une lune éclatante. La clarté n'empêcha pas les trois aventuriers de se faire peur. En arrivant à proximité de l'entrée du cimetière, un phénomène anormal leur glaça le sang. À quelques mètres à peine, au milieu des tombes, trônait une ombre silencieuse qui se déplaça soudain à une vitesse foudroyante sous leurs yeux. Chacun, respectivement, se vit envahi par le doute, un instant d'hésitation, qui aggrava leur incertitude sur la réalité de cette scène. Ils s'observèrent :

— C'était quoi, ça ? demanda Eddie pris de panique.

— Un arbre, répondit Axel peu convaincu.

— Un arbre ? Tu connais beaucoup d'arbres mobiles toi ?

— Écoutez, dit Raphaël, je sais que ça peut être difficile à croire, mais nous sommes dans un cimetière, sûrement vieux de plus de deux mille ans. Il est donc possible qu'on ne soit pas forcément seuls, ici, tenta-t-il d'expliquer d'un ton vacillant.

— Ça ne me rassure pas vraiment ce que tu me dis là, gamin, répondit l'archéologue.

— Raphaël a raison, reprit Axel, peut-être qu'il y a ici une présence…

— Tiens, Clairvoix qui croit aux fantômes maintenant, on aura tout vu !

Refusant de céder à la panique, ils se laissèrent porter par leur détermination pour continuer la progression. Arrivés sous le porche sud, ils n'eurent qu'à pousser la porte d'entrée, forcée quelques heures plus tôt par le policier. Si personne, en apparence, n'avait remarqué leur intrusion, un détail le fit bientôt déchanter. L'après-midi même, il avait eu l'idée ingénieuse, au moment de leur départ, d'humidifier le sol argileux près de l'entrée. Comme il le pressentait, quelqu'un s'était rendu sur les lieux après leur visite : les empreintes parfaitement visibles dans le sol trahissaient la filature. Le policier grimaça assez discrètement pour ne pas alerter ses deux camarades.

Sans perdre de temps, le plan sous ses yeux, il tenta de tracer des lignes entrecroisées pour dénouer le sens de cette phrase unie par les deux textes : *À la croisée des regards bien et mal que la main ornée devra révéler.*

Raphaël comprit, comme lui, la référence évidente à la doctrine cathare. L'opposition du bien et du mal, du matériel et du spirituel, n'était un secret pour quiconque avait parcouru brièvement l'histoire des albigeois. Cette notion devait forcément se matérialiser au sein de l'édifice :

— Tu crois que ce que nous cherchons se trouve dans le mur, demanda Eddie ?

— À vrai dire je n'en sais rien, répondit-il en se tournant vers Axel qui scrutait le moindre recoin de pierre. Qu'en pense la police ? plaisanta le jeune homme.

Les yeux rivés sur les voûtes, lampe torche à la main, ce dernier observait les détails architecturaux avec soin. Les fresques, bien trop récentes, ne faisaient que recouvrir leur clé, mais où pouvait-elle se cacher ? *Je dois trouver le croisement de deux regards...* Eddie interrompit tout à coup la réflexion collective :

— Regardez ! Un visage, on dirait celui d'un enfant !

Axel se tourna immédiatement vers son ami.

L'archéologue avait dû lire dans ses pensées. Dans l'angle, exactement dans l'alignement du contrefort construit à l'extérieur, un visage sculpté les observait :

— Ce n'est pas un enfant, rectifia Raphaël, c'est un ange. Les ailes qui l'ornent en sont la preuve.

— Mais alors, reprit Axel, l'opposé doit être…

Il n'avait pas eu le temps de terminer sa phrase que la lampe torche de l'archéologue dévoila le second, de l'autre côté de l'autel central. Cette fois, aucune aile, mais un visage bouffi, visiblement mécontent : le mal. Immédiatement, le policier se laissa aller à son intuition. Il suivit le regard de part et d'autre des deux visages et se plaça à croisée de ce qu'ils semblaient observer. Le point d'union entre bien et mal se trouvait sous ses pieds, face à l'autel. À moins que ce soit au-dessus de sa tête.

— Très bien. Et maintenant ? s'enquit le plus jeune en tentant de trouver un indice de démarcation sur le sol.

— Posons-nous quelques instants et raisonnons sans précipitation, proposa Axel. La fin de notre phrase doit être prise en compte.

Il la relut à haute voix :

— *Que la main ornée devra révéler.*

Les deux spécialistes s'orientèrent immédiatement vers un débat confus autour du terme « la main ornée », pensant à tort qu'il pouvait s'agir d'un bijou royal. Assez peu concerné, Eddie continua à chercher avec ses propres moyens, patient et pragmatique comme l'archéologue qu'il était. Il passa en revue le moindre détail des visages, puis de l'autel encastré contre le mur. Et quand il s'en approcha, il remarqua la démarcation visible du joint autour d'une pierre, comme si elle avait été descellée puis replacée là. Il tendit sa main et retira sans difficulté le bloc qui dissimulait un enfoncement de la taille de son poing. *Et si c'était la fameuse pierre ?* Il pensa immédiatement à l'emplacement traditionnel de l'acte de consécration d'une église à sa construction, mais qui fort logiquement avait disparu depuis. Il se tourna en direction de ses deux camarades, toujours plongés dans leur débat, et comprit qu'il ne parviendrait pas à obtenir leur avis. Une idée lui vint alors : il glissa sa main dans sa poche pour en sortir la chevalière que Léo lui avait confiée. D'abord hésitant, il l'enfila sur son annulaire gauche, comme la tradition l'enseignait. Il approcha prudemment ensuite sa main vers l'autel et y glissa ses doigts, les yeux exagérément plissés, partagé entre bêtise et réussite. Entêtés dans leur discussion sans fin, Axel et Raphaël n'eurent pas besoin d'explication pour comprendre la gravité du cri d'alerte qui retentit dans l'édifice :

— Eddie ! hurla le policier.

— Ma main ! J'ai la main coincée dans ce fichu trou !

Quelques instants suffirent pour comprendre la situation. En la glissant, l'archéologue avait déclenché un système armé par la chevalière.

— Tu ne peux pas la retirer ? demanda Axel.

— Impossible ! Plus je tente, plus je ressens une pression, quelque chose de saillant sur mon annulaire. Mais par contre…

— Quoi ?

— Attendez… Si je vais plus loin, je sens quelque chose, comme une sorte de rouleau à l'intérieur, dit-il en se mordant les lèvres.

Les deux spectateurs assistaient impuissants à la scène, grimaçant au rythme de l'archéologue :

— Ça y est ! Je viens de le saisir.

— Très bien, répondit Axel avec tout le calme qui s'imposait. Maintenant, maintiens-le et ôte délicatement ton bras.

Sans geste brusque, Eddie recula centimètre par centimètre son avant-bras jusqu'au niveau du poignet. Il insista, mais la grimace d'inquiétude se transforma en douleur :

— Aïe ! Non, c'est impossible, Axel, dit-il en prenant de grandes respirations. Si je retire ma main, une lame me cisaille le doigt.

Il n'en fallut pas plus au policier pour comprendre. Le procédé correspondait parfaitement à celui de Gizeh. Pour sortir ce trésor de l'autel, il devait non seulement sacrifier la chevalière, mais l'annulaire de celui qui avait osé s'en emparer. Pour couronner le tout, l'archéologue sentit la jointure de ses doigts s'humidifier au fur et à mesure que le temps passait. Un liquide coulait à l'intérieur, un compte à rebours…

— Ne cherche pas de solutions inutiles, Axel. Si je lâche ce rouleau, on va le noyer et sera perdu. Si on attend, le résultat sera le même. Tout a été pensé à la perfection. Cet animal de Jacques de Mazières me le paiera…

Son rustre camarade termina sa phrase et se mit en position :

— Non, Eddie ! Non !

D'un coup sec, l'archéologue tira son poignet vers l'arrière, sans que son meilleur ami ne puisse l'en empêcher. Un cri de douleur sortit du plus profond de ses entrailles. La lame venait de sectionner son annulaire, avalant ainsi la chevalière. Agenouillé, le rouleau dans la main gauche, Eddie s'était sacrifié pour être le premier à détenir l'objet de cette extraordinaire quête. Pendant quelques secondes, personne ne dit rien. Tremblant, Eddie profita de ce bref instant de plénitude où la douleur n'occupait pas encore son territoire pour lâcher un sourire de satisfaction. Un filet de sang afflua soudain vers la blessure pour venir s'écraser contre le sol. Axel se jeta immédiatement sur sa main et tenta d'arrêter l'hémorragie avec son écharpe. Raphaël eut la bonne idée de dégoter une fiole miracle de Cognac pour désinfecter. Digne, Eddie se tut, malgré une douleur insupportable :

— Ton geste est héroïque, je ne l'oublierai jamais…

— Tu sais ce qui m'embête le plus, dans tout cela ? C'est que Sarah va me sermonner, en me reprochant de toujours perdre quelque chose, ironisa-t-il.

— Allez, nous devons rentrer, tu as besoin de soins…

— Non ! Je veux découvrir le contenu de ce rouleau ici, dans le Carla, répondit-il fermement.

Les deux autres se regardèrent, éberlués. Raphaël acquiesça.

— Comme tu voudras.

Gisant sur le sol, le rouleau ne demandait qu'à être déplié, inviolé depuis si longtemps. Le jeune homme dégagea la protection de ce qui semblait être un ensemble de papyrus. Les deux premiers correspondaient au style du manuscrit de la Bibliothèque Nationale de France par Sarah. Ils avaient face à eux, les deux dernières pages manquantes de la biographie d'Apollonius.

— C'est une lettre ! s'enthousiasma Raphaël.

— Ouvrons le reste, proposa le policier pressé, nous la lirons plus tard.

Il déroula délicatement le dernier papyrus. À première vue, difficile de percevoir la valeur de ce document. Mais en insistant, Raphaël commença à saisir le sens de ce qu'il avait sous les yeux :

— Une carte. C'est une carte antique !

La technique utilisée pour tracer les côtes, l'agencement, les références géométriques, la manière de les combler, aucun doute n'existait. Mais, chose étrange, personne ne fut capable d'affirmer à quoi elle correspondait. Axel essaya de s'y pencher :

— Ça ne vous dit rien ? Même pas un paysage régional ? Eddie ?

— Non désolé, je ne vois pas…

— Attends une seconde, fit Raphaël. Observez les côtes plus attentivement. Ce n'est pas une vulgaire région que nous avons là, mais le monde tout entier…

Le policier tourna autour du document pour y voir plus clair :

— Mais oui, tu as raison !

Comme son compère, il reconnut parfaitement les côtes américaines, celles de l'Afrique, d'Europe de l'Ouest et même de l'Antarctique.

— L'Antarctique ? s'étonna Eddie qui prenait goût au Cognac. Nous devons faire erreur.

— Pourquoi en es-tu si persuadé ? lui demanda Axel.

— C'est un paysage fertile et non glacial.

— En effet. Mais n'y a-t-il pas eu une époque sans neige, sur l'Antarctique ?

Avant même d'attendre une réponse, Raphaël s'était déjà fait une idée bien précise :

— Oh que si, Axel ! Il fut une époque ou la neige n'existait pas en Antarctique : il y a plus de six mille ans ! De plus, cette partie du globe n'a été découverte officiellement qu'en 1818. Expliquez-moi donc comment votre Jacques de Mazières pouvait posséder un tel document en 1209 ?

Évidemment, personne ne trouva d'explication.

— Pour couronner le tout, ajouta-t-il sans transition, nous avons un animal semblable à un lama, près des montagnes de la cordillère des Andes. Si le continent n'avait pas été découvert à cette époque, le lama encore moins. Cette carte est impossible. À moins que…

— Que quoi ? demanda le policier désarçonné.

— Que le Nouveau Monde ait été découvert avant 1492. Avant que Christophe Colomb n'y pose le pied !

Sentant son courage faiblir face à la douleur, Eddie se leva pour aller respirer un bol d'air près de la porte. À peine eut-il le temps d'avaler sa bouffée d'oxygène qu'un bruit inquiétant l'immobilisa. Immédiatement, il courut vers la seule fenêtre accessible pour tenter de modérer son appréhension. Elle se confirma. À l'extérieur se tramait la fin de leur liberté d'action :

— Je crois que nous sommes cuits, lâcha-t-il désabusé.

Trop occupés jusque-là, ses deux compères accoururent vers la fenêtre. Leurs visages si enjoués s'assombrirent subitement. Axel sortit son arme discrètement, prêt à défendre la quête de sa vie :

— S'ils veulent les documents, ils devront d'abord me passer sur le corps !

Chapitre XXX

Océan Atlantique, octobre 1492

À bord de ce cercueil flottant, l'inquiétude grandissait de jour en jour. Le sentiment d'avoir été trompé hantait le Génois, il lui était désormais impossible de fermer l'œil. Le doute gagna peu à peu du terrain sur son moral. Et si les données qui lui avaient été confiées n'étaient que de pures inventions, des légendes ? Pendant des mois, entêté, il avait dû user de ses talents d'orateur pour convaincre quatre-vingt-dix matelots de croire en lui, de le suivre aveuglément dans cette extraordinaire mais suicidaire aventure. Les engager ne fut pas une mince affaire, la plupart des gens du milieu le prenaient pour un fou. Sa seule solution avait été de se rabattre sur des effectifs peu recommandables, corrompus, au risque de devoir assumer l'odeur du sang à bord de ses caravelles.

Depuis quelques jours, les tensions s'étaient accentuées, bien loin de l'espoir dégagé quelques milles plus tôt, quand ils avaient aperçu des masses d'algues voguant dans la mer des Sargasses. Cette illusion avait alors signifié un possible espoir, une terre proche, en vain. Depuis, plus rien. Une première vague de révoltes avait eu lieu trois jours auparavant. Sur le pont, un groupe d'hommes ivres s'en étaient violemment pris aux matelots juifs, jusque-là discrets, en voulant leur fracasser leurs bouteilles de vin sur le crâne. L'émeute avait frôlé la catastrophe. La soudaine peur collective des marins de ne jamais revoir leurs côtes natales avait gagné du terrain face à la raison. Au cours des deux jours qui suivirent, les plus faibles furent jetés aux requins pour ne pas épuiser le stock de vivres trop rapidement. Pour éviter de servir d'appât aux squales affamés, l'Amiral génois dû promettre à ses matelots de leur céder le contrôle de la flotte, si le vent ne se levait pas à nouveau dans les heures qui suivraient. C'était sa vie qu'il offrait en se soumettant à cette promesse. Aucun marin autre que lui ne serait capable de les mener à bon port, il en avait parfaitement conscience.

Sa confiance s'amenuisait irrémédiablement, et la nuit, ses espoirs étaient proches du néant. Pourtant, la mission qui lui avait été confiée ne pouvait être un échec, elle était vitale pour la survie des siens et la mémoire de ses maîtres. En tant qu'Élu, Cristobal Colon se devait d'être digne de la croix pattée qui flottait au-dessus de lui, cousue sur des voiles orphelines de vents. Sous ses yeux, parcourant cette authentique carte héritée de ses ancêtres, il ne pouvait douter de l'apparition imminente des terres du bout du monde. Pour la première fois depuis plusieurs siècles, un des grands secrets de *l'Aléthéia* allait être dévoilé, et c'était son nom que ses maîtres avaient choisi d'associer à cette découverte sans précédent.

L'histoire de cet homme doté d'un courage indiscutable, qui vint un jour à la rencontre des Templiers, il la connaissait par cœur.

Le vent refusait obstinément de se manifester, c'était au suicide qu'il envoyait son équipage. Les vivres se faisaient de plus en plus rares. Ils ne pourraient plus tenir que quelques jours, voire quelques heures. La fatigue accumulée lui permit de trouver enfin le sommeil, il profita de ce rare et peut-être ultime moment de plénitude pour rêver au devenir de son Italie natale. Tout à coup, un de ses derniers fidèles frappa à sa porte :

— Amiral, la Pinta vient d'envoyer un signal !

— Et alors, Alberto, parle ! C'est une émeute ?

— Non Amiral. C'est la terre, la terre est en vue !

Il n'y croyait qu'à moitié. À deux reprises déjà, le capitaine du second navire de l'expédition n'avait vu qu'un mirage, point de terre à l'horizon. Malgré tout, il se rhabilla se précipita sur le pont, une lunette sous le bras. Il était deux heures du matin :

— Observez Amiral ! La Pinta dit vrai, la terre promise est à vue ! Vous êtes divin…

Ce jeune garçon ne mesurait peut-être pas la valeur des mots qu'il venait de prononcer. Le génois posa son regard sur lui, sans relever.

— Vous saviez depuis le début, Amiral. Personne, avant vous, ne prétendait pouvoir rejoindre les Indes par l'Atlantique.

Imaginait-il un instant que Colon n'avait que faire de la route commerciale menant aux Indes, mais que ce qu'il cherchait, c'était la terre du bout du monde ? Cette découverte, préparée depuis des dizaines d'années, allait donner naissance à une nouvelle pensée, à un élan nouveau sur la planète. Jamais plus le mensonge dogmatique d'une terre plate ne serait outrageusement prononcé. La fierté se lisait sur le visage du navigateur. Il baptiserait cette terre *San Salvador*, comme on le lui avait ordonné peu avant son départ. Très vite, un climat étrange s'installa dans l'équipage. Cet homme, qu'ils faillirent égorger à plusieurs reprises, devint tout à coup un être surnaturel, mystique. Certains n'osèrent même plus l'approcher.

— Donnez l'ordre de stopper les navires ! Nous

attendrons l'aube pour accoster.

Quelques heures plus tard, l'ambiance était devenue festive. Les hommes commençaient à s'extasier devant la végétation luxuriante de l'île, certains croyant même apercevoir de magnifiques femmes nues marchant sur le sable blanc. Accompagné des Frères Pinzon et de deux autres marins, Colon prit la direction de l'île. Pendant le trajet, tous imaginaient déjà de quelle manière ils seraient accueillis à leur retour, les richesses qu'ils allaient pouvoir amasser, le statut et les avantages dont ils bénéficieraient. Contrairement aux autres, lui resta silencieux. Ses pensées n'étaient pas pécuniaires, mais tournées vers la mémoire des anciens, sans lequel il ne serait rien. À travers les millénaires, ce secret était passé entre les mains des plus grands, sauvegardé de justesse par un héros cathare pendant la croisade, et il allait aujourd'hui révéler son existence. Il ne put s'empêcher de s'imaginer de quelle manière le monde occidental évoluerait à partir de la découverte dévoilée de cette terre des Anciens. Avant d'accoster, il dissimula une larme, versée pour tous ses frères considérés comme hérétiques, brûlés, assassinés au nom de la foi. Cristobal allait, dans quelques instants, enterrer définitivement la rude période du Moyen-âge pour une renaissance universelle, celle d'une partie du savoir de *l'Aléthéia*.

Le protocole lui laissa l'immense honneur d'être le premier à poser le pied sur ce sol sacré, avant qu'il ne s'effondre, son genou planté dans le sable du bout du monde. Son épée dans la main droite, il arbora fièrement les couleurs du roi Ferdinand et de la reine Isabel de Castille. La fin du silence venait de sonner.

On lui avait raconté cette légende selon laquelle un homme, patron des voyageurs, avait dû porter le poids de l'enfant Christ d'une rive à une autre, devenant ainsi un saint immortel. De ce fait, Christophe Colomb, mille cinq cents ans après, venait de faire renaître la légende. De la rive de l'Europe à celle de l'Amérique, il portait en lui un savoir hérité de celui que l'on appelait secrètement Apollonius. Pour la première fois, la terre allait tourner rond. Jacques de Mazières pouvait reposer sereinement, les prémices de sa vengeance se préparaient à frapper. À cet instant, la face cachée de cet immense iceberg qu'était *l'Aléthéia*, n'avait pourtant pas encore vu le jour…

Chapitre XXXI

En quittant la route départementale, les véhicules coupaient leurs lumières pour venir lentement stopper leur progression à l'entrée du cimetière. Axel entreprit de prendre la décision la plus raisonnable : déguerpir à toute vitesse ! Sa réaction fut même devancée pas son meilleur ami, affolé, qui se hâta pour rejoindre la sortie. Tout juste passa-t-il la porte qu'il sentit le sur lui le poids d'un regard foudroyant. L'immense stature de l'homme qui s'arrêta devant lui terrorisa l'archéologue qui recula au rythme de l'avancée de ce visiteur peu commode. La lourdeur de sa voix confirma ses intentions peu chaleureuses :

— Mesurez-vous un instant la grandeur de la porte que vous venez de franchir ?

Cette interrogation, qui ne demandait aucune réponse résonna comme un écho. Trop tard pour s'enfuir, ils étaient pris au piège. Son arme dissimulée derrière sa cuisse, Axel attendait patiemment le bon moment pour réagir. Raphaël ne se démonta pas face à l'attitude arrogante de ce visiteur impromptu :

— Qui es-tu, étranger ?

— C'est bien parce que tu es très jeune que je ne me vexerai pas de ta familiarité, Raphaël. Je suis ici un étranger comme tu y es un sage.

Cet homme connaissait son prénom, son apparente décontraction le déconcerta. D'un geste, il ordonna à deux individus de s'occuper de la blessure de l'archéologue. Sans broncher, ils s'exécutèrent. Pourtant très méfiant, Eddie n'était pas en état de refuser cette aide qui s'avéra miraculeuse.

— Ce jour tant attendu est enfin arrivé. Vous êtes le maillon qui va pouvoir nous permettre de prendre connaissance de notre grand secret, enfoui depuis trop longtemps.

— Vous nous attendiez ? Ce secret ne vous appartient pas ! D'ailleurs, pourquoi ne pas l'avoir cherché vous-même ?

— Question pertinente, cher Axel. Nous l'aurions bien voulu, mais nous étions dans l'impossibilité de le faire. Les *Gardiens* que nous sommes n'ont jamais eu les éléments pour entamer la moindre recherche. Voilà pourquoi nous étions dans l'obligation de vous laisser achever cette quête. C'est chose faite désormais.

Les paroles incompréhensibles prononcées par

les deux assistants permirent à Eddie de soulager sa blessure. En quelques secondes, la douleur avait sensiblement faibli, sans qu'aucun médicament ne lui soit prodigué.

— N'ayez crainte, vous venez d'être examiné par un éminent médecin.

— Que nous voulez-vous, insista le policier agacé ?

— Inutile de vous emporter, nous n'avons aucune intention fâcheuse. Il est d'ailleurs fort louable que vous désiriez en savoir plus. L'arme que vous dissimulez ne vous sera d'aucune utilité.

Comment avait-il pu la déceler ? Fuir serait difficile, conclut Axel. Vexé, il remit le pistolet dans son étui, prêt à affronter avec honneur son contradicteur. Esquiver la rencontre serait inutile, cette quête les avait menés jusqu'ici pour avoir des réponses, ils les auraient, quel qu'en soit le prix. Les trois aventuriers décidèrent de s'abandonner aux aveux de l'homme :

— Vous êtes ici, à l'intérieur du temple le plus éminent de notre histoire. Je vais vous expliquer pourquoi.

L'entame de son récit les plongea au cœur de la terrible croisade menée par Simon de Montfort sous l'égide de l'Église chrétienne. Tous comprirent rapidement que l'histoire qui leur était contée n'existait dans aucun manuel ni aucun document et qu'aucun des plus illustres scientifiques ne pourrait l'enseigner. Elle n'était pas officielle. Les Cathares auraient payé de leurs vies un savoir dont ils avaient connaissance, bien malgré eux. Le pape de l'époque avait alors prétexté une hérésie pour décimer cette communauté indépendante. Ce secret, Simon de Montfort était venu le chercher, semant la terreur dans toute l'Occitanie, mais il finit la cervelle écrasée sous le poids d'un boulet tiré par une catapulte, sans avoir pu le caresser. Un homme pourtant avait réussi à s'extirper de la ligne de mire de ses ennemis, parvenant à les prendre à revers et à sauvegarder ce savoir immémorial : Jacques de Mazières. Axel l'interrompit une première fois :

— Mais pourquoi s'est-il donné autant de mal ?

— Peut-être par rancœur, mon cher. Seul au monde, il dut faire preuve d'une grande prudence. Nous sommes ses héritiers, il nous a confié un rôle que nous honorons… et ceci.

L'érudit s'empara d'un rouleau rangé précieusement dans sa besace et l'étala soigneusement à ses pieds. Prudent, Axel s'approcha le premier, très vite suivi par ses deux acolytes. Torche en main, Eddie balaya le sol.

— Mais c'est… la copie exacte de la mappemonde, s'étonna le policier stupéfait.

— Voici, messieurs, comment nos ancêtres nommèrent un navigateur Génois pour que l'humanité découvre officiellement une terre qu'ils connaissaient depuis plusieurs millénaires. La Renaissance n'est pas le nom d'une époque, mais bien le secret ancestral de *l'Aléthéia*.

— Mais oui, Axel, voilà pourquoi nous ne pouvions expliquer la présence de culture de maïs sur ces terres ! s'exclama l'archéologue, faisant référence à ses études sur le sol du Carla.

— Certes, mais quelle organisation aurait été capable d'entreprendre une telle expédition ?

— La réponse devrait être évidente. Un seul Ordre, le plus puissant sur le continent européen, aurait été capable d'une telle manœuvre...

— Les Templiers ? Impossible, l'Ordre du Temple a été dissout en 1312, presque deux siècles avant la conquête du Nouveau Monde.

— Certes. Mais que faites-vous des trois caravelles ornées de la croix pattée templière ? Une fantaisie hasardeuse à vos yeux ?

Évidemment, le policier ne pouvait rien rétorquer, ce fait était indiscutable. Si l'administration templière avait été dissoute, il n'en était rien pour leur entreprise. Qu'elle soit occupée par les Celtes, les Wisigoths, les Cathares ou les Templiers, cette modeste partie du monde qu'était l'Occitanie demeurait énigmatique par son attraction et sa particularité historique. Le site du Carla en était ainsi devenu le cœur et la mémoire, honoré par des Cathares en quête du Nouveau Monde. À la réflexion, cela expliquait peut-être pourquoi l'Église fut aussi féroce avec les hérétiques. Les réponses fusaient dans l'esprit du trio. Voilà donc ce qu'ignorait le « Parjure » Saint-Paul, quand il s'opposa à Jacques le Juste au moment de construire sa doctrine. Abasourdi par cette révélation, Raphaël ne parvenait pas à détourner son regard de cette carte, que Christophe Colomb en personne avait utilisée pour son expédition. D'autres éléments s'emboîtèrent immédiatement avec les incertitudes jusque-là problématiques des trois aventuriers. Nul hasard si le premier fondateur de la maison Trencavel portait le nom d'Aton. Ce nom, celui donné au dieu du soleil par les Égyptiens, n'était autre qu'un hommage à ceux qui détenaient le secret de la rotondité il y a plus de quatre mille ans. Et puis, le sage aborda le personnage le plus énigmatique de cette aventure : Apollonius.

— Cet homme, unique dans l'histoire de l'humanité, portait le secret de *l'Aléthéia* qu'il transmit à son frère. Et puis, pour une raison que nous ignorons, l'Occitanie en est devenu le protecteur après la disparition de la communauté des Esséniens de

Jacques le Juste. Puis Les Celtes locaux bâtirent un temple. Nous sommes ce soir dans ce temple devenu une église, deux mille ans après son édification.

— Voilà pourquoi nous avons pu constater des mesures gauloises ici, ainsi que bien d'autres traces issues des traditions païennes, précisa Axel, tout cela se tient. Mais qui est Apollonius, et qui est Jésus ?

— Vaste question au final. Il est presque certain que les deux ne font qu'un, mais comment pourrait-on en être sûrs ?

Un léger sourire éclaira le visage du policier. La réponse partagée qu'il reçut visait l'arrogance de l'Église à ne rien remettre en question. Ce début de complicité n'attendrit pas Axel pour autant, il n'était pas certain de l'honnêteté de ces gens débarqués de nulle part :

— Que nous voulez-vous ?

L'homme sourit à son tour. Le document que Jacques de Mazières avait transmis autrefois à l'Ordre du Temple ne constituait qu'une pièce de ce puzzle complexe. Dans sa lettre destinée au Grand Maître de l'époque, il racontait comment la foi des Cathares allait bien au-delà d'une croyance. Le dualisme enseigné dans les castrums hérétiques, liant le monde spirituel de Dieu et le monde matériel, existait dans la pratique. Si le sage avait pris le temps de détailler son récit, c'était parce que ses interlocuteurs allaient devoir encaisser un aveu encore plus incroyable :

— Voyez-vous, messieurs, la doctrine cathare est assez simple : chaque enveloppe charnelle vivante enfermait une âme diabolique. Le salut n'était atteint qu'à travers la mort, perçue comme une véritable délivrance. Pourtant, aussi miraculeux que cela puisse paraître, depuis plusieurs millénaires quelques rares élus sont parvenus à développer une connexion entre spirituel et matériel. Le secret de ce don, exploitable par chacun de nous, existe dans un manuscrit que la plus ancienne civilisation de notre histoire détenait en Égypte, il y a huit mille ans. Celui que nous surnommons Apollonius disposait de ce manuscrit, ce même ouvrage que Jacques de Mazières a dissimulé avant sa mort.

— Vous plaisantez ? lâcha Raphaël qui sortit de son silence. Nous n'avons même pas trouvé ce manuscrit et cette histoire à dormir debout concerne la foi cathare, pas nos recherches. Nous ne vous serons d'aucune utilité, monsieur !

— Ah, vous croyez ? répondit le sage imperturbable.

Tous acquiescèrent sans hésiter. Les pratiques occultes, fantaisistes, de ces soi-disant héritiers des grands ordres n'intéressaient en aucun cas nos aventuriers. Ils prirent conscience soudain de l'absurdité de tout ce qui venait de leur être conté. Entraîné par la révolte de son cadet, Eddie tenta de forcer le passage.

— Vous êtes libre de quitter les lieux si vous le souhaitez.

Raphaël n'hésita pas à le suivre, Axel ferma la marche. Mais cette fuite prématurée fut soudain remise en cause par l'assemblée qui les attendait sous le porche. Couvert par le puissant éclairage d'un néon, un groupe d'hommes et de femmes de tout âge se dressa face à eux, dans le calme le plus absolu.

— Je vous présente mes frères et mes sœurs. Tous font partie de notre communauté et ont la particularité d'avoir ce don miraculeux que je viens d'aborder. Marina, notre plus jeune sœur est née en 1989 et Émile notre doyen a vu le jour en 1929. Entre les deux nous avons Victor en 1939, Serge en 1949, Claude en 1959, Lydie en 1969 etc.

— Toutes ses dates se terminent par 9, grommela Raphaël. Je ne vois aucun prodige là-dedans. Et puis quel est le rapport avec nous ?

— Moi je suis né en 1979, plaisanta Axel.

— Si je vous disais que tous sont nés le même jour…

— Le fait est assez rare certes, reprit le jeune homme impatient de quitter les lieux. Quel est donc ce jour sacré ?

— Le 22 novembre.

Une onde de choc s'empara soudain du policier. Aucun de ses deux camarades n'avait remarqué sa réaction, pas même Eddie, qui connaissait pourtant la date d'anniversaire de son ami. Désarçonné, il ne savait comment réagir et espérait que ce passage à vide soit discret et de courte durée. Malheureusement, le vieil homme enfonça le clou :

— Et un des vôtres est né un 22 novembre…

La stupeur gagna les deux autres qui se regardèrent mutuellement avant de se tourner vers Axel qui ne put qu'acquiescer :

— Je suis né le 22 novembre 1979, avoua le policier résigné.

Un bref instant de doute s'instaura, personne ne sut comment interpréter ce signe. L'archéologue prit la défense de son ami :

— Cela ne prouve absolument rien ! Vous voulez nous expliquer qu'Axel a un point commun avec ces gens-là ? Et puis comment faites-vous pour les dénicher ? Un recensement ?

— Ils viennent à nous naturellement. Tous, sans exception, se sont présentés à la chapelle du Carla, quelle que soit leur origine. Personne n'est venu chercher Axel. Il est d'ailleurs le seul élu de la région.

— Élu ?

— Mes frères et sœurs sont dotés de ce pouvoir qui leur permet d'être en lien direct avec des défunts. De manière très brève et éphémère, ils assistent parfois à des scènes d'une société révolue. Grâce à Lydie par exemple, les circonstances de la mort de Raimond-Roger Trencavel ne sont plus un mystère. Pour Victor, le miracle est en rapport avec Jacques de Molay. Nous avons retrouvé chacune des personnes nous permettant de lever le voile sur cet incommensurable trésor. À l'exception d'une : le lien direct avec Jacques de Mazières, seul être vivant à connaître son emplacement.

Très attentif, le concerné poussa un grand soupir avant de s'avancer vers le sage :

— Je suis bien celui que vous cherchez.

Et puis, se tournant vers ses deux amis :

— Je comprends maintenant ces flashs ou de ces rêves mystérieux. Cet homme a raison. Je connais Jacques de Mazières et j'ai pu, grâce à cette connexion, démêler certaines de nos interrogations. Je saisis maintenant ce mail venu de nulle part, pour me donner une raison de revenir vers cette révélation que j'ai voulu enterrer trop tôt.

— Je suis heureux que tu sois enfin un des nôtres, lança le sage, sans évoquer le sujet du mail.

Raphaël restait sans voix, mais ce n'était rien à

côté d'Eddie qui jamais n'avait soupçonné un mal aussi profond chez son meilleur ami. Axel subissait depuis des années son état sans savoir comment le contrôler. L'archéologue comprit subitement les raisons qui retenaient le policier à ne pas vouloir se replonger dans cette aventure, puisque son séjour loin de son pays natal l'avait immunisé. Cette soirée, bien que riche en émotions, devait lever le voile sur l'ultime rouleau dissimulé par Jacques de Mazières. Ils allaient vraisemblablement découvrir les deux pages manquantes du manuscrit dérobé par Sarah. L'assemblée retenait son souffle, la présence de ce papyrus au Carla laissait deviner son importance. Dans le même temps, Raphaël n'avait pu retenir sa curiosité, et sans parcourir le texte, jeta un œil sur le nom de son auteur. Pratiquants, spécialistes, ou même ceux dont les leçons de catéchisme ne laissaient que de vagues souvenirs d'ennuis, tous avaient déjà entendu ce nom : Joseph d'Arimathie. Quand il prononça son nom, le vieil homme crut à une mauvaise plaisanterie. Il insista, tant la présence d'un de ses écrits, ici, dans le sud de la France, paraissait invraisemblable :

— Vérifiez par vous-même ! proposa Raphaël à qui voulait l'entendre.

— Je ne peux y croire, soupira le sage quand il eut la lettre sous ses yeux.

Déboussolé par cette soudaine agitation, Eddie nageait dans le flou :

— Mais enfin, qu'a-t-il de si incroyable ce Joseph d'Arimathie ?

— Il est le témoin d'un détail assez peu commun dans notre histoire, lui souffla Axel. Joseph d'Arimathie est le dernier homme à avoir touché, emporté et vu… le corps du Christ…

Chapitre XXXII

La mort m'appelle. Ma mission s'achève à travers ces lignes qui devront traverser les siècles jusqu'à l'Apocalypse. Au crépuscule de ma vie, je réalise la richesse du destin qui m'a été offert, sillonnant la Judée, la terre des pharaons et aujourd'hui cette merveilleuse Gaule où je reposerai pour l'éternité. Ce territoire deviendra alors, j'en suis convaincu, le berceau de notre renaissance, voulue par celui que nous avons élu, en l'honneur de la civilisation prospère du monde des anciens. C'est la mort dans l'âme que j'ai dû me résoudre à fuir, abandonnant lâchement Jacques le Juste qui me confia la mission la plus périlleuse, mais la plus honorable dont un homme puisse jouir. À l'heure qu'il est, l'acharnement de ses bourreaux a dû avoir raison de lui, soumis aux pierres assassines de leur cruauté.

Jusque-là fidèle disciple de la communauté, je me suis pourtant efforcé de dissimuler au Sanhédrin juif, ma loyauté et mes affinités avec le messie. La doctrine révolutionnaire que nous avons défendue prit une ampleur néfaste, inquiétante pour l'occupant romain, pis, pour la communauté juive tout entière.

Alors que les hostilités devinrent de plus en plus fréquentes, menant l'élu jusqu'à la crucifixion, notre chef vint dans la plus digne sérénité pour me confier une mission : trouver Ponce Pilate et le laver de son péché, en emportant le corps d'Apollonius. Jacques m'ordonna, selon les dernières volontés de son frère, de le placer dans un tombeau et de fuir avec trois fidèles. Il m'indiqua une destination précise vers laquelle je pourrais aller et transmettre le savoir d'Apollonius. Ce voyage éprouvant, semé d'embûches, devait nous mener à terme jusqu'en Gaule pour y établir une nouvelle communauté. D'après ce qu'il me raconta, un général ambitieux du nom de César, avait tenté de s'emparer de l'Aléthéia par la force, heureusement sans succès.

Loin des hostilités nuisibles de Sion, un doute immense m'envahit aujourd'hui : ai-je eu raison d'abandonner ce corps à un destin qui ne laissera plus jamais à notre élu la chance d'être honoré comme il se doit ? Je ne peux croire en cet instant, comme Jacques me l'a assuré, qu'Apollonius devienne l'objet du fanatisme et du crime. Peut-être suis-je empli d'une naïveté qui m'aurait perdu si j'avais agi autrement… Après tout, là où il repose, il ne laissera aux hommes que l'imaginaire, nécessaire pour combler leur foi.

Depuis mon arrivée ici, il ne se passe pas un jour sans que ceux à qui j'ai donné ma confiance, ceux-là que l'oppresseur romain appelle « barbares » ne me questionnent sur la vie et la personne qu'était Apollonius. Nous avons fondé ici un delta sacré, soutenu par trois grands piliers, dont celui que nous avons nommé « force » sera le point de départ de sa puissance. Je leur raconte que lorsqu'il était enfant, il raisonnait déjà en adulte, capable de reproduire en un instant ce qu'il observait. Je n'avais jamais connu un être si aisé intellectuellement, aussi avide de savoir, cet homme n'en était pas tout à fait un. Les érudits qui le côtoyaient se voyaient rapidement dépassés dans leur science, tant son apprentissage enflait de jour en jour.

D'enfant prodige, il devint roi, les yeux illuminés par ce qu'il avait découvert sur un site qu'il surnommait Gizeh. Selon lui, les croyances établies depuis des siècles devaient être réformées pour leur donner une forme en rapport avec une vérité qu'il détenait désormais. Une civilisation avait existé autrefois, bien avant que l'homme ne développe ses cités prospères. Ses habitants maîtrisaient des sciences que nous ne connaissions pas jusque-là, et avaient même voyagé au-delà des terres telles que nous les concevons.

Elle disparut pourtant d'une manière soudaine, effacée, comme si jamais ses membres n'avaient foulé les étendues de notre monde. Elle légua à ses descendants un bien insaisissable, une construction fabuleuse gravée à jamais dans la roche sacrée de ce site : le grand Sphinx. Mais si je porte aujourd'hui leur héritage entre les mains, l'Aléthéia, c'est parce que le cœur de ce Sphinx abrite un temple dédié à notre astre. Ce temple, seul témoin de la richesse de cette culture immémoriale, devra demeurer la création matérielle la plus ancienne et la plus fabuleuse que l'homme aura bâtie dans toute son existence…

Saint Yosseph d'Arimathie

Chapitre XXXIII

La lecture faite par le vieil homme avait de quoi laisser sans voix. Si les raisons de la disparition de la communauté cathare paraissaient déjà incroyables, le trio d'aventuriers semblait dépassé par les proportions que prenait désormais cette aventure. L'authenticité de cette lettre ne laissait que peu de doute, elle signifiait, aussi incroyable que cela puisse paraître, que les héritiers contemporains du Christ auraient fondé une communauté selon ses dernières volontés, en Occitanie. Le temple découvert par Léo serait donc le sanctuaire de cette civilisation oubliée qui put renaître à travers le Carla, il y a deux mille ans. Axel jeta un regard hésitant vers Raphaël :

— Le fait que le Jésus historique ait émigré vers l'Égypte plusieurs années avant sa crucifixion te semble plausible ?

— Absolument ! Certains historiens avaient vu juste. Mais ce n'est pas cela qui m'intrigue.

— Comment ça ?

— Eh bien, la Bible nous indique que Joseph d'Arimathie aurait emporté le corps pour l'enfermer dans un sépulcre de sa propriété. C'est à partir de là qu'on raconte qu'il aurait assisté à sa résurrection au bout de trois jours. Or dans cette lettre, il ne fait référence à aucun de ces évènements, mais parle d'une fuite !

— Tu ne vas quand même pas croire une légende aussi farfelue ! s'étonna Eddie.

— Non, évidemment, mais ce que je crois ne résout pas notre problème. Si Joseph d'Arimathie est historiquement le dernier témoin à avoir vu le Christ et que l'histoire que nous connaissons est erronée, qu'advient-il donc du corps ?

Tous savaient que jamais Raphaël ne trouverait de réponse à cette question. Mais Léo, lui, aurait la sienne. Cet homme, gisant dans le temple caché du Sphinx, avait donc un destin parallèle à celui de nos héros. Sous le regard admiratif de l'assemblée, Raphaël allait presque devoir improviser une conférence. Selon ses conclusions, sentant sa fin proche et après un voyage éprouvant, le vieux Jacques de Mazières se serait laissé mourir à l'intérieur, entouré des derniers vestiges de cette brillante civilisation, avec comme seul héritier, son disciple Giovanni. Quant au second rouleau, il dévoilait la certitude que ce peuple ancestral avait foulé les terres d'Amérique, plusieurs millénaires avant Christophe Colomb.

Le sage, gardien de ce temple d'autrefois qu'était le Carla, ne pouvait cacher sa fierté. Ce soir, il rendait hommage aux générations précédentes qui tentèrent en vain de percer tant d'années de mystères. Cette assemblée formée de personnalités bien différentes, dégageait une aura inexplicable. Pour lui, ils n'étaient pas des êtres humains comme les autres, mais les miraculeux descendants de la croyance cathare. La communauté hérétique n'était pas dualiste par la foi, ils appliquaient réellement ce don. Cette nuit aurait pu s'éterniser jusqu'à la fin des temps, mais l'heure était venue de se séparer. Une dernière fois, le vieil homme s'approcha du policier :

— Je conçois que tout cela soit déstabilisant pour toi, nous serons rapidement amenés à nous revoir, mon cher Axel.

— Non au contraire, j'ai pu caresser un début de réponse.

— Dans ce cas, cela signifie que tu iras au bout de ton chemin. As-tu saisi le sens de ces trois piliers auxquels Joseph d'Arimathie fait référence dans sa lettre ?

Surpris par la question, Axel eut un moment d'hésitation. Elle n'avait rien d'anodin, mais le policier savait déjà à qui il avait à faire :

— Non, cher frère, se dévoila-t-il, mais j'ai les outils pour y parvenir.

Une poignée de main fraternelle scella leur première rencontre, un sourire en coin. Un hasard qui n'en était pas un, au final. Le policier réalisa que cet « Ordre » qui l'avait épié pendant des jours, peut-être des mois, il le fréquentait depuis plusieurs années déjà. Alors que le trio s'apprêtait à rentrer, Marina, la plus jeune du groupe, rattrapa Axel, impatiente de pouvoir se confier :

— Excusez-moi, monsieur, avant que vous partiez, je voulais vous dire…

— Oui ?

— Il m'arrive parfois d'avoir des visions au sujet de Giovanni, une en particulier qui se termine toujours sans réponse. Je me retrouve au milieu de nulle part, dans un champ, et je dépose un bouquet de fleurs sur une sépulture. Mais dès que je m'approche pour apercevoir le nom du défunt, ma vision se termine. Savez-vous à qui elle pourrait s'adresser ?

— Je l'ignore, répondit-il après réflexion. Peut-être à Mathilde, la bien-aimée de Jacques, ce qui me semblerait être une option logique.

Déçue de ne pas avoir eu une réponse certaine, la jeune fille laissa s'éloigner le policier. Épuisés, ils reprirent ensemble le chemin de la maison.

Pourtant, Raphaël n'en avait pas terminé avec ses réflexions :

— Carla en latin veut dire « force ».

— Pardon ?

— Oui, le rouleau de Joseph parle de trois piliers, dont un est nommé « force ». Ce pilier est celui du Carla. Peut-être qu'en trouvant les deux autres…

La remarque du jeune homme valait le coup de s'y pencher. Mais pour l'heure, Eddie lui fit gentiment comprendre qu'une bonne nuit de sommeil serait la bienvenue. Axel acquiesça, sans forcer. Arrivés dans la demeure de l'archéologue, ils filèrent tout droit dans leurs chambres respectives, y compris Raphaël qui s'invita dans la bibliothèque équipée pour passer une nuit bien agréable. Sarah, Lucie et les deux petites dormaient profondément depuis des heures, veillées fidèlement par Bruce. Une fois dans la chambre, Axel embrassa délicatement son amie, puis s'attendrit quelques minutes sur ses deux merveilles. Il ne pouvait s'empêcher de scruter chaque inspiration, chaque mouvement, chaque gargouillement de ses nourrissons. Penché sur le landau, il ne parvenait pas à se sortir de la tête cette réflexion presque anodine de Raphaël. Il cherchait inconsciemment une réponse sur les deux visages angéliques. Non, cette aventure ne pouvait pas se terminer ainsi. Une vague idée, quelque chose en lui le poussait à reprendre le chemin du Carla. Il enfila discrètement sa veste et proposa au fidèle cabot de se joindre à lui pour une petite promenade matinale. La vieille pendule familiale indiquait déjà cinq heures.

— Tu es prêt, Bruce ?

L'animal se rua en direction de la porte en guise de réponse, sans aboyer. Le soleil n'allait pas tarder à venir poser ses premiers rayons sur les toitures argileuses de la région. L'ambiance du cimetière redevenu désert le fit frémir dès son arrivée. Quelque chose lui avait échappé, Jacques de Mazières n'avait pas pu en rester là. Axel décida de reprendre l'aventure à la base : la stèle de *l'Alpha*. On pouvait encore deviner l'enfoncement de quelques millimètres à peine, sur lequel la pierre gravée avait attendu son heure, jusqu'à ce qu'Eddie vienne la desceller. Plongé dans ses souvenirs, il fut soudain interrompu par les aboiements de l'animal. Supposant que Bruce avait flairé un lapin malchanceux qui se pavanait dans les environs, il se ravisa. Mais un second aboiement, plus insistant cette fois, décida le policier à vérifier si tout allait bien.

— Eh bien idiot, qu'as-tu pour aboyer ainsi ? Viens avec moi, tu vas alerter tout le voisinage !

L'autorité d'Axel, habituellement efficace, laissa

l'animal de marbre. Il insista en aggravant le ton, mais rien à faire, Bruce restait stoïque, assis face au policier.

— Alors Bruce, qu'est-ce qu'il t'arrive, tu ne m'as pas habitué à si peu d'obéissance. Que regardes-tu comme ça ? se demanda-t-il en s'assurant qu'il n'y ait rien derrière lui.

Le chien se dressait face à l'autel atypique encastré à l'extérieur du mur, comme prolongement de celui bâti dans la chapelle. Cet autel supportait un élément que jamais Axel n'avait remarqué jusque-là : la croix pattée des Templiers ! Il se courba pour offrir une tendre caresse à l'animal, puis à sa plus grande stupeur, aperçut en se redressant, la tour érigée de Castelnau-de-Lévis. Il se retourna une seconde fois, la coïncidence semblait encore trop flagrante : *la croix pattée est parfaitement située dans l'alignement de la vieille tour !*

Non seulement la chapelle du Carla se trouvait sur la même latitude que celle de la cathédrale Sainte-Cécile, mais elle s'orientait en plus en direction de la tour de Castelnau de Lévis. Jamais il n'avait prêté attention à ce détail. Il observa Bruce avec curiosité, puisqu'il se décida à cet instant à obéir à nouveau.

— Sacré animal que tu es !

Un franc aboiement lui fut offert en retour. Axel

se pencha sur cette croix pour en dévoiler les détails. Cette attention ne fut pas inutile puisqu'il put y distinguer un symbole creusé, un cercle fragmenté en huit parties. Huit, comme cet « infini » qui lui permit de percer le secret de l'horloge sous la cathédrale. *J'ai déjà vu ça quelque part…* Il ne lui fallut que quelques secondes pour réaliser que ce cercle apparaissait à l'identique sur la stèle de *l'Alpha. Ce symbole lie l'Alpha et la croix pattée. Voilà le chemin à suivre, tout était là depuis des siècles, bon dieu !*

Pourquoi cette croix indiquait-elle la direction de la tour ? Un seul moyen de le savoir, s'y rendre et la gravir ! Sans hésitation, Axel se précipita vers sa voiture, embarqua Bruce et démarra à toute vitesse. Le village de Castelnau dormait encore paisiblement quand ils débarquèrent au pied de l'ancienne forteresse. *Et dire que nous flirtions avec la vérité, ici, il y a quelques jours à peine…* pensa-t-il en regardant le chien hébété.

Dopé par sa détermination, il avala sans difficulté les quarante mètres de marches médiévales, talonné par l'infatigable cabot. Au sommet, un vent glacial leur fouetta la truffe. La clarté offrait une vue convenable à cette heure-ci. La cathédrale Sainte-Cécile paraissait si modeste en taille, une version miniature qui n'enlevait rien à sa grandeur.

— Bruce, ne pourrais-tu pas me donner un nouveau coup de pouce par hasard ?

Le concerné dressa les oreilles, interloqué. La remarque de Raphaël ne le quittait plus. Les loges maçonniques qu'il connaissait enseignaient selon des traditions antiques que trois grands piliers les soutenaient : sagesse, force et beauté. Le sage n'avait pas évoqué ce passage par hasard. La lettre de Joseph d'Arimathie faisait aussi référence à la fondation d'un « delta sacré ». Voilà la phrase qui l'interpellait dans l'union *Alpha/Oméga* : *Ainsi creusera l'élu pour faire éclore Aléthéia sur l'œil du delta sacré.*

— Bon sang, Bruce, il me suffit de trouver les deux piliers manquant pour former ce delta !

Le monologue du policier ne perturba pas outre mesure l'animal qui se laissait caresser par le vent matinal. Axel tenta de raisonner avec lucidité, se remémorant le chemin qu'ils avaient dû parcourir durant ces derniers jours. Il observa pour la énième fois la cathédrale, puis son regard glissa vers le Carla qu'il ne put que deviner au loin. Il hocha plusieurs fois la tête dans ces deux directions pour trouver un indice. Le lien entre les deux jumelles existait à coup sûr. Mais quel pouvait être le troisième ? Un de ses frères lui avait un jour soumis l'idée que, si les piliers étaient au nombre de trois, c'est parce que l'absence d'un seul effondrerait l'ensemble de l'édifice. L'euphorie de ces dernières minutes s'apprêtait à retomber progressivement, mais pourtant, sans raison, un souvenir presque banal lui revint en tête, un fait mystérieux qu'aucun d'eux n'avait, jusque-là, pensé à exploiter. C'était chez Raphaël, quelques jours auparavant :

Avec son index, le jeune homme indiqua l'emplacement du Carla, de la cathédrale, puis du modeste village en question, Sainte-Croix, un peu plus au nord. Il se saisit d'une règle qu'il posa prudemment sur la carte :

— Axel, Eddie regardez bien ça. La distance entre la cathédrale et le Carla est exactement la même qu'entre la cathédrale et le village de Sainte-Croix.

— Je refuse de croire que ce prodige est une coïncidence. Nous avons un lien direct entre nos deux Sainte-Cécile, mais désormais avec un troisième élément, Sainte-Croix.

— Tu es vraiment époustouflant, Raphaël, il va falloir creuser cette piste, lâcha un Axel bluffé !

Cette piste allait devenir, ironie du sort, l'ultime clé de leur périple. « L'œil du delta sacré » ne pouvait être que le cœur d'un triangle, reliant les trois piliers : le Carla, la cathédrale et enfin le village de Sainte-Croix, situé un peu plus au nord. Axel venait d'entrevoir la porte de sortie, la libération. Il pouvait désormais respirer profondément, jamais il n'avait été aussi près de la réussite. Mais rien de tout cela n'arrivait, au contraire : envahi par une pensée bien étrange, une peur jusque-là absente, le policier se questionna sur son sort : qu'allait-il bien devoir déterrer ?

Épilogue

Un tas de buissons hostiles en bordure d'une route communale en guise de point final, voilà ce qu'était devenu ce lieu inviolé depuis plus de huit siècles. Personne n'oserait creuser ici sans savoir. Dépourvu de matériel, Axel s'enfonça sans réfléchir à travers les ronces et se mit à chercher n'importe quoi qui puisse ressembler à une entrée. Dans un ultime regain d'énergie, il vit apparaître un étrange amas de pierres calcaires qui se refléta au soleil, disposé avec soin comme la délimitation d'une frontière à ne pas franchir. Un son aigu s'échappa de sa gorge, un trop-plein d'émotion qu'il expulsa comme un marathonien éreinté qui apercevrait la ligne d'arrivée. En proie à un indicible émerveillement, il s'avança, élagua les herbes les plus tenaces, puis commença à retirer un par un les lourds cailloux condamnant une ouverture verticale. Creusée en amont du récent terrain de moto-cross, il découvrit l'entrée d'une cavité. Armé de sa torche, le policier se trouva face à une véritable galerie qui s'ouvrait devant lui. Avant de s'engouffrer vers l'inconnu, il décida d'envoyer un dernier message à ses amis. Il ordonna au fidèle Bruce de se poster devant l'entrée. Le chien comprit instantanément le rôle qui lui était dévolu. Axel avala une dernière gorgée de salive et avança alors sans se retourner dans l'obscurité angoissante de ce couloir étroit, envahi soudain par une vision qui l'arrêta net.

Craignant de s'effondrer à chacun de ses pas, le vieillard ne lâchait plus sa canne qui l'aidait à progresser dans ce néant interminable. Une terrible tempête venait de s'abattre, semblant concentrer ses rafales les plus incisives sur sa seule personne. Débarqué loin des vertes vallées du Nil, Jacques de Mazières avait dû, pour se protéger des brigands, faire le sacrifice de fouler les terres les plus arides. Malheureusement pour lui, le Sahara était frappé depuis des siècles par les flammes les plus incandescentes que le soleil envoyait quotidiennement. S'il avait pu, il n'aurait pas hésité à aller à la rencontre des Mamelouks, nouveaux occupants de cet espace que Saladin lui-même avait embelli. Mais l'heure n'était pas à la distraction. En plus de le rendre aveugle, les rafales soulevant le sable venaient brûler son visage fripé. L'aube lui était apparue plus de cinquante fois depuis qu'il avait quitté la côte, et chaque matin, il remerciait le divin de prolonger son extinc-

tion pour accomplir l'œuvre de son existence. Dans ce redoutable combat, le vent lui avait ôté la vue, mais plus aucune odeur non plus n'existait. Le sable craquelant dans sa bouche l'empêchait de respirer normalement. Tant d'hommes courageux et en état de décomposition gisaient dans le sable ardent. Il marcha des heures durant, sans pouvoir jeter un seul regard sur l'horizon. Il avançait plus mort que vivant, grâce à sa seule force mentale qu'était la foi, au nom de ceux qui depuis des millénaires avaient honoré l'Aléthéia. Il résistait courageusement à l'envie de s'agenouiller, pour se laisser emporter éternellement comme un enfant accablé par le sommeil. Pourtant, alors que son but se rapprochait certainement, l'épreuve devint si écrasante qu'il finit par s'effondrer.

La marche active du policier ne l'empêcha pas de réaliser son inconscience de minute en minute. Il n'était plus lui-même, quelque chose, quelqu'un le guidait. Il regrettait déjà la légèreté du manoir hanté de Disneyland. Cette fois, aucune distraction, aucune illusion. Tout était vrai. Axel sentait, pas après pas, les mains frissonnantes de l'angoisse venir lui caresser la nuque. Une présence permanente l'accompagnait sans qu'il ne puisse la contrôler. Il continua sans se poser de questions, s'enfonçant lentement dans les profondeurs de ce vestige tarnais. Mais après une vingtaine de minutes, le rythme auquel il progressait ne devait pas l'avoir mené si loin de l'entrée. Pourtant, sans stopper son avancée, il se rendit compte que plus il descendait, plus l'illusion de la clarté s'approchait : *Mais enfin, d'où peut venir cette lumière ?*

Le temps avait eu raison de Jacques. Aucun de ses ancêtres depuis plus de mille ans n'avait osé affronter cette épreuve. Il ne serait pas cette exception qu'il rêvait d'être depuis tant d'années. Les images de sa vie commencèrent à défiler dans son esprit, cette enfance sous la tutelle du Vicomte dans la cité de Carcassonne, cet homme si attentif aux moindres faits et gestes de son protégé. Son arrivée au Carla, le bien-être éprouvé aux chants des troubadours, puis la belle Mathilde qui fit chavirer son cœur encore intact. Sa rencontre avec les Templiers, la fondation de la cathédrale Sainte-Cécile et puis la réalisation de ce rêve qu'il avait risqué d'entreprendre. Ces images pouvaient appartenir au protocole de la mort, pourtant, point de tunnel le menant vers une lumière. Mais, gisant sur le sable brûlant, Jacques ne mourrait pas, il somnolait. Un picotement sur son visage le fit soudain réagir, un scorpion mortel qui avait consciencieusement décidé de s'établir quelques instants sur la peau marqué du vieillard. Pris de panique, Jacques se releva subitement, laissant à l'arachnide le soin de trouver un autre coin de repos. Quelle ironie ! Cette affreuse bestiole aurait pu en un instant lui planter son aiguillon venimeux pour l'achever. Mais non. La mort ne voulait pas de lui, pas aujourd'hui. Attentif au départ de la créature mortelle, il réalisa que le vent était tombé. À son grand désespoir, face à lui, se présentait toujours l'étendue interminable du désert. Cette scène de vide le brisa. Il se courba pour ramasser sa besace quand une sensation étrange lui vint, celle d'une imposante présence. Dans son dos, silencieuses, trois pyramides éclaboussaient le paysage de leur grandeur, surveillées de près par le gardien de ce plateau sacré, le grand Sphinx de Gizeh. La force qui lui restait lui offrit des larmes de joie. C'était encore plus beau que dans ses rêves les plus extraordinaires. Il leva la tête, il s'adressa directement au ciel, en murmurant : Mon Dieu, j'ai réussi !

Axel s'efforça de prolonger son regard au loin. Non, il ne rêvait pas. Une immense salle achevait ce long couloir traversé par les seuls initiés de *l'Alé-théia*. L'angoisse avait laissé place à l'impatience. Plus rien ne pourrait désormais stopper son courage, frappé par une nouvelle renaissance, il y a quelques jours à peine. Tremblant d'impatience, il accéléra sa marche au rythme des battements de son cœur pour atteindre son Graal. Le policier n'en crut pas ses yeux. À l'aide de sa lampe, il scruta l'ensemble de la pièce dans le moindre détail, pour laisser s'écraser son faisceau contre l'élément central qui se dressait face à lui. Il était là, trônant au centre de ce lieu oublié, attendant patiemment qu'au milieu du silence, quelqu'un vienne un jour le découvrir. Le gisant de cet homme reposait sur un sarcophage intact recouvert par la poussière, à l'image des grands tombeaux d'Égypte. Comme anesthésié par la découverte, il resta coi. Axel venait de pénétrer dans un autre temps. Bien au-dessus de lui, dans le profane d'une société contemporaine, s'élevait dans l'axe de la bière, la fameuse lumière, celle par laquelle se prolongeait la clarté relative des lieux, puisée au sommet de la tour encore intacte du vieux château fort de Castelnau-de-Lévis. En scrutant la pierre, il trouva une inscription gravée sur la sépulture qu'il tenta de déchiffrer. Il n'eut pas besoin de s'attarder et comprit immédiatement la portée de cette gravure :

JACQUES DE MAZIÈRES 1194 – 1283
Gardian del Carla e Aléthéia en Occitania catara

Soudain emporté par une régénérescence, Jacques combla la distance qui le séparait de cette fabuleuse sculpture. Comme il s'en était douté, le désert avait avalé une grande partie du Sphinx. S'il en croyait les anciens, Jacques pourrait trouver une dalle de pierre positionnée très précisément sur le corps de la bête. Bien que très usé par le temps et par la race humaine, le monument affichait une puissance indescriptible au milieu de cet espace déserté. Sans perdre un instant, il rechercha l'endroit exact où il pourrait s'engouffrer. Le vieil homme n'eut pas à creuser très longtemps pour arriver à ses fins. Comme Père Dauat le lui avait confié, le symbole de « ce qui perdure », celui de l'infini, se présenta à lui, gravé dans la pierre encore lisse.

La légende disait donc vrai…

Ce jour, il le préparait depuis des années. Non sans appréhension, il s'enfonça dans le corps de la bête, empruntant un escalier descendant pour arriver devant la porte du temple. Son annulaire soigneusement chaussé de la chevalière sacrée, Jacques ferma les yeux pour assumer silencieusement ce sacrifice auquel il s'était déjà préparé. Il glissa sa main dans la fente prévue pour accueillir le bijou et tourna la poignée d'un coup sec, sans émettre le moindre son de souffrance : il venait de sectionner son propre doigt. La porte du temple s'ouvrit, tandis qu'il enroulait un épais morceau de tissus sur sa blessure. Son flambeau éclaira la pièce, la douleur laissa place à l'émerveillement.

Axel se trouvait là face à un paradoxe que jamais durant cette aventure il n'avait envisagé. Cette inscription était identique à celle dissimulée dans le temple du grand Sphinx de Gizeh. Deux sépultures pour le même homme. Mais un élément détourna alors son attention. Le gisant portait, dans la paume de sa main droite, un manuscrit qui avait miraculeusement résisté au temps. Il le saisit délicatement, sans réaliser la situation incompréhensible dans laquelle il était plongé. Plus rien à cet instant n'avait un sens logique dans son esprit.

Mais alors, si c'est le vrai Jacques de Mazières qui repose dans ce cercueil, qui…

Les fresques resplendissantes qui ornaient le temple du Sphinx avaient conservé leurs éclatantes couleurs. Ce monde avancé décrit dans l'Aléthéia prenait forme, mais jamais Jacques ne l'avait imaginé ainsi. Cette civilisation qui avait caressé la perfection humaine, atteignant un savoir jusque-là inégalé, s'était éteinte subitement, ne laissant que le souvenir de son incroyable prospérité. En son centre reposait l'élu, l'homme qui, plus que jamais, ne se fondrait dans l'image la plus pure de l'espèce humaine. Émi, le vieillard s'agenouilla pour prier devant la sépulture, prêt à se soumettre à la grâce du Seigneur.

« Je suis l'Alpha et je suis l'Oméga… »

Arrivée jusque-là après avoir traversé les terribles épreuves du temps, cette seule phrase prononcée par Jésus-Christ lui vint naturellement. Elle révélait l'ensemble de son œuvre. Jacques demeurait vivant, sain et sauf et une voix intérieure lui soumit en échange de ses sacrifices un ultime cadeau : reprendre la route et mourir aux côtés de sa bien-aimée, sur les terres d'Occitanie. Alors, dominé par la volonté de protéger le corps du messie jusqu'au bout, Jacques de Mazières prit le temps d'inscrire son nom sur une pierre avant de se recueillir une dernière fois puis de quitter le temple. Il referma derrière lui cette épaisse porte, peut-être pour l'éternité.

— Nous avons là la réponse qui me tourmentait tant…

Surpris par cette voix familière, Axel se retourna immédiatement. Alertés par son message et aidés par le fidèle Bruce posté à l'entrée de la galerie, Eddie et Raphaël n'avaient pas perdu un instant pour le retrouver.

— Tu penses comme moi Raphaël ? demanda le policier.

— J'en ai bien peur…

Le jeune homme venait lui aussi de comprendre le stratagème de Jacques de Mazières. Reposant pour l'éternité dans ce tombeau, le Cathare avait sombré avec la certitude que son secret se transmettrait à de loyaux aventuriers. Axel ne put résister plus longtemps à l'envie de découvrir l'*Aléthéia,* qu'il tenait entre ses mains. C'était un manuscrit, le témoignage des Anciens. Aucun Cathare ne reposait dans le temple de Gizeh, mais celui d'un homme crucifié voilà deux mille ans, Jésus le Nazaréen. Il dévoila la première page, libéré et fier de ce dénouement. Mais son visage se durcit presque aussitôt. Il les passa nerveusement les unes après les autres et le referma brusquement. Ce n'était pas la description d'un monde merveilleux qu'il avait sous ses yeux, ni les confessions posthumes du gisant, non, c'était autre chose. Le policier déglutit une énième fois avant de révéler sa pensée à haute voix. Il savait que cette découverte miraculeuse ne symbolisait pas la fin de leur aventure, mais le commencement…

Quelques éclairages…

Raimond-Roger Trencavel : Vicomte de Béziers, d'Albi, de Carcassonne et du Razès, sa tolérance envers le catharisme lui valut d'être emprisonné au cours de la croisade. Il mourut probablement empoisonné dans son cachot de Carcassonne à la fin de l'année 1209.

Simon de Montfort : Considéré comme le bourreau de l'Occitanie, sa réputation est effrayante. Premier défenseur de l'Église, il assiège Carcassonne en août 1209, puis met la ville d'Albi à ses pieds quelques semaines plus tard. Une pierre propulsée lui explose le crâne et il meurt à Toulouse le 25 juin 1218.

Vidal de Malvesi : Le cloître Saint-Salvy d'Albi est l'œuvre de Vidal de Malvési qui commença son œuvre en 1270 et l'acheva dix-huit mois plus tard. En reconnaissance du bon travail accompli, il fut autorisé à construire un tombeau pour lui et pour son frère contre l'église. Autour de son tombeau apparaît une Vierge entourée de deux statues agenouillées représentant les deux défunts. La dernière statuette serait bien celle de Saint-Paul. L'histoire ne nous dit pas si elle fut décapitée par les hommes, ou par la volonté divine.

Jacques de Molay : Vingt-troisième et dernier Grand Maître de l'Ordre du Temple, condamné au bûcher le 18 mars 1314. Arrêté lors de la rafle du 13 octobre 1307, il est interrogé puis jugé pendant les sept années qui suivent. Rendu célèbre par Maurice Druont dans « Les rois maudits », sa mort aurait engendré le malheur sur ses bourreaux et leurs descendants.

Christophe Colomb : La légende attribue au navigateur génois la découverte de l'Amérique. La réalité est toute autre. Pensant atteindre les Indes, il découvre en 1492 une île qu'il nommera San Salvador et mourut avec cette certitude. C'est Amérigo Vespucci qui arrive sur le continent pour la première fois. En 1513, un amiral turc dévoile une carte retraçant l'intégralité des côtes américaines, allant jusqu'à indiquer des terres encore inconnues à l'époque. Il avoua s'être inspiré de cartes antiques grecques, et d'une collection de Colomb lui-même…

Joseph d'Arimathie : La tradition chrétienne raconte qu'il serait apparu après la crucifixion du Christ, pour emporter son corps secrètement vers le sud de la Gaule. Étroitement lié à la légende du Saint-Graal, il aurait également recueilli le sang du condamné pour l'enfermer dans un calice.

Apollonius de Tyane : Les similitudes entre cet étrange personnage et Jésus-Christ sont frappantes. Contemporain du Christ, ce philosophe et prédicateur, totalement oublié de l'Histoire, peut être largement confondu avec le messie. Soutenu par des disciples eux-mêmes témoins de ses miracles, sa légende souligne son don de bilocation, faculté de pouvoir être vu à deux lieux différents au même instant. Une autre théorie avance qu'ils auraient pu être jumeaux. Les plus censés diront que ces faits ne découlent que d'une pure coïncidence, quand d'autres pourront peut-être imaginer que ces deux hommes ne firent qu'un.

Jacques le Juste : Il est historiquement considéré comme un des frères de Jésus. Jacques aurait dirigé, après la crucifixion, la communauté secrète des esséniens, dont faisait partie son frère. Son personnage a été relativement occulté par la tradition chrétienne, parce que son statut de « frère de Jésus » devenait incompatible avec la doctrine de la virginité perpétuelle de Marie de Nazareth.

Sainte-Cécile : Elle aurait vécu aux alentours du IIIe siècle en Sicile. Martyre condamnée à la décapitation, elle aurait perçu le son d'une musique céleste au moment de mourir. Cette légende fit d'elle la patronne des musiciens. La cathédrale Sainte-Cécile d'Albi l'honore grâce à son orgue, aux dimensions impressionnantes, installé au-dessus de la fresque du Jugement Dernier.

Saint-Paul de Tarse : Né au tout début du premier siècle de notre ère, Paul est le fondateur historique du christianisme, également le treizième et dernier Apôtre du Christ. Juif d'origine, il se soumet miraculeusement au messie après l'avoir violemment persécuté. Personnage insaisissable et controversé, il se rallie à Jacques le Juste et la communauté essénienne, puis s'en éloigne rapidement pour fonder sa propre doctrine liée au Christ. Il est condamné à la décapitation vers 67.

Aton : Le dieu solaire égyptien est le symbole du règne du pharaon Akhenaton. Bien que peu reconnu, son rapport avec Jésus et le christianisme peut avoir son importance, ne serait-ce parce qu'il représente les prémices du monothéisme antique. Bien qu'indirectement considéré comme divin, le soleil est omniprésent dans les subtilités du christianisme. Aton Ier fut bien le nom du fondateur de la Maison Trencavel, curieux homonyme pour deux croyances que tout fut censé opposer.

Le Carla : Les fondations de l'édifice remonteraient à l'époque gallo-romaine. Toutes les données citées dans le roman sont authentiques : l'existence de la fresque, la statuette inversée, le contrefort, la croix pattée, l'orientation en fonction de la tour de Castelnau de Lévis, ainsi que le positionnement sur la même latitude que la cathédrale d'Albi. Rappelons que la cathédrale ne date que du XIIIe siècle. Le village de Mazières aurait bien existé, il n'en reste cependant aucune trace de nos jours. Abandonnée pendant plusieurs décennies, la chapelle renaît aujourd'hui, grâce à la démarche d'une association menée par l'artiste Casimir Ferrer.

Le delta sacré : La distance séparant la chapelle du Carla et la cathédrale est exactement de 7,6 kilomètres. Nous trouvons un résultat parfaitement identique entre la cathédrale et Sainte-Croix.

Chapelle des Trois Marie : Les légendes sur les souterrains ne manquent pas dans l'albigeois. Cependant la piste de cette chapelle est intéressante. Nommée « chapelle de l'horloge » par certaines sources, elle accueillit la dépouille du maréchal Franchet d'Esperey de 1942 à 1947. Le lieu même où fut placé le tombeau dévoilerait l'entrée d'une crypte dont nous ignorons l'issue. La seule certitude que nous avons est que son accès existe au sein de la cathédrale, mais qu'il est strictement fermé… au public.

In Eminenti : D'origine latine, la locution peut se traduire par « l'éminence », ou « la grandeur ». Une bulle pontificale émise en 1738 par le pape Clément XII contre la franc-maçonnerie est également associée à ce terme.

Le nombre 3 : La symbolique du nombre 3 est avant tout religieuse, en rapport avec la Trinité dans la doctrine chrétienne (le Père, le Fils et le Saint-Esprit). La culture chinoise voit en lui la perfection, et il est également le nombre de références pour tous les francs-maçons. Nous avons tenté de l'intégrer de manière subtile au cours de notre récit. Voici quelques exemples : la date 1209, si l'on additionne les chiffres qui la composent, donne le résultat de 12, 1 +2 = 3. Comme vous l'avez sûrement constaté, le roman est composé de 33 chapitres, qui est aussi l'âge du Christ à sa mort d'après la Bible. Le delta sacré est l'élément final qui permet à nos héros de dévoiler le savoir. La distance entre ce delta et le Sphinx de Gizeh est de 3 000 kilomètres. À vous de découvrir la suite…

Remerciements

Il m'est difficile d'exprimer toute ma gratitude à l'égard de ceux qui m'ont soutenu au cours de cette aventure éprouvante, mais tellement passionnante.

Je tiens en particulier à remercier ceux qui ont usé de leur temps pour apporter leur contribution à l'harmonie de l'ouvrage.

Merci à Éric Fileyssant pour son amitié, sa patience sans limites et sa disponibilité pour les tâches parfois ingrates que je lui ai confiées. À Noellie Salvador pour son méticuleux travail de recherches historiques et ses conseils techniques sur les orientations à prendre. À Léo Déjean pour avoir remonté le temps avec moi dans nos flash-back. Je dois énormément à l'ingénieux et indispensable Raymond Montercy, personnage absolument fascinant, qui m'a ouvert les yeux sur les subtilités du symbolisme. À Jean Rosnowski, infatigable soutien, dévoué et fidèle, qui a compté dans la finalisation du projet, et à Olivier Jouhet avec qui j'ai passé six mois de travail intensif, saupoudrés de fous rires mémorables.

D'autres ont aussi participé à l'évolution du roman, comme Annie Villerot, franche lectrice, Vivien Jamaux, Florent Bargas, Marc Bensimon, Virginie Ferrer, Jean Roques, Morgane le Prado, William Boussemart, Jean-Paul Jougla traducteur occitan de l'association *Lo Grifol*, les Archives départementales, la médiathèque d'Albi et puis Diffal, gérant du restaurant « Le petit voisin », pour sa patience les soirs de relâchement, après de lourdes séances de travail.

Bien sûr, je ne peux oublier ceux qui m'ont tendu la main un jour d'octobre 2009, à qui je dois la réalisation de mon rêve, Casimir et Jeanine Ferrer.

Merci enfin à tous mes proches, à mon équipe de collègues, aux plus intimes qui ont supporté un quotidien parfois pesant, à ma précieuse famille et à la grande famille « In Eminenti » tout entière.

T.D.O Editions, SARL

Composition, mise en page : TDO Editions
ISBN : 978-2-36652-219-8

Dépôt légal : mars 2021
Impression : mars 2021
sur les presses de Laballery
Numéro impression : 122122

T.D.O Éditions, SARL

Composition, mise en page : TDO Éditions
ISBN : 978-2-36652-219-8

Dépôt légal mars 2021
Impression mars 2021
Sur les presses de Laballery
Numéro impression 102422